それからの彼女

アンヌ・ヴィアゼムスキー　著
原正人　訳

This book is published in Japan by arrangement with Éditions Gallimard,
through le Bureau des Copyrights Français, Tokyo.
Translated by Masato Hara
Published in Japan
by
Disk Union Co., Ltd.

マリー＝ロール・ド・クロズフォンに

目次

一九六八年五月

私たちは数週間前にパリ五区サン＝ジャック通り十七番地のアパルトマンに越してきたばかりだった。物心がついてから、私はカルティエ・ラタンに住みたいと夢見ていた。ソルボンヌやサン＝ミシェル大通りやセーヌ川にほど近く、絶妙の立地に感じられたのだ。ジャン＝リュックには、住む場所に対するこだわりがまるでなかった。彼が友人から借りて、『中国女』のロケに使ったミロメニル十五番地の家が気に入らなかったわけではなかったけれど、別の家ではいけないというわけでもなかった。私が「それに、ボヴォー広場とかエリゼ宮に近いから、警官がたくさんいてうんざりなのよね」と付け加えると、彼は、スイスなまりを交えつつ答えるのだった。「だったら……」

サン＝ジャック通り十七番地は、サン＝セヴラン教会の真正面で、私たちが購入した最上階のアパルトマンからは、近隣の庭園や辺り一帯のすばらしい景色を見渡すことができた。新居が教会のすぐ近くだと知ると、祖父のフランソワ・モーリヤックは大喜びだった。「そいつはいい。

もし、おまえが信仰を取り戻す気に少しでもなったら、通りを渡りさえすればいいんだからね。気が変わったり、後回しにしようと思う暇もないだろうよ」。祖父は、新聞や雑誌の記事を読んだり、人から話を聞いて、私の遍歴を遠くから面白そうに見守ってくれていた。私が祖父を訪ねる回数は減ってしまったけれど、そのことを必要以上に悲しむこともなく、顔を見せに行くと、文句ひとつ言わずに、私を迎えてくれた。逆に、家族の他のメンバーは、「恩知らずだ」と言って、決まって私を非難するのだった。たしかに私は新生活に飛び込んで、とまどうどころかホッとしていた。彼らはすっかり除け者だった。彼らによれば、私はひどい女だった。実際、その通りだったと思う。

その日、私は友人であるミシェル・クルノの映画『ゴロワーズ・ブルー』のマスコミ試写を観終えたところだった。この作品はフランス代表としてカンヌ映画祭に出品されることが決まっていて、私たちは皆、大喜びしていた。私はクルノの作品にパルム・ドールを取ってほしくて、きっと大丈夫よと彼を励ました。当のクルノはといえば、不安げな様子で、そうなったとしたら、いいニュースなのか悪いニュースなのかまったくわからないなと、答えるのだった。友人のロジエとバンバンが私に賛同してくれた。彼らはミシェルの応援団として、私を入れて三人でカンヌに一緒に行くんだと宣言していた。

ロジエとバンバンは、一九六七年の夏の終わりに、私とジャン＝リュックの生活に華々しく入り込んできた。彼らはミシェルの親友で、ミシェルのほうは毎日のように彼らのもとを訪れていた。彼らに会いに行くとき、ミシェルはこんな謎めいた言葉を残すのだった。「さて、ロジエバンバンのところに行くかな」

ロジエバンバンとは、ふたりの人物の名前なのだった。ロジエことミシェル・ロジエは、当時注目されていた三人の女性デザイナーのひとり。バンバンことジャン＝ピエール・バンベルジェは男性で、フランス北部の繊維工場の社長。彼らはふたりでヴェ・ド・ヴェ（V de V）という洋服ブランドを立ち上げ、大成功を収めていた。当時、ヴェ・ド・ヴェは、「スキーのモードに革命を起こした」と言われていて、私は知り合いになりたかった。ある日、トゥルノン通り二十番地の、彼らのとてもきれいなアパルトマンで、昼食会が開かれた。初めて出会ったその晩、帰宅したジャン＝リュックと私のもとに、ロジエから短い電報が届いた。「さっき別れたばかりなのに、もうあなたたちに会いたくなっちゃった！」それは私たちも同じだった。ふたりとはすぐに頻繁に会う関係になり、一緒に映画やディナーに出かけるようになった。たいてい、それぞれの住まいの中間地点にあるブラッスリー〝ル・バルザール〟で落ち合った。

とはいえジャン＝リュックと私は、その秋からパリにいないことも多かった。ジャン＝リュックは、『中国女』をアメリカの大学で上映するために、頻繁に私を連れて渡米した。上映のあとには、必ず学生たちとの長い討論会が行われ、私はそのお決まりに辟易した。ジャン＝リュックはこうした交流が好きで、政治に熱中し、ベトナム戦争への抗議デモやブラック・パワーに代表される若者たちの世界を変えたいという欲求にのめり込んでいった。パリでは、毛沢東主義の学生たちと付き合った。私はそんな人たちとは、知り合いにもなりたくなかった。私の教育は終わったと判断したのか、ジャン＝リュックはもうあまり映画にも行ってくれなくなってしまった。彼にとって大事なのは、朝一緒に目を覚まし、夜再び一緒になることだった。私たちはもう正式の夫婦で、彼は私のことを「妻」と呼びたがった。数日間であれば、離れ離れになっても心配しなくなった。彼が穏やかになったことはうれしかったけれど、一方で、私は不安な気持ちに苛まれはじめた。南フランスの友人の家に彼がやってきたあの日、私たちは大いなる愛に促されるままに抱き合った。これはあの愛と同じものなの？　と。私を悩ませていることがもうひとつあった。私はそれを、当時ほとんどつけることもなくなっていた日記に、書き留めていた。「愛は私からあらゆる自由を奪ってしまう」

一九六七年の暮れ、ジャン＝リュックの新作『たのしい知識』に出演する話が持ち上がった。彼はジャン＝ピエール・レオの共演者として私を望んだ。ところが、ちょうど同じ頃、ミシェル・

クルノが、彼の映画『ゴロワーズ・ブルー』で、スチールを担当しないかと声を掛けてくれた。即決だった。私はジャン＝リュックに断りを入れた。夫に否《ノン》を突きつけたことで、私がまだ自由で、いつでも新しい冒険にくりだすことができると証明してみせたのだ。ジャン＝リュックは当然気を悪くしたけれど、やがて私の助言に従い、ジュリエット・ベルトにオファーを入れた。

それからの二カ月間は、ふたり揃って早起きし、夜遅くになって再び顔を合わせるという生活が続いた。私たちはふたりともぐったりし、日中の出来事を話すことも、喜びや不安を共有することもしなくなってしまった。貞淑と言っても差し支えない暮らしぶりで、これが一緒に生きるということなのかと、私は疑問に思うこともあった。

アメリカのある大学に招待され、私たちは揃ってロサンゼルスに向かった。でも、私はすぐにジャン＝リュックのもとを離れ、ローマに行かなければならなかった。一足先に『テオレマ』の撮影を始めていたピエル・パオロ・パゾリーニに加わるためだった。長期間離れて暮らすのはそれが初めてで、さすがにそのときは、彼も私も身も引き裂かれんばかりに悲しんだ。まるで今生の別れでもあるかのように、私たちは搭乗時間になるまで、声を限りに泣きじゃくった。見かねたエールフランスの搭乗員が、ジャン＝リュックにボーディングブリッジまで付き添うのを許可したほどだった。ところが、その数日後には、私の愛を確かめるべく、ジャン＝リュックはロサンゼルス―ローマ間を行ったり来たりすることになるのだった。短い逢瀬は情熱的で、まるで一年前へ戻ったようだった。私はようやく安心した。

もうひとつ別の招待が舞い込み、一九六八年二月のはじめ、私たちはハバナに向かった。キューバ映画界の関係者たちが、ジャン＝リュックを英雄として招いてくれたのだ。私は彼らの崇拝ぶりに居心地の悪さを感じたのだけれど、ジャン＝リュックは気にもしていなかった。一緒に映画を撮ることができるかもしれないとほのめかすと、彼らはすぐさま機材と技術者をふたり用意した。私たちは揃って出かけた。ジャン＝リュックはこれといった考えもなく、あちこちを撮影し、風景やプロパガンダ美術、チェ・ゲバラの珍しいポスターなどをカメラに収めた。彼は何か決定的なものを見つけようとしている様子で、無口で不満げだった。キューバの同志たちは、彼のどんな小さな要求も聞き逃さず、また同時に私のほうも満足させようと、悪戦苦闘していた。彼らは私にいくつかプレゼントをくれた。その中には、ハバナの映画学校の古い衣装収蔵庫から引っ張り出した、十九世紀の刺繡入りの大きなショールも含まれていた。そんな心優しい彼らでも、触れてはいけない話題がひとつだけあって、それについては、他のキューバ人たちと同じように、かたくなに話すのを拒むのだった。キューバのために戦い、ボリビアで投獄されたフランス人レジス・ドブレのことだ。彼を解放するために、カストロは何をしたというのだろう？　私たちには、彼らの沈黙の意味が理解できなかった。

パリでは大騒動が起きていた。二月九日、シネマテークの館長アンリ・ラングロワが、政府の決定によって更迭されたのだ。フランソワ・トリュフォーからジャン＝リュック宛てにホテルまで送られてきた何通もの電報は、次のようなことを語っていた。「すぐに帰ってこい。君が必要だ」――その日のマドリッド行きの最初の便の二席がすぐさま確保された。マドリッドで数時間待って、私たちはパリへと飛行機を乗り継いだ。ジャン＝リュックは大変なことが起こっているときに、その場にいられなかったことを悔み、憤っていた。その怒りが、ここしばらく失われていたエネルギーを彼に与えた。

我が家に着くやいなや、ジャン＝リュックは、アンリ・ラングロワの擁護のために結成された委員会のもとに急いだ。委員会を熱心に率いていたのは、フランソワ・トリュフォーやジャック・リヴェット、バルベ・シュレデールだった。たくさんの映画人や俳優、技術者が、議論に参加していた。まるで、フランスの映画界全体が、初めて声をひとつにしたという印象だった。閉鎖されているシネマテークを「解放」するべくデモを決行することとなった。

私は一度たりともラングロワの人となりに好意を抱いたことはなかった。彼はだらしがなく、はっきり言って不潔だったから。私は彼に嫌悪感を抱いて、彼が騒々しい様子で近づいてくると、横に飛びのいて、彼のハグをかわすのだった。そんなとき、ジャン＝リュックは眉をしかめたものだけど、あのハグに私はとても耐えられそうになかった。映画界が彼から多大な恩恵を受けていることついては理解していたし、シャイヨ宮のシネマテークが、他の人たち同様、私にとっても神聖な場所だったのに違いはないのだけれど。

ジャン＝リュック、トリュフォー、リヴェットの主導のもと、万事がこれ以上ないほど迅速に進み、アンリ・ラングロワを復職させようということに決まった。学生たちも映画人たちに協力した。彼らもまた戦いたいと願っていたのだ。国外にいることも多く、フランスの大学界で起きていることにほとんど無関心だった私は、アメリカのキャンパスを支配しつつあった反乱の気配と、パリで目にしていることを結びつけて考えることもなかった。逆にジャン＝リュックは、世界のいたるところ、ドイツやチェコスロバキアで、ローマやロンドンで、未曾有の出来事が起きつつあるのだと予感していた。毛沢東主義の学生たちと付き合うことで、彼の思いは強固なものになっていた。キューバから帰国すると、ジャン＝リュックは再び世界革命について語り出した。一同はジャン＝リュックの主張を聞くまでもなく、ラングロワとシネマテークを救い出す気満々だった。みんなこれから起こる新しいことに、心躍らせ、和気あいあいとしていた。私も年上の人たちに囲まれて、楽しくて仕方なかった。みんな、私と同じ二十歳に戻ったかのようだった。

二月十二日の夕方、ウルム通りで行われた最初のデモに続き、十四日にはシャイヨ宮の前でデモが行われた。三千人は集まったであろうとのことだった。私たちは密集隊形を組み、アンドレ・マルロー文化相の解任とシネマテークの即時再開を求めるスローガンをはっきりと声に出しながら、ウィルソン大統領大通りを歩いた。ジャン＝リュックとフランソワ・トリュフォーに挟まれ、私は行進の先頭に立った。彼らの決意のほどに感動し、陶然となりながら。

トロカデロ広場へのデモ行進の侵入を阻止すべく大通りを封鎖している警官隊に直面すると、私たちの決意はさらに強固なものになった。そこで衝突も起きたけれど、深刻なものではなく、どちらかといえば人形劇の殴り合いのような茶番で、やがてお決まりの妥協点に向かった。全映画人たちが署名した政府宛ての声明文を読み上げるあいだは、広場で集会することを認めるというのだ。その後は、騒ぎ立てることなく、解散しなければならなかった。

もちろん、私たちは誰ひとりそれに従うつもりはなく、声明文の読み上げは、戦闘意欲をかきたてただけだった。私たちは、目下厳重に警備されているシネマテークと国立民衆劇場の扉を力づくで開けようとした。警官に攻撃される前に、先手を打つのだ。

すさまじい衝突だった。警官たちは一瞬あっけにとられたものの、すぐに警棒で応戦し、乱闘は辺り一帯に広がっていった。もはや茶番ではなかった。

このシネマテークをめぐるデモから三カ月が経とうとしている。一九六八年五月三日、私はその出来事を思い返しながら家路についていた。ソルボンヌ大学界隈には暴動の気配がたゆたっていた。今頃そこでは、ある集会が行われているはずだ。ナンテール分校は既に閉鎖されている。夜になってジャン＝リュックが帰宅し、いろいろ説明してくれたけれど、私にはわけがわからなかった。その日、私はパリ郊外で、フィリップ・フラスティエの映画『ボノー一味』の撮影を開始したところだった。

突然、四方八方から、学生たちがわめきながら飛び出してきた。どうやら追われているようで、ヘルメットをかぶり警棒を手にした警官隊が、若者たちを捕まえると、手当たり次第殴りつけていた。私は思わずサン＝ジェルマン大通りとサン＝ジャック通りの交差点で立ち尽くしてしまった。恐怖のあまり、体がこわばり、走り去ることができなかったのだ。警察からなんとか逃れた学生たちは私を突き倒し、モベール広場のほうにまっすぐ駆けていった。「そんなところにいちゃダメだろ！」彼らのひとりがそう叫び、私を引っ張っていこうとした。私が相変わらず動けずにいると、彼は私を力任せに往復ビンタし、走り去った。

おかげで正気に戻ることができた。警官隊がこちらに近づいてくるのが見え、私は我が家のあるサン＝ジャック通りを全力で走った。方々から聞こえる小競り合いの音を耳にしながら、アパルトマンまで追ってくるかもしれないと、とてつもない速さで階段を駆け上がり、五階の我が家に入って、鍵を三重にかけた。ジャン＝リュックが用心に越したことはないと設置したものだった。これで助かった！

私たちのアパルトマンは、三層構造になっていた。最初の階段は書斎とジャン＝リュックの浴室に、ふたつめの階段は居間ととても小さなキッチンに通じていて、三つめの階段を上ると、屋根のすぐ下に私専用の浴室とふたりの寝室があった。寝室を抜けると、小さなテラスに出ることができた。

私は数分間床に倒れ込み、どうにか息を整え、扉の向こうから聞こえてくる物音に聞き耳をたてた。しかし、通りから聞こえてくるのは屋外の喧騒のこだまだけだった。それらは二重窓にもかかわらず、居間にまで届いた。

私は窓を開けた。学生たちに対する追跡は、サン＝ジェルマン大通りからサン＝ジャック通りまで続いている。若者たちの中には男も女もいて、警棒に素手で挑んでいる者もいれば、歩道で拾ったありとあらゆるものを投げつけている者もいる。ところどころ煙があがっていて、誰が誰を攻撃しているのか、見分けがつかなかった。後で知ったことだが、その煙は催涙ガスだった。警察のけたたましいサイレンと、遠くから聞こえてくる、カルティエ・ラタンで足止めをくらった自動車のクラクションの合間を縫うように、群衆のどよめきとメガホンを通じてスローガンを叫び続ける学生たちの声が聞こえてきた。

と、突然電話が鳴った。それはジャン＝リュックからで、受話器の向こうからは不安げな声が聞こえた。私がアパルトマンに帰れなかったのではないかと、心配していたのだ。彼は三十分前にも一度電話したそうだけど、私が出なかったから、バンバンとロジエのところに避難したのかもしれないと思って、彼らのもとに駆けつけようとしていたのだった。私の無事を知ってほっとすると、彼は、これからどうやって合流したものかと頭をひねった。彼はセーヌ川の右岸にいたが、どうにかして必ず戻るよ、君は絶対に動かずにそこにいて、と言った。今度は私が心配する番だった。シャイヨ宮前でのデモのとき、彼は警官隊に突入していったので、彼の攻撃性と危険を前にしたときの無鉄砲さはよくわかっていた。慎重に行動すると約束した彼は、最後にこう言い添えた。「ラジオをつけて、ヨーロッパ1を聞いてごらん」

私は、『中国女』の撮影に使った北京放送を聞くことができる巨大なラジオをつけた。リポーターが学生と警官隊の衝突を現場から報道していた。競り合いの中心は、今やソルボンヌとパンテオンに移動していた。両陣営に怪我人が出ていて、いつ終息を迎えるのか、まったく予想がつかないとのことだった。やがてスタジオに切り替わると、この一連の出来事を振り返りはじめた。

今回の騒動の始まりは、ナンテール分校の閉鎖と大学の委員会による学生数人の召喚だった。彼らは、三月の終わりからナンテールを揺るがしている騒動のリーダー的存在と目されていた。それに加えて、彼らに敵対する極右集団〝オクシダン〟の問題があった。彼らは、悪事を告発すると称して、ソルボンヌ大学で即興的に行われた集会を中止に追い込むと脅し、実際、〝文化団体連合〟の部屋で放火事件を起こしていた。ソルボンヌの大学区長は、秩序回復のために、警察の出動を要請していた。こうして、極左主義者と共産主義者とファシストと警官が入り乱れた争いが、繰り広げられることになったのだ。私には、それがなんの得になるのか、理解できなかった。

ジャン＝リュックは無事に帰宅したが、何も目にすることができずにがっかりしていた。夕暮れが訪れようとしていて、五月らしい陽射しが、サン＝セヴラン教会とその庭を照らしていた。その日の午後の衝突を物語るものといえば、歩道に散らばったゴミだけだった。戦闘はどうやら別の場所に移ったようだった。ジャン＝リュックは、私が見聞きしたことを事細かに語らせた。見知らぬ男に往復ビンタされた話に、彼は感極まったようだった。「いつだって君は、痛い目をみないとわからないんだな！」

ジャン＝リュックは、例の二月十四日のラングロワ事件の、ある瞬間のことをほのめかしていたのだった。デモ参加者たちは、彼とトリュフォーを先頭に、警官隊を攻撃し始めた。シャイヨ宮の警備隊は、デモ参加者たちの大胆さに慌て、仲間たちの応援を求めて自分たちの持ち場を離れた。「目指すは国立民衆劇場！　劇場を占拠するんだ！」こう叫びながら、リヴェットが建物に駆け込んだ。私は彼のすぐそばにいて、弟のピエールと女友達のひとりが行動をともにしていた。私たちはためらうことなく、彼に続いた。陣頭指揮をとるリヴェットの姿に心が躍った。彼のために協力できるなんて光栄だった。私たちは階段を駆け下り、劇場に辿りついた。一瞬たりとも休むことなく、リヴェットは舞台に飛び上がると、勝ち誇ったように振り返った。すると、突然、彼の顔がこわばった。まるで今にも泣きだしそうな子供のようだった。彼についてきたのは、ピエールと女友達と見知らぬ男と私だけだったのだ。

再び階段を上る私たちの足どりは重かった。誰も何も言わなかった。その状況はとても滑稽だったのだけれど、私は軽口をたたくのを控えた。それほど、われらが親愛なるリヴェットは打ちのめされていたのだ。私は彼を慰めたかった。気にしなくていいわよと言ってあげたかった。でも、私には、そんななれなれしい態度をとることなどできなかった。

地上では、また別のサプライズが私たちを待ち受けていた。シャイヨ宮のすべての扉が閉められ、何人かの警官たちが再び警備についていたのだ。屋外では熾烈な戦いが繰り広げられていたのだけれど、私たちはまったくの役立たずだった。この屈辱に腹を立てた私たちは、ここから出せと、扉をドンドン叩いた。ようやくある警官が、びっくりした様子で、私たちを解放してくれた。私たちは威厳を漂わせながら外に出た。私は「どうも」と言いさえした。ところが、別の警官に警棒で頭を殴られ、私は階段を転がるようにして、歩道に崩れ落ちてしまった。私は半ば気を失い、たまたまその場にいたシモーヌ・シニョレの腕に抱かれることになった。世間でもよく知られた彼女とすっかり取り乱したジャン＝リュックが来てくれたおかげで、空気が和らぎ、私は無事にその場を切り抜けることができた。私はなんともなかったのだけれど、「芸術家たちの反乱」について詳しく報道していたラジオ放送は、軒並みそのエピソードを語ったのだった。翌日、私の母は、パリ警視総監のグリモー氏から謝罪の電報を受け取った。彼は、エコール・アルザシエンヌで父の同級生だった。それからというもの、私たちはしばしば、ジャン＝リュックが言うところの「ジャック・リヴェットによる冬宮殿制圧」に思いを馳せた。でも、五月のその日、ジャン＝リュックは、思い出に浸っているだけではなかった。

「今日起きたことは、まったく違う次元の話だ。それもまだ始まったばかりさ」

彼は優しく私を抱きしめた。

「すぐにわかるよ」

ジャン＝リュックは、毛沢東主義者の謎めいた友人たちと連絡を取ろうとしたが、捕まらなかった。続いてソーに住んでいるミシェル・クルノに連絡したが、彼はこの日の出来事について何も知らなかった。それから、バンバンとロジエに連絡した。彼らは、スフロ通りではまだ小競り合いが続いているようだと言う。トゥルノン通り二十番地の屋根を改造したテラスから、彼らは「同志を解放しろ《リベレ・ノ・カマラッド》！」というスローガンを聞いたらしい。

「明日の『たのしい知識』のモンタージュ作業はやめだ。どのみちうんざりする仕事だからな。代わりに学生たちに会いに行くことにしよう。君も来てくれるね？」

しかし、私は彼に同行しなかった。その翌日は『ボノー一味』の撮影に行くことになっていたのだから。

うるわしの春

フィリップ・フラスティエは、この作品が監督二作目だった。脇を固めるのは、ミシェル・クルノの『ゴロワーズ・ブルー』の技術チームとほとんど同じ顔ぶれ。その映画で彼は、ファースト助監督として、すばらしい仕事をしていた。キャストに目を向けると、以前クルノの映画で主役を演じたジャン＝ピエール・カルフォン、それから端役だったアニー・ジラルドとブリュノ・クレメールがいた。彼らが今回の映画『ボノー一味』の主役で、さらに〝博識レイモン〟役にジャック・ブレルがいた。クルノの妻のネラと私は端役。私たちはこんなにも早くまた一緒に仕事ができることに喜びを分かち合った。撮影は親密でリラックスしたムードのなか始まった。私は『ゴロワーズ・ブルー』でスチールを担当したため、技術チームとは特に仲良しだった。ネラと私は、主役たちの取り巻きグループの場面で登場することが多かった。

撮影は、一九〇〇年に建てられたという、パリから三十キロメートル離れたある邸宅とその近辺の公園で始まったばかりだった。銀行の襲撃やカーチェイス、ボノー＝ブリュノ・クレメールが包囲され凄惨な死を遂げるシーンは、もっと後で撮ることになっていた。

誰もが昨日パリで起きた出来事を知っていた。一過性のものさ、どうでもいいよという人もいれば、動揺している人もいた。パリ警視庁の発表によれば、逮捕者は六百人近くにのぼった。ソルボンヌ大学では全講義が休講になった。ふたつの主要な学生組合ＵＮＥＦ（フランス全国学生連合）とＳＮＥＳｕｐ（全国高等教育職員組合）は、無期限のストライキを発表していた。

私たちはちょうど警察が邸宅に押し入るシークエンスを撮影していたところだった。ボノーの隠れ家の情報をつかむ任務を帯びたある刑事が、ボノーの取り巻きに尋問をする場面である。私は〝赤いヴィーナス〟というあだ名の人物を演じていた。彼女はやがて仲間を裏切るのだけど、今のところはあからさまに警察を軽蔑していた。リハーサルをしていると、ブリュノ・クレメールがカメラの横に立って、私をからかった。「へたくそ！」彼は言った。「ひどいもんだ」などと言われることもあった。こう言われると、私の演技はどんどんぎこちなくなっていき、彼はそれを見て楽しそうに笑うのだった。彼がこんなふうに私を挑発するのは初めてのことではなかった。『ゴロワーズ・ブルー』の撮影の合間にこんなことを言われたものだ。「おまえの旦那の映画はクソだな！」私は彼のことを評価していただけに驚きを隠せなかった。魅力的だとさえ思っていたのに。

他の人たちの前で、繰り返し〝へたくそ〟だと言われることで、私の演技は不安定になり、わずかな自信さえも失いつつあった。「ブリュノ、ちょっかいを出すなよ。リハーサルをさせてくれ」いらいらしながら監督であるフラスティエが言った。カメラマンで私と仲良しになっていたアルマンが、私の耳元でささやいた。「気にすんなよ。あいつ、君が好みのタイプだから、気を惹こうとしてるのさ。ブリュノは女たらしだからな」本当だったのかもしれないし、ただの慰めだったのかもしれない。けれど、私自身、彼が言うように、〝へたくそ〟だと感じていた。そのシークエンスの撮影が終わると、次のシークエンスの準備が行われるのを眺めることなく、私は事務所が設置された邸宅内部に向かった。コーヒーを飲もうと、キッチンのほうへ。

年齢不詳の女性が、その邸宅の管理を任されていて、朝食や軽食をふるまっていた。古めかしい炭火のオーブンに寄りかかって、彼女は、ジャック・ブレルの話に耳を傾けていた。ブレルは、赤ワインの入ったグラスに向かって独りつぶやいていた。私はそっと彼の向かいに座ると、小さく「こんにちは」と声をかけた。

しばらく前から撮影に参加してはいたけれど、彼は一貫して同僚たちから距離をとっていた。フィリップ・フラスティエが、彼を他のメンバーとうちとけさせようとしても、うまくいかなかった。つっけんどんというわけではなく、まるで宇宙からやってきたとでもいうかのように、心ここにあらずだった。男たらしで通っていたアニー・ジラルドが、彼のご機嫌をとる役を買って出た。彼女が以前、まさにこのキッチンで、あの手この手を使って、彼に取り入ろうとしている場面に居合わせたことがある。彼は、彼女の言葉に返事をするでもなく、ぼんやりと彼女を見つめていた。それから、目立たないようにしようと、少し身を引いていた私に視線を向けた。そして、私にニコッと微笑んでみせたのだ。アニーは唖然とし、気分を害したのか、誘惑の手管をやめて、その場を立ち去ってしまった。

ジャックは、演技をしているあいだは、真のプロとしてふるまい、食事もチームのみんなと一緒にした。私もそのひとりだったのだけれど、彼を心から崇拝していた人たちは、一緒にいるだけで恐縮してしまい、気後れして、彼に近づくことができなかった。もしかしたら、彼のほうにもためらいがあったのかもしれない。

でも、その朝、彼のおしゃべりはとどまるところを知らなかった。どうやら彼を苦しめたか、彼に対してひどいふるまいをした人のことが話題になっているようだったけれど、どうもはっきりとしなかった。彼はその人のことを愛していたのに、その人は彼のもとを去ってしまい、そのせいで彼は「くたばり」かけていた。時々彼は、同情した様子で彼の話を聞いていた私のほうや、相変わらず身動きせずにオーブンに寄りかかっている女性のほうを向いた。

不意に彼の嘆きが、怒りに変わった。彼をそこまで苦しませているある女性について語るのをやめ、女性たちを、全世界の女性を攻撃し始めた。彼は、おぞましい侮蔑的な言葉を投げつけ、突然、女嫌いの一面を露わにした。彼の歌の中に、時に苦々しい内容が現れることは知ってはいたけれど、ショックだった。

「そう思わないか?」彼は私のほうを振り向いて言った。

「どうして私に向かってそんなことが言えるの? 私だって女なのよ!」

彼は黙ったまま一瞬私を見つめた。彼の怒りは収まり、謎めいた夢想に場所を譲ったようだった。

「いや」彼はそれまでとはまったく異なる調子で言った。「君はああいう女たちとは違う。君は女じゃない」

この断言に私は思わず言葉を失った。さまざまな問いが頭の中を駆け巡った。もし女じゃなかったら、なんだって言うの？　彼はテーブル越しに手を差し伸べた。

「君は人間だ。今までのたわ言は全部忘れてくれ。春のせいで、なんだか気が変になってしまっていたんだ」

そう、たしかに春だった。かつて経験したことがないほど日差しがまぶしく、ぽかぽかと暖かい、すばらしい春だった。あるいは、それまで私には、そんなふうに見えていなかったということかもしれない。でも、その春に私はすぐにあの多幸感を見い出した。幸せな出来事やすてきな出会いが私を待ち受けているという、あの子供じみた自信にも似た感情を。私は、それが必ずしも長続きするわけではないことを、そして、だからこそ急ぎでそれを味わわなければならないことを知っていた。私は撮影現場から離れた野原にしゃがみ込み、満開のマロニエの木によりかかって、昨日摘まれたばかりのハーブの匂いやリラの香り、やっと戻ってきた鳥たちの歌声に酔いしれた。自然と接することで得られるこの素朴な喜びに身を委ねることを、私はいったいどれくらい忘れていたのだろう？　私たちが結婚してから、まだ一年と経ってはいなかったけれど、あらゆることがあまりにも慌ただしかった。ジャン＝リュックと私には、やることがあまりにもたくさんありすぎたのだ……。

「もう！　衣装を着たまま、何をしているの？　撮影のあいだ中その衣装を着てもらわなきゃならないのよ！　ほら、立って！」

『ゴロワーズ・ブルー』のときからチームの一員だった衣装係の女性が、私を見つけて背中やお尻、脚をブラシでゴシゴシこすった。一九〇〇年製のかわいいグレーのロングドレスが台なしだった。夜のうちに洗濯してもらわなければならないかもしれない。いつものように、彼女はマリファナをふかしていた。そうすれば、彼女はいつでもご機嫌なのだった。

帰宅すると、ジャン＝リュックは先に帰っていた。若い男と一緒で、その男はふたつあるソファのひとつに寝ころび、ビールを手にしていた。当時の若者らしい、汚らしい長髪に、ジーンズに黒いしわくちゃの上着、清潔さのほどが疑わしい白いTシャツというでたちだった。意図的なだらしなさを、まるで制服のように着込んでいる様子がいらだたしく、私はこの新顔をじろりとにらんだ。

「やあ、同志！」そのままの姿勢で彼が言った。

おまけに声まで大きかった。

「ジャン＝ジョックだよ」急いでジャン＝リュックがつけ加えた。

それから、紹介の仕上げにこう言った。

「アンヌだ。僕の妻さ」

「やめてくれよ、ジャン＝リュック！　僕が『中国女』を何度も見てるって知ってるだろ！」

〝プロレタリア〟を気取って、大声を出すきらいはあったけれど、彼のいかにもパリの若者ふうな生意気な側面には、いくらか好感が持てた。私はふたりをその場に残し、着替えて化粧を落とそうと、寝室に向かった。

寝室にいても、彼らの笑い声は聞こえてきた。一緒に共犯関係を築いていることが、うれしいようだった。いったいいつから知り合いなのかしら？　話をしているのはもっぱらジャン＝ジョックとかいう男だった。ジャン＝リュックがおとなしくしていることに驚いた。他人の話を黙って聞いているなんて、彼らしくない。最後に相手を言い負かすのが、彼の習いだった。私はいぶかしく思いながら下に降りて、彼らに加わった。私を見ると、ジャン＝リュックは説明の必要を感じたようだった。

「ジャン＝ジョックによれば、ソルボンヌとナンテールのストライキは、これからフランス全土の大学に広がるらしい。高校生や労働者階級もそれに続くって」

「まさに革命前夜ってやつさ！」ジャン＝ジョックが補足した。

ばかばかしい！　私は彼らの顔を順番に見つめた。どうしてこんなに熱狂しているのか、さっぱり理解できなかった。年端もいかぬ若者が自信たっぷりに語り、いい中年がそれをさも感心したふうに眺めているなんて。私が何も言わずにいると、ジャン＝ジョックは驚いた様子で言った。

「同志、君は僕の予言が外れるって思ってるの？」

私は再びいらいらしてきた。

「〝同志〟なんて呼ばないでくれる？　それに知り合ったばかりの人になれなれしく話しかけられたくないわ！」

彼をシュンとさせるには、このひと言で十分だった。ジャン＝ジョックは小さな男の子のように、またコッカースパニエルが哀願するような眼差しで、私を見つめた。どうやらこの男は、私に好かれたいらしい。変にプロレタリアぶるよりその態度のほうがずっと人間的だ。

「わかったわよ。仲良くしましょう」

すると、彼は相変わらず小さな男の子のように大喜びし、挙げ句の果てに子犬をまねて、四つん言いになり、ちんちんまでしてみせた。彼の眼差しは、ますますコッカースパニエルじみて、私は笑いをこらえることができなかった。革命前夜はどこへやら、私たちはまるでウォルト・ディズニーの映画の中にいるようだった。その日、ロジエとブラッスリー〝ル・バルザール〟で夕食をともにする約束になっていた。ジャン゠ジョックの曲芸を見て、ジャン゠リュックも気がほぐれたようだった。

「さあ、行こう。彼らを待たせたら悪いからね」私の機嫌をとろうと、スイス訛りを強調して、彼が言った。

階段を降りて、サン゠ジャック通りに出る途中、私たちに別れを告げたジャン゠ジョックが声を限りに歌った。

オイラは裏のない、気楽な人間、
そいつがオイラの自慢！
オイラが選んだ赤い旗、
深紅の色した赤い旗。
それは心臓を流れる

オイラの血の色。

コミューン万歳！

子供たちよ！

コミューン万歳！


「コミューン万歳！　子供たちよ！」ジャン＝リュックが繰り返した。

彼は振り返って、ジャン＝ジョックが遠ざかっていくのを見つめた。その様子は、楽しげで、感動しているようだった。彼は明らかにジャン＝ジョックの若さに惹かれているようだった。それまで俳優のジャン＝ピエール・レオだけに向けられていた、父親的な優しさが感じられて、私はそのことを彼に指摘した。

「ジャン＝ジョックは闘士だが、ジャン＝ピエールはただの芸術家さ」

　私の質問に先回りするように、彼はこの新しい友人について、高校時代から闘士として活動し、最近、大学入学資格試験《バカロレア》に受かったばかりなのだと説明した。闘士なのは親譲りだった。彼の父親は第二次世界大戦の共産主義レジスタンス運動家で、母親はアルジェリア戦争の際に、ＦＬＮ（アルジェリア民族解放戦線）の一員としてサポート活動を行っていたのだ。

「きっと彼のお母さんは僕らの友人フランシス・ジャンソンを知っているだろうな。もしかしたら、一緒に仕事をしたことだってあるかもしれないぞ」

私たちの友人フランシス・ジャンソン——ここ数カ月、彼からは便りがなく、一年前からブルゴーニュ劇場の仲間たちとシャロンの地で行っている文化的活動についても、音沙汰なしだった。私たちのほうも、旅行や私たち自身の活動であまりに忙しく、彼に連絡を取っていなかった。彼には嫌な思い出がつきまとっていた。私がナンテール分校の年度末試験を受けなかったことを、彼は理解してくれなかった。彼があんなにも熱心に教えてくれた哲学を、私が放棄したのは事実だ。この決断は、試験の数日前にミシェル・クルノが何気なく言った言葉によってもたらされたのだった。そのことをフランシスが知ったら、どう思うだろう？　あのとき、ソーにあるミシェル・クルノの家の中庭で、私は試験のための見直しをしようとしていたのだけれど、ミシェルは、「行かなきゃいい。バカげてる。本当の人生は別の場所にあるのさ」と言ったのだった……。しかし、ジャン＝リュックは、思い出にひたる私をいつもどおり置き去りにして、先に進んでしまうのだった。

「今、大学で起きていることを、フランシスならどんなふうに分析するだろうな」

「そうね、きっとこう言うんじゃない……」

「〝頭の中を明確にしろ〟」

それは、フランシスの口癖で、そのことで私たちは彼をずいぶんとからかったものだった。同じ言葉がすぐさまふたりの口から同時に発せられたので、私たちは笑い合った。ジャン＝リュックとの共犯関係を取り戻せたようで、私はうれしかった。後で電話をしてみようか。あるいは、次の週末あたり、いきなりシャロンを訪問してみてもいいかもしれない。ジャン＝リュックは突然、しばらく中断していた彼との対話を再開する必要に駆られたようだった。

ポール＝パンルヴェ小公園の先にソルボンヌ大学の校舎が見えると、私たちは唖然とした。警官たちが警戒線を張っていたのだ。私たちはこの一九六八年五月四日にパリで起きていたことを、わずか数分間のあいだとはいえ、すっかり忘れてしまっていた。恐ろしい光景だった。ヘルメットをかぶり、盾と警棒で武装した警官たちは、恐怖の対象でしかなかった。少し先のサン＝ジャック通りや、もう少し離れたモベール方面やサン＝ミシェル大通りでは、学生たちがいくつもの群れをなしていた。敵意むき出しのスローガンを叫んでいる学生たちもいたけれど、必ずしも全員がそうだというわけではなかった。彼らと警官たちのあいだには、用心深く一定の距離が置かれていて、それは尊重されなければならないという雰囲気を醸し出していた。少なくとも今のところは。

ジャン＝リュックはただひとり、胸のところで両の拳をギュッと握って、引き寄せられるように警官たちのほうへと向かっていった。まるで、彼がこれから仕掛ける攻撃に対して受けるであろう反撃にあらかじめ備えるかのように。その姿は、アメリカのフィルム・ノワールに登場するボクサーか、でなければ、日本映画に登場する侍さながらだった。私は、彼を全力で、ブラッスリーのほうへと引っ張っていった。彼の態度も怖かったし、今のところは奇妙にも不動の警官たちも怖かった。ジャン＝リュックはぶつくさ言いながらも、言うことを聞いた。

〝ル・バルザール〟の中はいつも通りだった。ギャルソンたちは相変わらず、大きな白い前掛けをして、忙しく働いていた。客が外の様子について意見を述べることもあったけれど、その調子は日常会話のものだった。ル・バルザールは、カルティエ・ラタンのただ中にありながら、一軒だけ我関せずといった態度を貫いていて、その後もそうあり続けることになる。

バンバンとロジエは、店の奥にあるレジ近くのいつものテーブルで私たちを待っていた。バンバンは長椅子に横たわっていた。ロジエはとても興奮しているようだった。

「あらあら」彼女はすぐさま口を開いた。「ジャン＝リュックがふくれ面をしているわね。このレストランで食事をするのが気に入らないんでしょ？　何しろソルボンヌ大学を警官たちが包囲してるんですものね！」

「その通りさ」

ジャン＝リュックはロジエの隣の椅子に座った。私は長椅子のバンバンの隣にもぐり込み、バンバンに挨拶のキスをした。同じことをロジエにもしたかったのだけれど、さっそく彼女はジャン＝リュックと議論を始めてしまっていた。彼女は、ル・バルザールまで警察に包囲されてるわけじゃないんだからいいじゃないと、ジャン＝リュックを説き伏せようとし、ジャン＝リュックは彼女の勢いに負かされそうになりつつも、どうにか「いいや、よくないね！」と吠えた。しかし、やがて、ふたりはこの学生運動の重要性とそれが予告するものについて意見の一致を見るのだった。用いるボキャブラリーだけが異なっていた。ロジエが「すばらしいわね！」と言うと、ジャン＝リュックが、学校の先生然と、彼女の言葉をたしなめる。「問題はすばらしいかどうかじゃない」「私が言いたいことはわかってるくせに！」「いいや、ロジエ。わからないね！」といった具合で。

私はロジエに感心していた。彼女の自信と、それを隠さない勇気に。ときに感情の渦にのみ込まれてしまうこともあったけれど、それはしばしばジャン＝リュックにも起きたことだった。ジャン＝リュックは、この手の口頭での言い争いにおいて、彼女よりずっと熟達していたけれど、ちょうどその晩のように折り合いが悪い瞬間も含めて、彼女のことを評価していた。彼らはほぼ同年代だった。私にとって、彼女は母親であると同時に姉であり、将来従うべき模範のようなものだった。

「まだ続くのかね。連中の大騒ぎは？」バンバンが小声で尋ねた。

バンバンはロジエと正反対だった。慎重でもの静か、とても魅力的で女たらし。気の利いたセリフを絶妙なタイミングで言って、現在進行中の議論に勝ってしまう特筆すべきセンスの持ち主だった。そんなときには、ジャン＝リュックは喜んで勝ちを譲ったものだ。彼らはお互いを評価し合っていて、親しく語り合う間柄だった。ある日、偶然にふたりが子供の頃にカブスカウトをしていたことを知った。片方はフランスで、もう一方はスイスで。バンバンの守護動物《トーテム》は〝気ままなカンガルー〟で、ジャン＝リュックの守護動物は〝けんかっ早いスズメ〟だった。ロジエもミシェル・クルノも私も、これらのニックネームが現実を詩的にうまく表現していると感心したものだ。

ジャン＝リュックとロジエの議論は一時休戦を迎え、私たちはエコール通りから聞こえてくる物音に細心の注意を払いつつも、他の話題に移った。前日の衝突が派手だっただけにその夜は、それ以上の衝突は起きそうになかった。いつも通りサン＝ミシェル大通りを車が流れていく音が聞こえ、ル・バルザールの真ん前に六三番バスが停止したところだった。

私は、その日の撮影中に、ブリュノ・クレメールが執拗に私のことをへたくそ呼ばわりしたことと、ジャック・ブレルのおかげで、いかにして自分が女でないことを知るにいたったかを語った。ひどい目に遭った甲斐があって、受けは上々だった。ロジエとバンバンが面白がり、ジャン＝リュックは物思いに沈んだ。

「クレメールか。四月の失敗作を思い出すな……」

彼は途中で口をつぐんだ。

イギリス人女性プロデューサーの提案で、ゴダールとビートルズの映画を作ろうという企画が立ち上がり、私はジャン＝リュックとともに、ロンドンを訪れた。彼はシノプシスの冒頭部分を、おぼろげながら思い描いてさえいた。中絶を考えるも、なかなか思うようにならない若い女性（私が演じる）が、車の前に身を投げ出し自殺をはかる。ところが、自殺しようとするたびに、彼女はロールスロイスを運転するビートルズの一員に邪魔され、自殺の試みは失敗に終わるのだ。その後はどうなるのか？　さっぱりわからなかったけれど、ジャン＝リュックは、ビートルズが何かいいインスピレーションをくれるさと考えていた。私たちは彼らのファンで、最新アルバム『サージェント・ペパーズ・ロンリー・ハーツ・クラブ・バンド』を何度も聴いていた。

アビー・ロードの彼らのスタジオで、ジョン・レノンとポール・マッカートニーとミーティングが行われることになった。ジョンは、いきなり敵意をむき出しにし、大胆な女性プロデューサーの提案はすべて却下された。そもそも彼は、できるだけ早くこの会合を終わらせようと決めてかかっているようだった。ポールは逆に、魅力的かつ親切で、ゴダールと一緒に映画を撮りたいと願い、「彼のあらゆる映画を敬っている」と語っていた。議論が長引くと、ジョンは挨拶もなしに立ち上がって、一瞥もくれずに部屋を立ち去った。「また明日来てくれませんか？」協調性に富んだポール・マッカートニーが私たちに言った。「ジョンのヤツ、どうも今日は機嫌が悪いみたいなんです。僕のほうから話しておきますから、明日になれば、もうちょっと協力的になっていると思いますよ」

ジャン＝リュックは、疲れていると称して、女性プロデューサーを厄介払いすると、私と一緒に散歩に出かけた。ロンドンはとても陽気で、生き生きとしていた。彼は上機嫌だった。「このバカげた企画は、このままじゃ成立しないだろうな」彼は言った。「いい考えがある。極上の考えがね！」

そして彼は、『俺たちに明日はない』の脚本家ロバート・ベントンとデヴィッド・ニューマンが、『トロツキー暗殺』という新しい脚本を手に、フランソワ・トリュフォーと彼に会いに来た顛末を語った。フランソワはこんなに自分の世界とかけ離れたテーマを扱うことはできそうにないと、すぐさま却下し、それはジャン＝リュック向けの企画だと言った。実際、ジャン＝リュックはこの企画に乗り気だった。脚本も、ふたりのアメリカ人シネフィルの熱意も、気に入った。その前日、ミシェル・クルノが彼に、極秘裏に『ゴロワーズ・ブルー』の最初の編集版《モンタージュ》を見せていた。ジャン＝リュックがその映画のことをどう思ったのか、本当のところはわからないけれど、彼はジャン＝ピエール・カルフォンとブリュノ・クレメール、そして主役の女性を演じたネラの演技に感銘を受けていた。ジャン＝リュックは瞬時に夢想した。クレメールにトロツキーの暗殺者を演じさせるのはどうだろう？　私が暗殺者の妻で、ネラがトロツキーの妻。問題は誰がトロツキーを演じるかだった。ジャン＝リュックには適任が誰も思いつかなかった。結局ふたりの脚本家は、クレメールもネラも私も人気俳優ではないため、アメリカの観客が知っているスターが必要だと言って、配役に反対した。

その件はそこどまりだった。アビー・ロードにあるビートルズのレコード会社で打ち合わせをするまでは。「トロツキーはジョン・レノンだ！　これなら文句ないだろ！」その晩、私たちは、計画を次から次へと積み上げていった。ロケはメキシコでしなければならないだろう。そんな面倒な話にもかかわらず、ジャン＝リュックはやる気満々だった。『中国女』以降、彼がこんなに映画を撮りたがったのは、久しぶりのことだった。

「どうして四月の失敗作のことを?」

ジャン＝リュックは口をつぐんだままで、バンバンとロジエは、続きを待っていた。私がこう質問すると、彼はようやく口を開いた。

「あのとき君が何をしていたのか、わかりゃしないからだろ！　テーブルの下で、ポール・マッカートニーと！」


ジャン＝リュックが話していたのは、レコード会社での二度目のミーティングのことだった。前日よりもさらに散々な結果に終わった。あまりに熱が入ったジャン＝リュックは、さっそくジョン・レノンをトロツキーの話に巻き込んでしまった。ふたりが一緒に組めば、真に革命的な映画が撮れるに違いない。彼があまりに早口でまくしたてたので、女性プロデューサーはうまく通訳できず、彼女の企画がこうむった思いがけない展開にただただ言葉を失うばかりだった。しかし、すぐにジョン・レノンがふたりを制止し、怒りに顔を歪め、今度は彼が金切り声をあげて、言葉の洪水を浴びせかけた。誰かがお盆に紅茶とビスケットやサンドイッチを載せて持ってきてくれたところだった。ポール・マッカートニーが陽気に言い放った。「騒々しくなってきたから、監督さんの奥さんをご招待しようかな。テーブルの下のお茶会に」。彼はテーブルクロスをめくって、スルリとテーブルの下にもぐり込んだ。まるでそれがごく当たり前のことであるかのように。そして、この奇妙な——実際、奇妙だったと思う——状況下で、私は彼に合流した。こうして、差し向かいであぐらをかきながら、ティーカップを手に、声をひそめ、私たちは、それぞれの連れが目の前で繰り広げる熱狂的な脚の運動について、それぞれ英語とフランス語で好き勝手に、コメントし合ったのだった。ジャン＝リュックの脚とジョン・レノンの脚がモケットを蹴り上げると、私たちはその攻撃を避けるように、さらに身を寄せ合わなければならなかった。ミニスカートをはいたプロデューサーの脚が、彼らの脚にもつれたり、ほどけたりした。頭上では、さらに口論が白熱していた。やがて、ジョン・レノンもジャン＝リュックも怒鳴り始めた。「どうやらダメみたいだね」ががっかりした様子の私にポールが言った。「ごめんね。君の旦那さんの企画はとてもよさそうだったんだけど……。後で旦那さんにそう言ってくれる？」それから、彼はテーブルの下から這い出ると、手にした白いナプキンを振った。「喧嘩は終わりだ！」彼は、もう片方の手を私に差し伸べ、立ちあがるのを手助けしてくれた。そこで終幕。ジョン・レノンはドアをバタンと鳴らして、外に出て行った。ポール・マッカートニーはその後を追いつつも、私たちにこう言ってくれた。「アイ・アム・ソーリー、ソー・ソーリー……」私たちは歩道に出た。

プロデューサーは今にも泣き出しそうな顔で、こう繰り返していた。「わからない。わけがわからない」一方、ジャン＝リュックは、怒りが収まらず、私に対して不条理な嫉妬をぶちまけるのだった。「テーブルの下で何をしてたんだ?」と。


「お茶をしてたのよ。ポール・マッカートニーと」

「知ってるよ。ロンドンで聞いたからね。君の口から。この前の四月に」

それから、彼はバンバンとロジエのほうを向いて言った。

「これが普通のことだと思うかい、君らも?」

ロジエは再び興奮し始め、一方、バンバンは、長椅子に一層深く身をうずめた。

「そうよ」ロジエは神経質に笑いながら言った。「テーブルの下でポール・マッカートニーとお茶するくらい普通だわ。学生の主な権利のひとつだとすら言っていいんじゃないかしら」

「あいたたた。背中が痛くなってきた。帰って横にならないと!」

バンバンはいつも体のどこかが痛いのだった。特に背中が痛いと申し出ることが多かった。それは本当のことで誰も疑ってはいなかったけれど、自分にとって面倒で不都合な状況に陥ったときに、言い訳として使うことがあることを、私たちは知っていた。彼のこうした特徴をジャン＝

リュックは面白がった。

「バンバンが痛いというなら仕方ないな……」

彼の口調は優しくなっていた。彼はカッとなりやすかったが、逆に冷めるのも早かった。

「今気づいたんだが、トロツキーの映画もビートルズの映画も、撮るハメにならなくてよかったよ。助かった。僕はもう映画なんて撮りたくないいんだ」彼は言った。

ロジエが肩をすくめ会計を頼むと、バンバンはさっさと出口に向かっていってしまった。特に示し合わせていたわけではなかったけれど、残された私たち三人は、彼のそんな態度に、いつものように嫌味を言い合うのだった。

外に出たものの、辺りは変わらず、先ほどと同じ警官たちの警戒線がソルボンヌ大学を囲んでいた。一方、学生たちの数は減っていた。「明日に備えて、総会を開かなければならないだろうからね」自分が仲間に入れないことを恨めしく思うように、ジャン＝リュックが言った。私は、ポール＝パンルヴェ小公園やサン＝セヴラン教会の庭から聞こえてくるクロウタドリの歌声やアマツバメの鳴き声に耳を傾けていた。まもなく日が暮れる。鳥たちは、最後にもうひと騒ぎして、夜に備えようとしていた。しかし、この幸福なひと時は、私たちが住んでいる建物の近くの交差点という交差点に停車していた多くのパトカーのせいで、すぐに台なしになってしまった。彼らはまるで待ち伏せでもしていたかのようだった。彼らがいるということが既に脅威だった。

自宅の階段の下まで来ると、私はジャン＝リュックの首にしがみついた。「疲れちゃった。おんぶして」彼は、そうしたときの常として、ぶつくさ文句を言ったけれど、私が気まぐれな少女のようにお願いすると、しぶしぶ了承した。彼は頑強で、スポーツ選手のようにしなやかな筋肉の持ち主だった。私をおぶって軽々と五階まで登り、自分の力を示すことができて、うれしそうだった。

私たちが帰宅すると、電話が鳴った。ジャン＝リュックは書斎で受話器を取った。「お母さんだよ！」受話器を向けながら、彼が言った。帰宅しない弟を心配して、電話を寄こしたという。あの子、あなたたちと一緒じゃない？と。弟がどこにいるのか、私にはさっぱり見当がつかなかった。私は母に、警官の数こそ多かったけれど、カルティエ・ラタンは静かなものだったと伝えた。万が一ピエールが姿を現したら、母から電話があったことを伝え、すぐに帰るように言うわと、私は約束した。「ピエールなら、ジャン＝ジョックと同じように、どこで何が起きているかわかっているさ」そういうジャン＝リュックの顔には、やはり仲間外れにされた悔しさがにじんでいた。

ベッドの中に入ると、彼は、自分を悩ませている問題をひととき忘れ、私を優しく抱き寄せた。

「ジャック・ブレルの言う通りだ。君はただの女なんかじゃない。僕の女なんだ」それから、いつものように、あっという間に眠ってしまった。なんの準備もなく深い眠りに落ちることができる、彼のこの能力がうらやましかった。私の場合は、そう簡単にはいかなかった。十五歳のときに父が死んでからというもの、不眠が呪いのように私につきまとった。睡眠薬のイメノクタルを一箱、手の届く場所に置いておくのが、習いになっていた。そうは言っても、私はジャン＝リュックが眠っているのを眺めるのが嫌いではなかった。眼鏡を外して、休息している彼の素顔からは、疑う余地のない純真さと幸福が感じられ、私はそれを見ると、胸がいっぱいになってしまうのだった。ある日、完全に無防備な彼を、私は写真に収めた。写真を見た彼は、びっくりしていた。「これが僕なのかい？」「そうよ、ジャン＝リュック。あなたよ」

同志を解放しろ！

「起きろ、ねぼすけ！」

ジャン＝リュックは小さなテラスに面したよろい戸をもう開け放っていて、そこから五月の太陽が私たちの部屋を照らしていた。彼は、ネスカフェを注いだボウルと入念にバターを塗ったパン切れの載ったトレーをベッドに置いた。私はちっとも起き上がる気分になれず、枕に顔を埋めていた。彼の次の手はわかっていた。その日に発売されたありとあらゆる新聞をベッドにばらまくのだ。ジャン＝リュックが朝食を用意してくれ、さまざまな新聞をベッドに持ち込むことは、日課になっていた。彼はとっくに起きていて、エネルギーがあり余っていた。最寄りのバーでコーヒーとクロワッサンを注文し、すべての新聞の隅々まで目を通し終えていた。新聞を読まなければ、彼の新しい一日は決して始まらない。我が家の下にあるキオスクの女店主は、文房具やある種の書籍まで販売していた。彼女はジャン＝リュックに目をかけ、一番のお得意さんだと公言するのだった。ジャン＝リュックは日刊紙はもちろん、発売日のたびにあらゆる雑誌をそのお店で購入していた。さらには、ボールペンやマーカー、消しゴム、ノートに紙束まで。「ああ、ゴダールさん、あなたって、有名人なのに親切で謙虚な方だわ！」彼女は好んでこう言ったものだった。やがて彼女は、私たちの鍵や荷物を預り、伝言を頼まれてくれるまでになった。

「ほら！　起きろってば、ねぼすけ！」

彼の上機嫌と部屋いっぱいに広がった光に負けて、私はついに目を開けた。ネスカフェが入ったボウルを手に取り、ベッドの上に身を起こすと、新品のトランジスタ・ラジオが見えた。

「買ったんだ。ヨーロッパ1やラジオ・リュクサンブールを聞かないわけにはいかないからね。記者がすばらしいんだ。どこにでももぐり込む。彼らが今起きていることを教えてくれるよ！」

「そういうことなら、ネスカフェのおかわりをいただこうかしら」

思ってもみなかったことに、何千人ものフランス人が同じことを考え始め、やがてトランジスタ・ラジオは街の店頭から消えることになる。ジャン＝リュックはネスカフェのおかわりを持って戻ってくると、これから仕事をするから邪魔しないでくれと言った。なんの仕事なのかはわからなかった。それから、私は驚くべきことを知った。あらゆる新聞の一面をダニーの肖像が飾っていたのだ。ダニーことダニエル・コーン＝ベンディットは、ナンテール分校のアナーキストで、廊下で私に出会うたびに「赤毛同盟だ！」と叫び、私を革命の闘士に仕立てあげようとした男だった。彼は太陽のように、陽気に総動員を呼びかけていた。記事をいくつか読んで、つい先日の、三月二二日にナンテールで発生した騒動の首謀者が彼で、七人の仲間の学生たちと一緒に大学の規律委員会に出頭しなければならないことがわかった。それなのに、私ときたら、大学で仲良くなったドミニクとジャン＝ピエールと彼を、『ピエ・ニクレ』の三人組扱いしていたのだ！

階段を降りて、ジャン＝リュックにこの事態を伝えると、彼も私と同じように驚いた。直接会ったことこそなかったけれど、私がダニーについて語ったことをよく覚えていたのだ。ジャン＝

リュックは私に、『中国女』の中で、ダニーたちが作ったチラシを朗読させることさえしていた。チラシには「アナーキスト」という署名が記されていて、「神経衰弱と性的欲求不満の原動力である」試験のボイコットを呼びかけていた。そのグループは、ジャン＝リュックによれば、毛沢東派として知られているということだった。

しばらくしてから、ラジオを通じて、五月三日のデモ参加者が三人、禁固の実刑に処せられたことを知った。ダニーはその中には含まれていなかった。

その日の撮影は昼食後からで、私が『ボノー一味』チームに合流したとき、休憩中の彼らは、そのニュースについて聞いたことや新聞で読んだことを熱っぽく語っていた。カメラマンのアルマンは、どうして学生たちはこんな反乱をと心を痛めていた。一方で、まるで関心を持たない者も、中にはあざ笑う者もいた。監督のフィリップ・フラスティエと彼の助監督、そして、ブリュノ・クレメールがそうだった。「バカどもが。革命でもしてる気になってんだろ」とひとりが言い、「アルジェリア戦争をしてるってわけでもないのにな」ともうひとりが言った。それが、アルマンの疑問に対する彼らの答えだった。撮影が再開すると、私は小声で、議論にならないわねと言った。アルマンは私にやはり小声で、でも、皮肉を込めて言った。「仕方ないさ！　彼らはピエール・シェンデルフェール一味なんだ。一緒に『317小隊』を撮ったのさ。筋金入りの男ってわけだ！」

現場は、特にギスギスした雰囲気になったわけではなく、前日と同じリズムで撮影が進んでいた。しかし、何かが変わってしまっていた。上機嫌な空気が、一部失われてしまったようだった。

その翌日の五月六日、すべてが加速した。

朝になると、ダニーと七人の同志がナンテール分校の規律委員会に出頭したことが報道された。フランス中の多くの大学で、ストライキやデモが勃発し、午後の早い時間にカルティエ・ラタンでも新たなデモが行われた。その日は撮影の予定がなかったので、私はジャン＝リュックについていくことにした。若者たちの集団に混じって、サン＝ジェルマン大通りにいることに、私たちは感動していた。最初のうちは、あまりはっきりしないスローガンをどうにかこうにか繰り返していたけれど、「同志を解放しろ《リベレ・ノ・カマラッド》！」というスローガンだけは別で、みんながひとつになった。警備係の学生たちが、行進に沿って列を作り、周囲から守ってくれたので、とても心強かった。しばらくして、あちこちから、警官たちに対する罵り声が沸き起こった。大勢いる警官たちは、一センチメートルたりとも私たちの前進は許さないと、決意しているようだった。やがて、彼らは攻撃を開始した。すると、近隣のいくつもの通りを舞台に、彼らとの追いかけっこが始まった。秩序もへったくれもない狂気の追走劇。私はただただ怖かった。それは、その後も決して忘れられないような恐怖だった。

ジャン＝リュックは真逆で、何も怖れていなかった。デモ参加者に対する機動隊の傍若無人な暴力に、彼は心底怒っていた。あちこちで小集団ができあがり、反撃を開始すると、彼はまっさきに駆けつけた。他の誰よりも大声で叫び、下品な言葉で警官や政府の要人、組合のリーダーをこき下ろした。私はどうにかこうにか彼についていった。折りにつけ、家に帰りましょうと懇願したけれど、私の話など聞いてはいなかった。時々、息も絶え絶えになって、私たちは立ち止まり、カフェで休憩し、疲れを癒した。どの店もいつも通り、シャッターを降ろさず営業していた。店の人たちは、近隣の住民たち同様に、警官の暴力に腹を立てており、若者たちが逃げ込んでくると、喜んで手を貸してやるのだった。

新たに衝突が起きて、パンテオン近くのスフロ通りを逃げていると、ジャン＝リュックはひっくり返っていたゴミ箱に足を取られ、歩道にうつ伏せに倒れてしまった。私は彼に手を貸して、起こした。ちょっと頭がクラクラする程度で彼自身は無事だったのだけれど、眼鏡のレンズが割れてしまっていた。それは彼にとって最悪の出来事だった。眼鏡がないと、彼は何も見えないのだ。頭に血がのぼった彼は、シャンゼリゼ通りのいつもの眼鏡店に行くから、タクシーを呼べと命じた。タクシーって？　いったいこの状況でどこにタクシーがあるっていうの？　自分自身の言っていることの支離滅裂さに、彼は打ちひしがれた。私たちは、あたりを縦横に駆け回っている学生たちに突き飛ばされながら、まるで愚か者のように、その場にたたずんでいた。やがて機動隊が到着するだろう。大急ぎで安全な場所に避難する必要があった。幸いロジェとバンバンの住むトゥルノン通り二十番地はそう遠くはなかったので、私は彼を盲人の手を引くようにその住所まで導いた。建物に着くまでのあいだ、彼が浴びせる愚痴にいらつきながら。不当だと知りつつも、こんな怖い目に遭っているのは、彼のせいだと私は決めつけた。

バンバンが驚いた様子も見せずに、私たちを中に入れてくれた。彼はすぐに状況を理解し、解決策を提案した。ロジエは横で若いアシスタントの青年と、新作コレクションの仕事をしていた。そのアシスタントはベスパを持っていた。彼ならもしかすると、デモ参加者や警官の合間を縫って、シャンゼリゼ通りまで行けるかもしれない！　つまり、セーヌ右岸まで行って、セーヌ左岸に帰ってくるだけのことだ。

アシスタントは、眼鏡店の住所をメモすると、眼鏡を手に、最善を尽くすと約束した。階段を駆け下りる彼に、ロジエが叫んだ。「ふたつ作ってもらいなさい！」そして、ジャン＝リュックのほうを向いて言った。

「同じようなくだらない事故がまた起きないとも限らないものね。用心に越したことはないわ」

「くだらないだって？」

「そうよ、ジャン＝リュック。くだらない事故だわ。ソファにでも座って頭を冷やしなさい。お茶を入れてあげる。少しは気分が落ち着くでしょ」

私は一足先にソファに座っていて、キッチンで見つけたコカコーラをちびちび飲んでいた。我が家にいるようにくつろげるこのアパルトマンが、私は大好きだった。ロジエのおもてなしはいつも温かかった。室内には最新の家具が据えられ、旅のお土産と骨董店で見つけてきた掘り出し物が特に区別されるでもなく並び、詩的なオブジェを形成していた。大きな天窓がいくつも連なり、パリの路上で飢えていたところを拾ってきた三匹の猫がいる。彼らは今ではでっぷりと太っていて、とても人に馴れていた。遠くからパトカーのサイレンとごくまれに救急車のサイレンも聞こえた。衝突の中心は、モベールのほうか、サン＝ミシェル大通りに移動したようで、もうスローガンは聞こえなかった。私はやっと恐怖から立ち直った。するとたちまち、ジャン＝リュックのことが心配になった。突然、疲れが襲ったようで、彼はバンバンの質問にもロジエの提案にもほとんど答えなかった。ロジエが笑わせようとふざけたり駄洒落を言ったりしたけれど、ジャン＝リュックは途方にくれているようで、ラジオをつけてくれとすら言わなかった。

アシスタントが眼鏡店から電話をかけてきた。今すぐレンズを交換するのは無理だそうで、新品の眼鏡ふたつを用意できるのは、翌日の昼前になりそうとのことだった。アシスタントは、行きは難しくなかったけれど、戻るのは大変そうだと言った。「じゃあ、もう今日は上がりでいいわよ」ロジエはそう言うと、私たちのほうを振り向いた。

「お腹減ってない？」

「腹ペコだ！」

ジャン＝リュックがようやく立ち上がった。私たちは朝食を食べたきりだったけれど、その割にはよく歩いて、よく走った。

「革命を起こすってのは、腹が減るもんだね！」

彼は突然、上機嫌になり元気を取り戻したようだった。眼鏡が壊れたおかげで、警官を攻撃する気持ちも、失せたようだった。

「頑張りすぎちゃダメよ。もう二十歳じゃないんだから」我慢できないといった様子で、ロジエが皮肉った。

「君だって同じじゃないか」ジャン＝リュックが笑って言い返した。

夕方の七時を回ったところで、問題はどこで食事をするかだった。機動隊による警備が厳重であるだけに、誰もル・バルザールには行きたがらなかった。それにどこで戦闘が行われているかもわからなかった。屋上の小テラスから下を眺めてみると、トゥルノン通りは安全そうだった。

「オデオン座の隣の〝ラ・メディテラネ〟はどう?」ロジエが提案した。「まだちょっと早いけど、食事は出してくれるはずよ」

バンバンが神経質そうに咳をした。

「えっと、君は行ったことがあったっけ?」彼はジャン=リュックに尋ねた。

「いや。でも、いいよ」

そのレストランのことは、祖父のフランソワ・モーリヤックと伯父のクロード・モーリヤックから聞いたことがあった。彼らは、好んでその場所で夜食を取ることにしていて、常連だということだった。サルトルと雑誌『レ・タン・モデルヌ』のおかげで、ずっとホテル〝ポン・ロワイヤル〟のバーが私にとって神話的な場所だったのだけれど、ラ・メディテラネもまた神話だった。ラ・メディテラネは、想像以上にきれいで上品な場所だった。私は、壁に描かれたフレスコ画や有名人たちの写真に見惚れた。ジャン=リュックは、こうした細部については、はっきりとは気づいていなかったものの、どこか警戒すべき匂いを嗅ぎつけたようだった。

「どうも僕が好きなタイプの店ではないみたいだな」彼は言った。

「好きなタイプかどうかはともかく、あまり選択肢がないのは事実だね」バンバンがなだめるように言った。

彼は手で合図を送って、ある写真を前に、すっかりのぼせてしまった私をたしなめた。——あのすばらしいジャン・マレーとジャン・コクトーを写した一枚。それにしても、こんなにすてきなレストランで食事をするのは滑稽なことだった。ジャン＝リュックは食にこだわりは一切なく、食べられればなんでもよかった。みっともなければみっともないほど、彼にとってはいいレストランなのだった。彼が以前の習慣を変えたのは、ただ単に私を喜ばせるためだけだった。以前は小汚いブラッスリーを好んで利用していたのだけれど、最終的にル・バルザールも受け入れたのだ。

店内で食事をしているのは、あるカップルだけだった。年配の男性とそれよりは少しだけ年下の女性。女性のほうは派手な化粧をし、髪はプラチナブロンドに染め、わけのわからないシニョンを結っていた。レストランはガラガラで、私たち六人は興味深い集合体を形成していた。ジャン＝リュックは目ざとくカップルを見つけ、その様子から侮蔑的な言葉を吐いた。「娼婦と老いぼれだな」。ロジエとバンバンはそのコメントを無視することにした。給仕が何人かやってきて、私たちを取り囲み、注文を取った。

夕食の場は張りつめた空気に包まれていた。再びパトカーのサイレンや、遠くからの爆発音、学生たちの叫び声が聞こえてきた。よくはわからなかったけれど、市街戦が近づいてきているようだった。ジャン＝リュックは再び神経質になり、壊れた眼鏡を呪い、こんなに豪奢なレストランに連れてきやがってと、ロジエに文句を言った。僕たちは学生に寄り添い、路上にいるべきなのにと。彼の悪意ある言葉に、温厚なバンバンもさすがに気分を害したようで、やんわりと非難した。

赤い旗を振り回しながら、ある若者の一団が、オデオン座の広場に入ってきた。彼らはしばらくためらったのち、ラシーヌ通りをサン＝ミシェル大通りのほうへと突進していった。私たちはそのとき初めて、新しいスローガンをふたつ聞いた。「これは始まりにすぎない《ス・ネ・カン・デビュ》！ 闘いを続け《コンティニュオン・》よう《ル・コンバ》！」「機動隊はナチ親衛隊《CRS＝SS》！」というものだ。通りがかりに、彼らはラ・メディテラネの前に置かれたプランターをひっくり返し、レストランの窓ガラスを何度か叩いていった。まるで中にいる人たちに目を覚ませとでも言うかのように。特にガラスが割れたわけではなかったけれど、窓の近くのテーブルについていたカップルは、びっくりして思わず立ち上がり、キッチンに避難しかけていた。オデオン座前の広場が再び静かになると、やっと彼らは自分たちのテーブルに戻った。男性のほうは、恐怖と怒りで震えていた。怒りのあまり、彼は私たちに同意を求めるように、言った。

「クソガキどもめ！　あんなヤツらは、革命ごと牢屋にぶち込んでやればいいんだ！」

「まずいわ……」ジャン＝リュックの顔が引きつるのを見て、私は思った。

「クソはあんただ！　クソジジイめ！」

男性は思わぬ言葉に驚き立ち上がった。その罵りがどこからやってきたのか確かめ、四肢をワナワナと奮わせながら、震えた声で叫んだ。

「なんだって⁉　おい、あんた！　私は十四年の戦争と四十年の戦争を戦った男だぞ！」

「まだ生きてるってことは、安全な場所にいたんだな。兵役逃れと一緒だ！　さもなきゃ何千人もの仲間たちと同じように、とっくに死んでいたはずさ！　おい、兵役逃れ！　兵役逃れのクソジジイ！」

男性は怒りで喉を詰まらせ、罵詈雑言を吐きながら給仕や給仕頭に、どうにかしてくれと要求した。彼は明らかに常連で、すぐに彼の周りに人だかりができた。その間、ロジエは急いで会計を頼み、支払いを済ませていた。この愚かな諍いから、ジャン＝リュックを引き離す頃合いだった。レストランを出ようというときになって、ジャン＝リュックが後ろを振り向き、カップルのもとに戻った。

「せいぜい食って飲むんだな。どうせもうそのロブスターを楽しませてやることはできないだろうからな」彼は憐れなブロンドヘアーの女性を指さしながら言った。

バンバンが引き返し、彼を外に連れ出した。

「そんなことを言っちゃダメだ！」バンバンは言った。「あんまりだ！」

ロジエも爆発寸前だった。私はジャン＝リュックの憎しみを目の当たりにして、今にも泣きそうだった。そういったジャン＝リュックの暗い側面は時に、わけもなく、説明もつかずに、湧き上がってくるのだった。私は逃げ出したかった。どこへでもいい。難を逃れたかった。たとえそれが母のところでも。だけど、眼鏡を失った彼を見捨てるわけにはいかなかった。カルティエ・ラタンでは、機動隊とデモ参加者たちが攻防を繰り広げ、いたるところで衝突していた。

「家まで送ってあげよう」とバンバンが言った。「アンヌにだけ責任を押しつけるわけにはいかないよ」

「私は嫌」ロジエが答えた。「今日はもうお手上げよ。あんまりグズグズしないでくださいね。あなたのことで気をもむなんて嫌ですから」

そして、彼女は、踵《きびす》を返した。ひと言も言わずに、挨拶のしぐさをすることもなく。

バンバンとロジエは、何年も一緒に暮らしているはずなのに、未だにどこか他人行儀な話し方をしていることに、改めて驚いた。しかし、そのことをゆっくりと考えている暇もなく、バンバンが、軍隊の隊長よろしく、ル・バルザールの方向を指さした。

「あっちでは衝突が起きていないようだ。行ってみよう……」

彼は背中の痛みといつもの落ち着きを忘れ、毅然とした様子で、足早に歩いた。ジャン＝リュックは、静かに従順についていった。おそらくあのカップルへの暴言を後悔していたのだろう。

私たちはいくつものデモ参加者たちのグループとすれ違った。彼らは、一時的にリュクサンブール公園のほうに後退しようとしているようだった。聞くところによると、サン＝ジェルマン大通りでは戦闘が続いていて、特にオデオン座の交差点あたりで激しい戦いが繰り広げられているらしい。そうしたグループのなかに弟のピエールがいた。彼は私たちを見つけて、駆け寄ってきた。

私たちがその場にいることと、ジャン＝リュックの奇妙な様子に驚いていた。ピエールと既に面識のあったバンバンが、ジャン＝リュックの眼鏡が壊れてしまい、家まで送るところなのだと説明した。ピエールは自分が替わるから、バンバンは帰宅するといいと言ってくれた。バンバンがレストランでのひどいエピソードを話さずにいてくれたことに、私は感謝した。ピエールはジャン＝リュックが大好きで、ずっと憧れていた。彼がジャン＝リュックに抱いているいいイメージが壊れるなんて残念だった。ジャン＝リュックは、今ではおとなしくなっていた。

「眼鏡がないと、ますますバスター・キートンにそっくりだね……」

「好きなように言ってくれ……」

サン＝ジャック通り方面に向かっていくのはそこまで大変なことではなかった。そのあいだ、ピエールは彼の昼間の出来事を教えてくれた。彼は、コダック・オートマチックを首に提げ、デモ参加者たちのあとについていきながら、写真を撮っていたそうだ。その次は私が、日中に新聞で知って驚いたこと、三月二二日運動の主導者が、実はナンテールのアナーキストの友人ダニーだったということを話した。

「嘘だろ？　しょっちゅう家に電話をかけてきたあいつ？　いつも僕が、姉さんは留守ですって答えてた？」

「そう。覚えてる？」

ピエールは笑って喜んだ。

「姉さんが誇らしいよ。ジャン＝リュック・ゴダールと結婚しただけじゃなくて、あの感じのいい革命軍リーダーの友達でもあったなんて！」

でも、ポール・パンルヴェ広場まで行くと、思いがけない状況が私たちを待ち構えていた。サン＝ジェルマン大通りと、サン＝ジャック通りの交差点に機動隊の本隊が控えていて、戦闘を後方から支援していたのだ。

状況を知ると、ジャン＝リュックは、最初のうちは憤慨して、通り抜けを拒否した。ピエールは、他に策はないと説明した。「ゲームだと思えばいいんだよ。敵の懐にもぐり込むんだ。バック・ダニーが日本人たちのあいだに潜入したのと一緒さ」私たちが子供の頃にお気に入りだったバンド・デシネのたとえは、ジャン＝リュックにはピンとこなかったみたいだけれど、ゲームという考えは彼も気に入ったようだ。

ピエールは、最前列の警官たちに近づき、できるだけ早く帰宅したい旨を礼儀正しく説明した。眼鏡が壊れてしまって、義理の兄は何も見えないんですと。警官たちも礼儀正しく、私たちに身分証明書を求めた。彼は正規の身分証で問題なかったけれど、ジャン＝リュックと私は、スイス国籍のパスポートしか持ち合わせていなかった。そこには私たちの住所が記載されていなかった。というのも、結婚したときには、どこで暮らすか、決まっていなかったからだ。私たちが本当にフランスのパリに滞在していることを証明するものは、何もなかった。

長い時間交渉して、ようやく彼らは、私たちが本当のことを言っていると信じてくれた。疲れ切って取り乱した男とその妻だという若い女は、どうやら本当にピエールが褒めそやしている有名なカップルらしいと。デモ参加者たちはことごとく、彼らのはるか前方、オデオン座の交差点あたりにいた。メガホンを通して、スローガンがはっきり発音して叫ばれるのが聞こえる。「同志を解放しろ！」「これは始まりにすぎない！　闘いを続けよう！」「機動隊はナチ親衛隊！」私たちが隊列を通り抜けていくのと同時に、「通してよし」という指令が伝わっていった。前進するにつれて、警官たちの数に圧倒された。彼らはヘルメットと盾と警棒の装備によって、まさに恐るべき戦士に変身しており、私たちはビクビクしてしまった。微笑んだり、感謝したり、私たちは愛想よくしなければならず、その度合いこそさまざまだったけれど、私たちは二人ともそれぞれ屈辱を感じた。それでも、それ以上市街戦に参加せずに済み、先ほどのようにもう怖い思いをすることもなく、帰宅できることに私はほっとしていた。

ようやく隊列を抜けるというところで、ある警官が改めて身分証明書を要求した。幸い、指令が追いついてきて、その警官は私たちのスイスのパスポートを返してくれた。「明日の朝一番で大使館に行って、あなたたちのパスポートを正常化してもらってください。今日は見逃しますが、次はないですよ」彼は喧嘩腰で、私たちを拘留できないのが残念そうだった。隊列を抜け自由になるやいなや、ジャン＝リュックがつぶやいた。「嫌な野郎め！」彼は後ろを振り向いて、その顔を忘れまいとするかのように、警官をじっとにらんだ。もっとも、それはただの〝からいばり〟だった。なぜなら彼は遠くが見えず、警官たちの顔を見分けることすらできなかったのだから。それでも彼は、その警官に向かってつぶやいた。「覚えておけよ！」ピエールと私は、彼をむりやり建物の中に引っ張っていった。

帰宅すると、ピエールは、私たちそれぞれのパスポートと万年筆を要求し、それから名前や出生地を記してあるのと同じ色のインクはないかと聞いた。「大使館になんか行って時間を無駄にすることはないよ。僕が偽造してやる。誰にもケチをつけられないようにね」私は弟を信頼していた。彼が、この手の分野で優れた才能を持っていることは、よく知っていた。ジャン＝リュックも楽しそうだった。誰かをだますとなると、いつもそうなのだ。その後は、パリでもスイスでも、私たちは世界中、好きなように移動することができた。

ピエールは私たちのもとを去って、フランソワ＝ジェラール通りに帰る準備をした。「ママに日が暮れるまでに戻るって約束しちゃったから」そう言うと突然不機嫌になって、十九歳になったばかりの若者にも名誉はあるんだとばかりに、つけ加えた。「でも、そろそろ門限を変えてもらわないとね！」

実際、日が暮れようとしていた。サン＝セヴラン教会の庭では、交差点に集まっている機動隊などどこ吹く風で、鳥たちが夜の到来を祝って鳴いていた。ジャン＝リュックは、ふたつあるソファのひとつに横たわり、もうひとつには私が横たわっていた。トランジスタ・ラジオをつけて、ダイヤルをヨーロッパ1に合わせた。おかげで、私たちは、事件の経過を詳しく知ることができた。

デモは、ダニー・コーン＝ベンディットとSNESup（全国高等教育職員組合）の書記長アラン・ジェズマール、UNEF（フランス全国学生連合）の委員長ジャック・ソヴァジョを先頭に、穏やかに始まった。衝突のきっかけを作ったのが誰だったのかはわからない。学生たちは機動隊を糾弾し、逆もまたしかりだった。「制御不能分子」が行進の中にもぐり込み、混乱をまき散らしたのかもしれないという意見を初めて聞いた。インタビューを受けた学生たちの何人かが、「警察に操られたスパイ」について話していた。記者は、警察の暴力を目の前にして、もともと政治的傾向のない学生たちが、いかに街路に出るにいたったかを語った。私たちは、新しいスローガン「これは始まりにすぎない！　闘いを続けよう！」の意味を知った。今や、あらゆる人がともに歩んでいるのだ。記者は興奮した様子で話していた。彼らにとってなんという勝利でしょう！政府にとっては、なんという敗北でしょう！

突然、記者がダンフェール＝ロシュロー広場にいる同僚のひとりにマイクを譲った。そこでは、若者たちがたくさん集まり、その日の終わりに、カルティエ・ラタンで行っていたように、バリケードを築いていた。その場に駆けつけた機動隊が、すぐさま攻撃を始めた。しかし、学生たちのほうも、今ではよりよく組織されていて、バリケードに隠れ、敷石《パヴェ》、交通標識の柱、火をつけたゴミ箱など、手の届くところにあるものならなんでも投げつけて、応戦していた。彼らの叫びや警察の警告、投げ放たれたものが盾にぶつかって砕ける音、爆発音、救急車のサイレンなどが、まるで私たちがその場にいるかのように聞こえてきた。ある場所から別の場所へ、時には自分の身を守り、時には衝突の中心に突入し、目にしたものにコメントしていくこの記者のおかげで、パリを舞台に暴力が吹き荒れたこの夜を、私たちは生で体験することができた。

珍しく小康状態が訪れたとき、ヨーロッパ1のスタジオにいる別の記者が、ある噂に言及した。政府が学生運動の主要なリーダーたちと交渉したがっているというのだ。彼は再びマイクをダンフェール＝ロシュロー広場の同僚にマイクを返した。彼はダニーに短いインタビューをすることに成功していた。ダニーは、その噂の妥当性については答えなかったけれど、拘留された同志の解放と、機動隊のカルティエ・ラタンからの、そしてもちろんソルボンヌ大学からの撤退なくして、交渉はないと断言した。

昨年知り合ったダニーがリーダーとして話をしているのは、変な感じだった。その声も、熱意も、自信たっぷりなところも、あの頃と何も変わらなかった。私は大学の世界に背を向けることを選んだけれど、彼が言うことにはすぐに同意できた。ドミニクとジャン＝ピエールも近くにいるのだろうか。どうして私なんかが、この三人のすぐ隣にいることができたのだろう？

夜のとばりはとっくに下りていて、アパルトマンは真っ暗だった。ジャン＝リュックはもう寝ようと言った。ランプをひとつもつけずに、寝る前の身支度もせずに。トランジスタ・ラジオを消し、ベッドに横たわり、身を寄せ合い、眠りが訪れるのを待ったけれど、うまくいかなかった。私は、ジャン＝リュックが無数の考えに苛まれているのを知っていた。私もそうだった。しかし、私たちはふたりともそのことについて口に出さなかった。まるで、こんな一日を過ごしたあとでは、黙るしかないとでもいうかのように。

革命の歌

「起きろ、ねぼすけ！」

ジャン＝リュックのいつものセリフに続いて、牛の鳴き声のような大きな音が聞こえ、パッと目が覚めてしまった。

「起きろってば！　上のねぼすけも下のねぼすけも！」

私は、ジャン＝ジョックが連日居間に泊まったことを思い出し、いらいらしていた。五月七日、ダンフェール＝ロシュロー広場からエトワル広場にかけて大規模なデモが行われた帰りに、ジャン＝リュックが彼を誘ったのだった。私たちを見つけると、ジャン＝ジョックは、仲間のもとを離れ、私たちに合流した。高校生たちが今にもストに入るという、彼が仕入れてきたばかりの新鮮なニュースに、ジャン＝リュックは大喜びだった。彼はジャン＝ジョックを、自分と若者たちをつなぐ連結符と見なしていて、愛情を込めて、「わが政治委員」と呼んでいた。私はジャン＝リュックより疑り深かった。ジャン＝ジョックよりひとつ年上の私にとって、同年代の若者たちは、口数が多いだけだった。とはいえ、ジャン＝ジョックの陽気さと尽きることのない革命歌のレパートリーは魅力的だった。あまりに大勢の人に囲まれていたせいで、私は気分が悪くなっていたのだけれど、彼が近くにいると、それが多少なりとも紛れるのだった。デモの中では、突然、映画人や演劇人、俳優や監督や技術者などに会うこともあった。そんなとき、私は、学生運動が広がりつつあり、学生以外の層にも届いているのだと実感することができた。知り合いを見つけると、私は喜んで彼らのもとに駆け寄ったものだけれど、ジャン＝リュックは、一定の距離を保とうとしていた。それは彼の習慣だった。

私たちは、何時間も歩き、へとへとになってサン＝ジャック通りに戻ってきた。ジャン＝ジョックが前の晩にあまり寝られなかったと不平をこぼすと、ジャン＝リュックは、それならウチに泊まっていけばいいと提案した。私はちょっと嫌だったけれど、我慢することにした。

翌朝、『ボノー一味』の撮影があったので、私は早起きして、ソファでぐっすり眠っているジャン＝ジョックを横目に出かけた。彼はかろうじて靴だけ脱いだだらしない格好で寝ていて、部屋の真ん中には上着が散らかしっぱなしになっていた。

その日の撮影は、一日中大変だった。チームのさまざまなメンバーのあいだで意見が対立し、緊張感が高まった。ここ数日の出来事に熱狂している者がいる一方で、それを軽蔑している者もいた。そのとき撮影に入っていた映画現場は、たいていどこも似たような状況だったようだ。私たちの現場でも、ストをしてはどうかとほのめかす者が出始めていた。私はそれまでそんなことは一度も考えたことがなかったけれど、その考えが気に入り、「学生との連帯」を語るアルマンの議論に同調した。すると、ファースト助監督とブリュノ・クレメールが怒り出した。アルマンが言うところの、『317小隊』の古株である。一方、フィリップ・フラスティエは、自分の映画をどうにか完成させたいと躍起になっていた。彼は不屈の意志で、それまでの十倍のエネルギーを注いで仕事をした。自分の意見は抑え、上機嫌を装いのんきなふりをして、皆を落ち着かせようとした。実は、それどころではなかったのだけれど。

ブリュノ・クレメールとファースト助監督の皮肉に気圧されることなく、私は、おとといの五月六日から行われた大規模なデモで警官が暴力行為を働いたことを、子細に語った。ジャック・

ブレルは、私の話を注意深く聞いてくれてはいたけれど、なんの興味もないようだった。アニー・ジラルドは肩をすくめ、生意気なパリっ子特有のフランス語訛りで「ショー・マスト・ゴー・オンってところね」と答えるにとどまった。彼女は心臓に問題があったそうだけれど、私は当時そのことを知らなかった。ジャン＝ピエール・カルフォンだけが、彼なりの学生運動について、熱狂的に語った。革命、セックス、ドラッグ、音楽をごたまぜにしながら。撮影の合間に、彼は、『ゴロワーズ・ブルー』での登場場面さながらに、マリファナを吸いながらギターを弾いた。彼がこんなふうに私の話を勝手にふくらませると、ブリュノ・クレメールが大爆笑し、最後にファースト助監督がカンカンになって、私に黙れと命じた。私はその後、数週間は撮影に参加しないことになっていて、彼はそのことを、「いい厄介払いだ！」と歓迎した。そして、こう付け加えた。「革命ごっこはよそでやってくれ、クソ女め！」

ジャン＝リュックと落ち合って、サン＝ジャック通りとサン＝ジェルマン大通りの角のところにある、彼のお気に入りのレストラン〝レ・バルカン〟で夕食を取ることにした。大しておいしくもない分、安いお店で、学生たちのたまり場だった。私の好きな場所ではなかったけれど、何度もル・バルザールに通い、ラ・メディテラネであの悲惨な体験をしたあとでは、文句を言う気にはならなかった。

突然、彼は興奮した様子で、フランスの全高校が次から次へと公式的にストに入ろうとしていると、私に告げた。私は私で、日中に見たり聞いたりしたことを語った。現在撮影が行われているさまざまな現場で、ストが起きるかもしれないという噂が流れていると。彼はその話を信じてはくれなかった。

「映画の連中が興味なんて持つもんか！　あいつらが興味を持ってるのは、自分たちの映画だけさ」

私は彼に、アンリ・ラングロワが解雇されシネマテークが閉鎖されたときには、たくさんの人が集まったじゃないと言った。すると彼は、学校の先生のような口調で、それとこれは別の話だと言い、すぐさま自分の話したいテーマに戻ってしまうのだった。それは、彼の友人のシャルルが、やがて労働者たちも運動に加わると予言しているということだった。友人のシャルル？　友人のシャルルって誰？　年の初めに知り合ったって話したじゃないかと、ジャン＝リュックが言った。驚いた様子の私に、彼はいらついたようだった。彼が再び学校の先生のような口調で話し始めると、今度は私がムッとする番だった。

「あのとき、話したじゃないか。僕が知る限り最も知的な学生だよ。ＵＪＣＭＬのメンバーと付き合っていて、知り合いになったんだ。シャルルは厳密には毛沢東派の闘士ではないけど、近い考え方の持ち主で、とても活動的なシンパなんだ」

「ＵＪＣ……なんですって？」

「ＵＪＣＭＬ、共産主義青年連合マルクス＝レーニン主義派だよ。君には困ったもんだな。政治のこととなると、全部忘れるようにできてるようだね。言っとくけど、『中国女』で同志Ｘを見つけてきたのは君だよ。君の友達アントワーヌ・ガリマールのそのまた友達のオマール・ディオプは、ＵＪＣＭＬのメンバーなんだ。ところで、アントワーヌはどうしてる？」

「さあ……」

アントワーヌに話が及ぶと、悲しみのような感情で胸がいっぱいになった。結婚してからというもの、私たちはパリを離れて過ごすことも多く、そのせいで、幼馴染や青春時代の友達からも離れてしまった。そのとき、ふと、大事な人たちとの別れは早くに訪れ、同じくらいすぐに新たなきずなが生まれるものなのだということを、私は理解した。例えば、ロジエとバンバンのように。そういえば、ナタリーは？　ナタリーはどうしているのかしら？　ジャン＝リュックと私は、ニューヨークに短期滞在したときに、彼女と再会していた。彼女は現地のフランス学校で大学入学資格試験《バカロレア》を受けたはずだ。でも、そのあとのことは何も知らなかった。私の気持ちのこうした揺れ動きに、ジャン＝リュックは感動しているようだった。

「二十歳ともなれば、人は分かれ道に差しかかるもんじゃないか。みんなそれぞれ別の道に進むのだろう?」

「あなたは二十歳のときそうだった?」

「いいや。君とは違って、僕には友達なんかいたことがないからね」

この思いがけない言葉に、私はさらに悲しい気持ちになった。ジャン=リュックが私の頬をそっと撫でた。

「罰を受けたコッカースパニエルのような顔はやめてくれ。今の僕には君がいる。それに闘争の同志たちもね」

最後の言葉に私は困惑した。私たちは本当に同じ次元にいるのかしら? 私と私が知りもしない、その謎めいた「闘争の同志」は? 私のほうが、そんな連中よりずっと大事なんじゃない? 私は彼に質問をしかけたものの、理由もよくわからないまま、口をつぐんでしまった。彼にあまりに感情的だと思われたくなかったからかもしれない。

深夜零時を回って、もうそろそろ眠りに落ちようというときに、突然電話が鳴った。またしてもジャン=ジョックだった。五分後にうちに来るという。ジャン=リュックはガウンを引っかけ、ドアを開けてやるために、階段を降りていった。さすがにこれには頭にきた。下に降りて、すぐさま彼を追い返してやりたいところだった。私たちのアパルトマンはホテルではない。戻ってきたジャン＝リュックに怒りを伝えたけれど、彼は私に背を向けてすぐに眠ってしまった。私はやけになって、イメノクタルの錠剤を口に放り込んだ。

翌朝、私が朝一番のブラック・コーヒーを飲み終えようとしていると、ジャン＝ジョックの声が聞こえてきた。彼は声を限りに歌っていた。

牧草を刈る草刈り人夫のように
まるでリンゴの実でも落とすように、
ヴェルサイユ正規軍は虐殺した
少なくとも十万人もの人を。
十万人もの犠牲者を出したこの殺人行為が
何をもたらしたのか見るがいい。

「やめて！」
私が大声で叫ぶと、ジャン＝ジョックは静かになった。それからすぐ、私の寝室へとつながっている階段の下のほうから、彼のがっかりした顔が現れた。

「オレの朝の革命歌、気に入らなかったかい?」

そして、私の返事を待たずに続きを歌った。

彼らは盗賊行為を働いた
沈黙につけ込んで、
野戦病院のベッドに横たわる
怪我人たちにとどめを刺した。
シーツからしたたる血が
扉の下を流れていった。

彼は、かつてないほどに、ウォルト・ディズニーのあるキャラクターにそっくりで、私は怒る気を失くしてしまった。いったい誰に似てるのかしら? 犬のプルート? ジャン=ジョックは私の機嫌が変わったのを感じ取ったようだった。

「一緒にリフレインを歌おうよ」

それでもニコラよ、
コミューンはまだ死にはしない！

今度は、ジャン＝リュックが彼を叱りつけた。その日、ジャン＝ジョックは高校生たちが集まって総会を開いているさまざまな学校施設に彼を案内すると約束していて、彼らは私に一緒に来るかと聞きもせずに出かけていった。おかげで、私は自分のためだけに朝をのんびり過ごすことができた。ベッドでごろごろしながら、好きなだけビートルズやシャルル・トレネ、ジョーン・バエズ、ボブ・ディランを聞いたのだった！

バリケードの夜

哲学者のジル・ドゥルーズは、ずいぶん前からバンバンの親友だった。彼はリヨンで生活し、大学で教鞭をとりながら、頻繁にパリを訪れていた。その日、五月十日の金曜日も彼はパリに来ていて、夕食を終えると、夜十一時の列車で帰らなければならなかった。その夕食に、ジャン＝

リュックと私も招かれていた。

私たちは、ロジエとバンバンのところで、それまでにも既に何度かその哲学者に会っていた。ジャン＝リュックと彼の関係は奇妙だった。彼らが、お互いに評価し合い、それぞれ相手のことを好意的に語っているのは周知の事実なのに、直接会うとなると、二匹の猫のようにお互いを観察し、警戒し合うのだ。それでもひとたび会話が始まると、彼らのあいだで精緻な議論が繰り広げられた。ジャン＝リュックは私に、ジル・ドゥルーズの、あのおおっぴらに「ダンディーな」ところが嫌なんだと説明していた。彼は奇妙にも爪をとても長く伸ばしていた。それに驚く人がいると、それはプーシキンに倣ったもので一種のオマージュなのだと必ず答えていた。ジャン＝リュックには、私たちが大好きなこのロシアの詩人と「不潔な鉤爪」の関係性がわからなかった。とはいえ、その晩、彼らはともに、パリでアメリカとベトナムの和平交渉が始まったことを喜び、日中に起きたその他の出来事やその夜、これから起きるであろうことを話題にした。

それより前の時間に、弟のピエールからサン＝ジャック通りの家に電話がかかってきていた。ピエールは、高校生たちの初めてのデモにとても興奮していた。数百人の仲間たちと一緒に、それに参加したというのだ。合言葉通り、ストライキに参加する高校生たちは、すべからく自分たちが所属するそれぞれの高校から行進を始め、合流地点のダンフェール＝ロシュロー広場に向かったという。ジャン＝リュックは電話機にイヤホンをつけて、ピエールの話を聞いていた。「警備係の学生や活動家たちに周りを守ってもらっていたのか聞いてくれ」「いやいや。僕らだけさ。自発的な集まりなんだ。十歳から十二歳くらいの子もいたよ」ピエールが答えた。そして、希望に満ちた様子で言った。「大学入学資格《バカロレア》試験を廃止にしてやるんだ！」と。彼自身、一カ月半後に試験を控えていた。そして大あくびが聞こえた。「数時間もパリを歩いたせいでクタクタだよ。これからテレビで『メトロポリス』を見て、もし何か起きたら、今晩また出かけることにするよ」ピエールがわざわざフリッツ・ラングの映画に触れたのは、ジャン＝リュックがどれほどその映画を評価していたか知っていたからだった。ピエールはシネフィルの見習いとして、やる気のほどを示しておきたかったのだ。ジャン＝リュックが今や、どれほど映画に興味を失ってしまったか、知るよしもなく……。

八時頃、トゥルノン通りに到着するやいなや、私たちは、ロジエ、バンバン、ドゥルーズと一緒に、トランジスタ・ラジオをつけて、ヨーロッパ1の放送を聴いた。ダニーが呼びかけていた。「警察がソルボンヌを占拠するというなら、僕らはカルティエ・ラタンを占拠してやろう！」と。それはつまり、何千人もの人がその地に殺到するということだ。そんなことになったら、機動隊はどう対応するのだろうか？　その後、どんなことが起きてしまうのだろうか？

ロジエが用意した夕食は、あっという間に平らげられてしまった。ドゥルーズは、パリのリヨン駅に辿り着けず、列車に乗り遅れてしまうのではないかと、気が気でなかった。彼はロジエとバンバンに付き添われて、予定より早く出発することにした。ジャン＝リュックと私は、ふたりでアパルトマンに残されることになり、これからどうしようか、誰に合流しようかと思案した。ジャン＝リュックは、ジャン＝ジョックや例のシャルルとかいう男、それから私がまったく知らない他の何人かに電話をかけたけれど、連絡はつかなかった。私のほうでは、ピエールに電話をした。電話に出たのは母だった。母とピエールは、ふたりでダニーの呼びかけを聞いており、ピエールはすぐさまカルティエ・ラタンに向かってしまったのだという。だが実は、それは母の嘘だった。ピエールは『メトロポリス』の放送が始まる前に眠ってしまっていたのだ。母は彼を起こさないように、彼が危険な場所に出向かぬよう細心の注意を払っていた。何しろ新たな暴動の夜にならないとも限らないのだ。

暴動の夜？　とてもそうはなりそうになかった。私たちがトゥルノン通りのロジュとバンバンのアパルトマンを去ったとき、あたりはまだ明るく、祝祭の雰囲気がパリを覆っていた。ダニーの呼びかけに応じて、大勢の人がカルティエ・ラタンを訪れていた。大学生や高校生はもちろん、あらゆるタイプのシンパとたくさんの野次馬が集まっていた。家族連れで来ている人たちもいた。

サン＝ジェルマン大通りとサン＝ミシェル大通りを多くの人がそぞろ歩き、車の交通もままならないほどだった。天気がよく、カフェのテラス席は客で混雑し、アイスクリームの移動販売まで出ていた。

ジャン＝リュックと私は、この穏やかで陽気な人の波を追っているうちに、私たち自身、愉快な雰囲気にのみ込まれてしまっていた。今起きている衝突や警官隊のことなど、忘れてしまいそうだった。そもそも、警官隊の姿は、どこにも見えなかった。

時々、映画の仕事をしている友人たちに出くわすことがあった。私たちはしばし立ち止まって、互いの印象を語り合った。ジャン＝リュックは、いつもより愛想よく、心を開いていた。彼は、この雑多な集まりを面白がっていた。

私は彼にサント＝マリー中学時代のふたりの同級生を紹介した。最終学年以来の再会だった。大昔からの習慣に従って、ジャン＝リュックは彼女たちに、将来の計画と両親について質問をした。ひとりは、結婚して、何人もの子供の母親になっている自分を思い描いた。もうひとりは、文学研究をするかジャーナリストの学校に通うか、どっちかしらと悩んでいた。両親については、どちらもはっきりと右派だった。ジャン＝リュックが、「それじゃあ、こんな極左の大学生や高校生の真ん中で何をしてるんだい？」と聞くと、彼女たちが答えた。「別に。ただ見に来ただけよ」

十一時頃になると、雰囲気が変わり始めた。野次馬たちは、やってきたときと同様、特に示し合わせるでもなく、自発的に帰っていった。カフェには格子シャッターが下ろされ、アイスクリーム売りは姿を消した。ここ数日の緊張感が少しずつ戻ってきた。多くの記者が徒歩やバイクで集まってきていたことからも、それが確認できた。何か不吉なことが起こりそうな気配があった。それは自明のことで、避けられそうになかった。私は怖くなり、サン＝ジャック通りのアパルトマンに帰りたかったけれど、ジャン＝リュックはきっぱりと断った。

真夜中になり、スフロ通りとゲー＝リュサック通りで、若者たちの集団が敷石《パヴェ》をはがし始め、あちこちに恐ろしい速度でバリケードができ始めた。若者たちの数はとても多く、組織的に闘争を行なう準備が、すっかり整っているようだった。多くの若者が、スカーフで顔を覆っていた。エドモン＝ロスタン広場でも、別の若者たちが通りの敷石をはがしていた。彼らはあっという間に列を作り、バリケードに敷石を供給していった。敷石が一定のリズムで手から手へと渡されていく。黙々と作業が行われる様子は、とても印象的だった。聞こえるのは、ごく手短な指令の言葉だけで、誰もがそれに従うのだった。不平を言う者など誰もいない。統制がとれている様子は、軍隊のようだった。私たちのような存在が仲間に加わっていいものか、躊躇されるほどに。

誰かがジャン＝リュックの名前を呼んだ。ジャン＝ピエール・レオだった。彼はちょっと取り乱した様子で、クリス・マルケルとシネ・トラクトの小規模な技術グループと一緒だった。彼らは、五月の初めから、一連の出来事を日ごとに上映していた。ジャン＝リュックは、彼らのその仕事を評価していて、手を組むことを夢見ていた。実際、しばらく後に、彼らは力を合わせることになる。クリス・マルケルとジャン＝リュックは、友好のあかしに握手をし、何を最優先で記録すべきか話し合い始めた。すると、何人かの学生が、列に加わるか、そうでなければとっとと帰ってくれと言った。警官隊がいつ急襲をしかけてくるかわかったもんじゃない。情勢は逼迫《ひっぱく》しているのだ。

警官隊？

彼らはそこにいた。リュクサンブール公園の格子の向こう側に、ひと塊になって。身動きひとつせず、黙ったまま私たちを監視していた。いったいいつから？　彼らが集まってくる音は聞こえなかった。暗闇の中、ヘルメットと盾が明かりを反射しギラギラと輝く様だけが、彼らがその場にいることを伝えていた。怖かった。まだ時間があるのなら、走って逃げ出したかった。でも、ジャン＝リュックは既に列に加わっていた。私も、そしてジャン＝ピエールもそれに倣った。

相変わらず敷石が手から手へと渡されていた。ジャン＝リュックと私は、狂おしいリズムを乱さぬよう、最善を尽くした。ところが、その美しい流れはすぐに途絶えてしまった。ジャン＝ピエールが口にハンカチをくわえ、敷石を受け取り手渡すたびに、そのハンカチで手をぬぐっていたのだ。サボタージュだと言われ、彼は列から追い出された。時々、列から離れ、ひと休みする人がいると、まだエドモン＝ロスタン広場に残っていた多くのシンパや野次馬が、代わりに列に加わるのだった。私はヴァレリー・ラグランジュの姿を見つけ、列から離れた。

ヴァレリー・ラグランジュは、とても美しい女優兼歌手で、私は彼女と『ウィークエンド』の撮影で知り合った。そのときはじっくり交流を深める時間はなかったのだけれど、私は彼女がとても気に入っていた。彼女もまた、これからどんなことになってしまうのか、とても怯えていた。

クリス・マルケルのグループのある写真家が、その時の私たちを写真に収めた。私は横顔で、当時、毎日のように着ていたロジエがデザインしたすてきなグレーのパーカーをまとっている。ヴァレリーは正面を向いていて、ヒッピー風の刺繍が施されたルーマニアブラウスを身につけている。ふたりともタバコを吸っている。私たちの周りで、ぼんやりとしたシルエットがいくつか、闇の中をうごめいている。私たちの顔には、同じ緊張が、同じ不可避のものへの待望が見てとれる。（私はこの写真を今もまだ持っている。これは、警官隊による攻撃の数秒前に撮られたものだ。）

攻撃は強烈だった。リュクサンブール公園の扉という扉が一気に開け放たれ、数百人の警官が、警棒を振りかざし、なだれをうって押し寄せた。彼らのすぐ近くにいた者たちが、最初に餌食になった。学生たちはすぐさま列を離れ、スフロ通りの最初のバリケードの後ろにいた仲間たちに加わった。ジャン＝リュックは私の手を取り、考えもなしにサン＝ミシェル大通りのほうに引っ張っていった。三十人程の群れの中で私たちはすっかり取り乱し、怯えながら走った。私たちのすぐ後ろでは、ジャン＝ピエール・レオが、助けてくれと絶えず叫び、近隣の住民たちに避難させてくれと頼み込んでいた。ラシーヌ通りでは、あるホテルのドアを叩きながら、「一泊するから……。一週間だっていい……。一カ月ならどうだ！」と叫んでいたけれど、なんの甲斐もなかった。トゥルノン通りでは、大勢の警官たちが、人々を地面に組み伏せたうえで、さらに執拗に攻撃し、彼らをむりやり護送車に詰め込んでいた。まだ明かりがついているアパルトマンもあって、住人たちが窓から警官たちを罵っていた。彼らの叫び声やわめき声は、とてつもない騒音に飲み込まれてしまった。まもなく到着しようという救急車のサイレン、さまざまな爆発音、敷石が盾にぶつかる音。ジャン＝リュックと私の逃走は、ますます行き当たりばったりになった。もはやジャン＝ピエールとヴァレリーを気にする余裕はなく、オデオン座あたりで彼らを見失ってしまった。大事なのは、自分たちの身を守ることだけだった。

アントワーヌ＝デュボワ通りの階段を全速力で駆け下りているときに、ジャン＝リュックは滑って転び、再び眼鏡を割ってしまった。彼は落下の衝撃でぼうっとし、数秒間身動きしなかった。私は今にも泣きそうになりながら、立って、逃げましょうと彼に懇願した。幸い、彼は意識を取り戻し、私の左腕にしがみついて歩くことができた。視界を奪われ、おまけに片足を怪我し、びっこをひいているジャン＝リュック──私は、恐怖と怒りと自分の無力さに涙を流した。

戦闘はまだパンテオン近辺を中心に続いているようだった。私たちはサン＝タンドレ＝デ＝ザール通りを進んだ。サン＝ミシェル大通りを横断するときに、大勢の警官たちが、デモ参加者たちの反撃に遭い、エコール通りまで後退するのが見えた。デモ参加者たちは今や、火炎瓶《カクテル・モロトフ》を手に武装していた。警官たちの暴力が、学生たちの暴力を十倍にし、彼らに活力を与えていた。そよ風に乗って、催涙ガスの煙が私たちのほうまで漂ってきた。散り散りに展開した機動隊の列から発射されたものだった。目と鼻が痛み、私たちはユシェット通りに逃れた。ようやく歩いて私たちが住む建物まで辿りついた。ちょうどやってきた大勢の警官隊もかろうじて回避することができた。彼らはセーヌ川沿いに増援に駆けつけるところだった。

三重の鍵を開け、アパルトマンの内階段に崩れ落ちた。ようやく身の安全が保障されたのだ。少し呼吸が整うやいなや、私は何度も繰り返して言った。もう二度とこんな体験はごめんよ、バリケードのことなんて金輪際聞きたくないわ、と。まるで心を病んでしまったかのように。ジャン＝リュックは私を抱き締め、もう二度とこんなことにならないようにする、こんな危険に身をさらすことはしないと誓った。そのとき電話が鳴った。ジャン＝リュックはよろめきながら受話器を取りに向かった。「ええ」、「いや」、「代わります」と言うのが聞こえた。彼が私を呼んだ。

「お母さんだよ！」

深夜を回ってから、母は絶え間なく電話をかけてきたのだそうだ。彼女は、心配で気が気でなかったわと言った。ヨーロッパ1のおかげで、カルティエ・ラタンの激しい戦闘をリアルタイムで追うことができたらしい。私が怪我をしたのではないか、血まみれになったのではないか、あるいはさらにひどいことが起きたのではないかと、悪い想像がふくらむ一方だった。母は、警官隊の突入の時間を教えてくれた。午前二時十五分。私は母にピエールは無事に帰宅したかと聞いた。すると、彼女は「あの子は電源を切ったテレビの前でずっと寝てるわ」と告白した。私はほっとした。それから彼女は、私に対して溢れんばかりの気持ちを吐露し、私のことを「私の愛しい娘」、「わが子」などと呼んだ。そんなふうに呼ばれるのは、ずいぶん久しぶりのことだった。背後ではジャン＝リュックが眼鏡のスペアを見つけられず、いらいらし始めているようだった。そろそろ電話を切ろうかというときになって、ためらいがちにではあるけれど、母がだしぬけにこう言った。「あなたたちと一緒に、学生たちのそばで戦いたかったわ」と。若い頃、第二次世界大戦中とそれに続くベルリン時代、彼女は英雄的な女性だった。その彼女が不意に現れたのだった。

私たちは居間のすべての窓を開けた。眼下のサン＝ジャック通りとサン＝ジェルマン大通りで救急車が何台か立ち往生していた。警官たちの突撃と、学生たちの小グループの繰り返しの攻撃で、進路を塞がれてしまっていた。学生たちはいたるところに散らばり、今やとても好戦的になっていた。パンテオンとスフロ通りのほうで火事が起きているのか、空が赤く燃えていた。


ドアの呼び鈴が何度も鳴り、ようやく私たちは目を覚ました。もう夜は明けていた。時計は七時半を示している。「ジャン＝ジョックだ！」ジャン＝リュックが言った。彼はすかさず身を起こした。私は彼を行かせまいとした。「ダメよ！　あんなヤツ、放っておきましょう！」「きっと僕らを必要としているんだ」「私たちはあいつの親じゃないのよ！」ジャン＝リュックは私を押しのけ、ドアを開けに行ってしまった。長い沈黙があり、それから彼は私に叫んだ。「クルノだったよ！」

私は大急ぎでショートパンツを履き、くたびれた赤いカシミアのセーターに袖を通した。それは、ミシェルが映画を撮影していたときにずっと身につけていたもので、どうしても欲しいといと、撮影終了後にくれたのだった。このセーターはお気に入りのひとつで、季節を問わず、どこに行くにも一緒だった。

ジャン＝リュックは、クルノが居間へと続く階段を上り、肘掛け椅子に座るのを手助けしてやった。細やかな配慮が必要であるほど、私たちの友人はすっかり取り乱し、言葉を話すことすらままならなかった。彼は私たちを順番に見つめたけれど、その実、私たちを見てはいないようだった。それから、どうにかして話し始めた。ほとんど聞き取れない、消え入るような声だった。

いつものように、彼は七時少し前にソーの自宅を出発し、パリに向かった。しかし、リュクサンブール駅を出て、エドモン＝ロスタン広場を抜けると、普段とはまるで違う景色が目の前に広がっていた。あらゆるものが荒廃していた。火のつけられた車の残骸が広場にひしめき合い、近隣の道路には、いくつも街灯が倒れ、一部焼けた家具や原型をとどめていない物体がたくさん転がっていた。幻覚に襲われているのかと目を疑いながら、機械的にサン＝ミシェル大通りを進んだ。だが、そこもまた荒廃していた。軒を連ねるカフェや店のショーウィンドウが割られ、またしても車の残骸が現れ、それに続いて、黒く焦げて幹だけになった、見るも無残な姿の木々が目に飛び込んだ。たまに人とすれ違うことがあっても、彼と同様に皆すっかり取り乱していた。「サン＝ジェルマン大通りもほとんど同じような光景だったよ」彼は哀願するような目で私たちを見つめた。「オレは気が触れちまったんだろうか？　あるいは、知らないうちにＬＳＤでもやっちまったんだろうか？　そうでなければ、戦争でも起きたのか？　だが、戦争だとしても、誰と誰の戦争なんだ？　理由は？　それで、そういえば君らが近くに住んでいると思い出して、やってきたんだ。教えてくれ。オレの気が触れちまったのか、それともこれは幻なのか」

クルノと妻のネラはラジオもテレビもない生活をしていた。彼は大いなる夢想家で、世間で起きていることに疎かった。映画と読書とパリ散歩こそ彼の暮らしで、興味の対象は日々の何気ない日常だった。家族とごくわずかな友人と雑誌『ヌーヴェル・オプセルヴァトゥール』での批評の仕事があれば、彼には十分だった。

最初のうち、私は思わず笑ってしまいそうになった。でも、『ゴロワーズ・ブルー』の撮影のときに二カ月間彼のそばで過ごしていたので、彼が本気で苦しみ、自分が本当におかしくなってしまったのではないかと信じていることがすぐにわかった。大好きな彼の苦悩が痛いほど伝わってきた。

ジャン＝リュックは、この状況を楽しんでいるようだった。彼は、辛抱強く懇切丁寧に私たちが昨晩経験したことをクルノに語った。クルノはその話を信じるのを拒み、ジャン＝リュックが彼をからかっているのだと考えた。「オレをかつごうって言うんだな！」彼は非難するように、何度も繰り返した。そこでジャン＝リュックは、ラジオをつけることにした。

ヨーロッパ1の記者が、朝八時のニュースを語り始めた。「本日、五月十一日、フランス全土は、目を覚ますやいなや、衝撃に包まれています。フランスは学生の味方です。彼らは完勝しました」記者によれば、パリでは、少なくとも六十台の車が放火され、概算だが、三六七人が怪我を負い、中には重傷者もいた。私たちは初めて「都市ゲリラ」という表現を聞いた。

「どうだい？」ジャン＝リュックは、勝ち誇るような調子で言った。

クルノは返事をしなかった。発すべき言葉を見つけられないとでもいった様子で頭を何度か振った。そのとき電話が鳴った。ジャン＝リュックが受話器を取りに書斎に向かった。彼が英語で話をしているのが聞こえた。その声色は次第に鋭くなっていった。私たちのところに戻ってくる頃には、すっかり腹を立てていた。

電話はロンドンからだった。ビートルズの映画の女性プロデューサーが、再び連絡をしてきたのだった。

春に私たちのせいで莫大な損失をこうむったと考えた彼女は、ジャン＝リュックがサインした契約書を別のプロデューサーに転売していた。そして、その人物がローリング・ストーンズを口説いたというのだ。そのせいで、ジャン＝リュックは、彼らが六月の初めに次のレコードを録音する際、再びロンドンを訪れ、彼らとの撮影に臨まなければならなくなった。しかし、その撮影映像も映画の一部にしかならないだろう。続きの脚本はジャン＝リュックが考えなければならない。彼はうんざりしていた。

「すっかり忘れてたよ。いまいましい契約書め」

私は大喜びし、クルノも熱烈に歓迎した。

「映画を撮るんだな！」彼は何度も繰り返した。

「僕はもう映画なんて撮りたくないんだよ。君が言ってる映画は死んだんだ！」

クルノは恐怖から脱し立ち上がった。それからいつものようにジャン＝リュックをハグした。

「こんなバカげたことを言うヤツをどうしたらいいんだろうな！」

それから彼は去っていった。彼も私も、ジャン＝リュックが言ったことを本気になどしていなかった。

カンヌ映画祭

五月十日から十一日にかけての深夜に起こった一連の出来事は、その後の急転直下の展開に続くことになる。アフガニスタンから戻った首相のジョルジュ・ポンピドゥーは、事態の鎮静化のため、逮捕された学生たちをただちに釈放した。十三日にはソルボンヌ大学が解放され、物見高いパリっ子たちが面白半分で現地を訪れた。私の母とその妹もその中に含まれており、彼女たちは、古色蒼然とした大学を「エキゾチック」で「刺激的」だと評した。しかし、騒動が終わったわけではなかった。その日のうちにストはフランス全土に広がり、さまざまな組合と学生たちが連帯した。ダニーを先頭に、二十万もの人々がパリ東駅からダンフェール＝ロシュローまで行進し、大規模な統一デモが行われた。

バンバンと私もジャン＝リュックに付き添ってデモに参加した。ジャン＝リュックはボーリューの十六ミリカメラを構え、ベンチの上に立って、行進を撮影した。時折、彼は人々の群に滑り込んでいき、そんなときに彼の両肩に手をかけ、導いていくのが私の役目だった。見知らぬ人たちが彼を見つけ、大声で呼びかけることもあった。「おい、ゴダール！　おまえはオレたちの味方なんだな？」もっと攻撃的な言葉を投げつける人たちもいて、彼はのぞき魔だとかペテン師呼ばわりされた。彼はそんな言葉に構うことなく、撮影を続けた。私はちょっと怖かったけれど、バンバンが近くにいて見守っていてくれたので安心だった。大勢の人々の中にいて息苦しくないのは、それが初めてだった。群衆は群衆でも、陽気で穏やかな群衆だった。映画や演劇の仕事をしている人たちも多く参加していて、学生や労働者たちが叫ぶスローガンを繰り返していた。労働者たちが連帯を訴えかけている様子はとても印象的だった。かつてナンテール分校の仲間たちの口から発せられると、どちらかといえば滑稽なものに感じられた言葉も、労働者たちが叫ぶと実感を伴って理解することができた。

ダンフェール＝ロシュロー広場では、何人かの男子学生と女子学生が、ベルフォールのライオン像によじ登り、ドミニク・グランジュの「警察国家を倒せ」を歌いながら、赤い旗を振っていた。「青春はうるわしだな！」ジャン＝リュックが言った。その光景を見て、幸福感に酔いしれているようだった。今回ばかりは彼の言う通りだった。私も二十歳であることを心から楽しんでいた。

その翌日は私の二十一歳の誕生日だった。ところが、そのことをすっかり忘れ、ジャン＝リュックは、美術学校の学生たちの集会に出かけてしまった。彼がいなくなると、不意にドアのベルが鳴った。

それはジャン＝ジョックでもクルノでもなく、ロジエの感じのいいアシスタントだった。彼は私に布製のスーツケースを届けてくれた。中にはロジエからの二十一のプレゼントが入っていた。それらは気まぐれな取り合わせのようでいて、彼女そのものが表れた贈り物で、自身のブランドの洋服や本、台所道具、ぬいぐるみ、それからユーモラスで気の利いたメッセージが入っていた。

その夜、私はロジエたちと一緒に食事をする約束をしていた。そして翌日にはジャン＝リュックの反対を押し切り、私たちは、クルノの映画を応援するために、カンヌに行くことになっていた。翌日の夕方発の飛行機の席を既に三人分予約していた。私たちは、ル・ラヴァンドゥにあるエレーヌとピエールのラザレフ夫妻の別荘に泊まることになっていた。彼らは、ロジエの母と義父だった。

カンヌ映画祭は五月十日から始まっていた。しかし、その映画祭をも阻止しようという動きが広まり始めていた。フランス全土がストに入ろうというときに、映画祭を続けるのは不適切だと考える人たちが、ジャン＝リュック以外にも多くいたのだ。私も基本的には彼と同意見だったけれど、そんなことよりも友人であるクルノのほうが大事だった。彼の映画はまだ公開されておらず、それが日の目を見る最初の機会になるはずだったのだ。「考え方が短絡的なんだ！　そんなのはただの感情論だよ！」ジャン＝リュックにとがめられた。

一夜明けて、荷造りをしていると、学生たちがオデオン座を占拠したというニュースが入ってきた。国立写真映画学校の学生たちもストに入り、ヴォージラール通りにある学校の建物を占拠したそうだ。こうなると、現在行われている映画撮影の中止も確実だろう。自分も当事者なのに、パリを去るのはためらわれた。ちょうどアルマンが、「大変なことになりそうだ。君も来てくれ！」

と言ってきたので、私はそれこそ出発を後らせようかと思った。でも、交通機関だってストに入りつつあるのに、二十四時間後の飛行機の席を見つけることができるだろうか？　そんな保障はない。強まる一方のジャン＝リュックの反対を押し切り、私はロジエとバンバンと一緒に出発した。

五月の南フランスはまばゆいほどの美しさだった。エレーヌとピエール・ラザレフの家は半島の突端に建っていて、三方が海に面していた。大きな庭とプライベートビーチと言ってもよさそうな砂浜があった。家そのものもとても豪華で、部屋がいくつもある。ロジエは私に彼女の母親の部屋を割り振ってくれた。部屋はとても広く、〝ロシア皇后〟とあだ名された彼女の母親にふさわしいものだった。まるでヴァカンスに来ているみたいで、その場所にいられるのがうれしかった。

そろそろ寝ようというときになってジャン＝リュックから電話があった。彼は疲れ切っていて、虫の居所が悪く、私がラザレフ邸の魅力について夢中になってしゃべりたてると、さらに機嫌が悪くなった。彼に言わせると、私はクルノのために、彼を見捨てたのだった。不平不満がずらずらと並べたてられ、はずんでいた気持ちは台なしになってしまった。それでも、しばらくして落ち着きを取り戻すと、彼はこう付け加えた。「カンヌ映画祭はまもなく中止だ。行くだけ無駄だよ」

巨大な寝室の巨大なベッドにいると、彼が無性に恋しかった。開け放たれた三つの窓から見える満天の星空の下、私は夜の香気を吸い込んだ。彼の体にぴたりと身を寄せたかった。その場に足りなかったのは彼の体だった。確固とした愛がほしかった。私はなかなか眠ることができなかった。

突然、窓の下枠のところから猫が飛び跳ねた。猫は寝室のタイル張りの床にしなやかに着地した。こちらに驚く隙すら与えず、猫はすばやくベッドに飛び乗ると、ゴロゴロと喉を鳴らしながら鼻先を私の肩のくぼみにこすりつけてきた。ほっそりとしていて、その体温が心地よかった。白い体にところどころ赤褐色の染みがあり、ほんのり灌木の茂みとミモザの匂いがした。私は猫を撫でることで慰められ、やがて眠りについたのだった。

翌日、テラスで屋敷の女性管理人が供してくれるおいしい朝食に舌鼓をうちながら、その猫は、まだ若い雌猫だと教えてもらった。雌猫は、私が眠っているあいだにどこかへ立ち去り、朝一番のコーヒーを飲んでいるときに再び姿を見せた。私の膝の上に乗って、彼女が喉をゴロゴロ鳴らすと、空や海、庭の爽やかな香りと相まって、これこそ天国ね、と私は心の底から思った。まだ朝は早く、ロジエとバンバンは寝室から降りてきていなかった。私は水着に着替え、小道を通って砂浜に向かった。誰もいなかったので、裸でのんびり長時間泳いだ。無上の喜びを感じた。海水浴を楽しむのも、ヴァカンスを取るのも、ほとんど一年ぶりだった。あおむけになって海水に身を委ね、まぶしい陽射しに目をつぶって、思った。「ジャン＝リュックなんてくそくらえね！パリで起きていることも、カンヌ映画祭もくそくらえだわ！」

屋敷に戻ると、バンバンとロジエが、テラスの日陰で読書をしていた。ジャン＝リュックが電話をしてきたよ、と彼らが言った。私が砂浜に行っていたことに文句を言っていたらしい。「また今晩電話するって」ロジエが言った。それから、バンバンがラジオで聞いたばかりのことを話してくれた。それまで行われていた映画撮影はすべて中断され、フランとブローニュ＝ビランクールにあるルノーの工場がすべてストに入った。飛行機はすべて欠航、列車はすべて運休。あらゆる都市で、交通機関が麻痺状態に陥り、路上には回収されずにあるゴミが山積みになり始めているとのことだった。

夜になると、再びジャン＝リュックが電話をかけてきた。彼のいらつきは加速しているようだった。「お見事だね！　君は南フランスに足止め、僕はパリ。これで僕らは離れ離れだ」私はこの嵐をやり過ごすことにした。彼は続けた。「トリュフォーがカンヌから電話をよこしたんだ。映画祭を中止に追い込まなければならない。そのために僕にどうしても来てほしいそうだ。車で行けるだけのガソリンを探してもらっているけど、まだまったく足りやしない！」私は彼に、彼がいなくて、私がどれほど寂しい思いをしているか告げた。彼は少し優しくなった。「僕もだよ。もうしばらく待っていてくれ。なんとかカンヌまで行って、君を拾うよ」

翌日、夕方頃に彼はまた電話をかけてきた。友人たちがガソリンを見つけてくれたそうで、夜通し車を飛ばして、明け方にはカンヌに到着するということだった。「君も合流してくれ」彼は言った。「どうやって？　こっちだって同じような状況なのよ！」「それなら僕がどうにかして君のところに行こう。それにしても君は何ひとつ努力をしないんだな。何ひとつね！」

管理人の女性が、テラスに夕食の準備ができたと告げた。

ロジエはクルノのことを心配していた。彼女はクルノと昼間に話をして、ある種の不安を感じていた。二日前に映画祭に到着したクルノは、誰も自分の映画なんて観やしないさと、諦めてしまっているようだった。がっかりしていたのかもしれないけれど、彼は何があっても悲しみの感情を表に出すような人ではなかった。「僕らがあれこれ言っても仕方がないさ」バンバンがロジエに言った。「彼とジャン＝リュックと僕らが合流することになったら、彼らをそっとしておいてやろう」

私は心穏やかに眠りについた。今晩も猫が私を訪れ、ぬくもりといい香りをもたらし、再び狩りのために夜の闇に消えていった。管理人によれば、見た目こそ天使のようだけれど、彼女は恐ろしい殺し屋で、そのうち鳥やノネズミを運んでくるかもしれませんよ、とのことだった。

翌朝、私は着いた日と同じ幸福感に包まれながら、再び泳ぎに行った。時折、カンヌに行って、ジャン＝リュックのそばにいるべきなのではないかという思いが頭をよぎったけれど、そんな思いはすぐにどこかへ消え去り、海を満喫し、この砂浜を独り占めするという特権を享受することで頭がいっぱいになってしまった。後日、同じ頃カンヌで起きていたこと、ジャン＝リュックやトリュフォー、ルイ・マル、さらにはジャン＝ピエール・レオらが映画祭を中止に追い込んだ狂気の顚末を、写真や映像で見た。私は彼らと一緒に真っ赤な緞帳にぶら下がらなかったことを後悔した。ジャン＝リュックが正しかっただけに、後悔はなおさらだった。私は何も努力をしなかったのだ。本当に何も。この後悔は今もなお、私に付きまとっている。

ジャン＝リュックとクルノは、車とガソリンを見つけ、私たちに合流した。彼らが到着したのは、夜になってからだった。ジャン＝リュックは顔面蒼白でヒゲもそらず、服はしわくちゃで不潔だった。身体的にも精神的にも、疲労の限界に達しているようだった。クルノのほうはいつも通りエレガントで、窮屈そうな笑みをかすかに浮かべていた。その日の午後に、生放送でテレビの映像を見たり、ラジオのルポルタージュを聞いたばかりだったけれど、クルノがその補足をしてくれた。ジャン＝リュックは多くは語らず、声はしゃがれていた。

食卓につくと、前日から何も食べていなかったようで、ジャン＝リュックは、管理人がテラスに用意してくれた食事にかぶりつき、ロゼワインを少し飲み、活力を取り戻した。「君はずいぶん顔色がいいな」ようやく彼が口を開いた。それからすぐにこう続けた。「ひと休みしたら、パリに戻るぞ！」

彼の決意に反し、ガソリンはなく交通機関も動いていなかった。そのことをロジエとバンバンが、ずいぶん苦労しながら彼に説明し、ようやく彼も理解した。バンバンが、彼を安心させるように続けた。

「でも手段はある。ロジエはこのあたりに住む多くの人と知り合いだ。車は問題ない。ガソリンも少しずつ寄せ集めれば、パリに帰る分くらいは確保できるだろう。もし公共交通機関がストを続けるにしてもね」

「どれくらいかかりそうなんだ？」

「さあ。そればっかりは、まったくわからないよ」

ジャン＝リュックは打ちひしがれていた。そして、いくつものろうそくに照らされたテラスと豪奢を極めた居間を、嫌悪感露わに観察していた。それはロジエにとって、ほとんど侮蔑と言っていい態度だったけれど、それでも彼女は、この会話とも言えない会話を盛り上げようと、努力してくれていた。ジャン＝リュックは、私たちに割り当てられているのが、この邸宅で最も美しい部屋だと知ると、血相を変えて怒った。

「誰がピエール・ラザレフのベッドでなんか眠るもんか！」

ロジエはどうにか怒りをこらえ、彼に説明した。

「ピエールではなく、エレーヌの部屋よ。義父の部屋は私たちが使っているの。ついでだから言っておくけど、この辺りの人たちはみんな義父のことが好きだし、もしその口を閉じないなら、私を侮辱するのと一緒ですからね」

私はあやうく「私だってピエールが好きよ」と言ってしまうところだった。私はピエール・ラザレフに『バルタザールどこへいく』の撮影のときに会ったことがあった。彼は女性プロデューサーのマグ・ボダールと一緒に撮影現場を訪れ、一緒に昼食をしたのだった。私は彼の知性と優しさとどんなものにでも興味を持つ様子に魅了された。

ロジエの断固とした様子に、ジャン＝リュックは少し冷静さを取り戻した。彼女は機を逃さず、こう言い添えた。

「上の階でシャワーを浴びてきたら？　その必要があるんじゃない？　脱いだ服はアンヌに預けて、下に持ってこさせてちょうだい。洗わせるから。この家にはなんでもあるから、着替えも用意できるわ。あなたの服を洗っているあいだ、それを着てちょうだい。明日の朝には、アイロンがけまで済ませて返すわ。それから明日の朝には、近所を回って、ガソリンも探してあげる。これでご満足？」

奇妙なことではあったけれど、ジャン＝リュックはまるで幼い少年のように、その言葉に従った。彼は、エレーヌの部屋と浴室には一瞥もくれずに、服を脱いでシャワーのもとへと消えていった。私は彼の服を手に、キッチンにいるロジエのところに戻っていった。彼女は、ズボンとシャツと男性ものの下着を手渡してくれた。それは、熟練のデザイナーが手ずから選んでくれた、まさに今彼に必要なものだった。彼女は不安そうな様子をしていた。

「なるべく早く解決策を見つけないとね。あんな状態のジャン＝リュックとここで共同生活を送るなんて、地獄も同然だわ……」

部屋に戻ると、ジャン＝リュックは裸でベッドに寝そべっていた。明かりは消されていて、彼は深い眠りに陥っていた。水浸しの浴室の床と散乱したタオルが、彼がシャワーを浴びてそこまで来たことを示していた。私も服を脱ぎ、うずうずした気持ちで、彼の横に滑り込んだ。たまたま寝返りをうったのか、私に対する敵意の表れなのか、私の肌が彼の肌に触れると、ジャン＝リュックは背中を向け、私から離れ、怒ったようにもごもごつぶやいた。私は、どうしたらいいかわからず、一瞬、彼の首筋から肩にかけての繊細な輪郭を見つめた。私もまた不安になり始めていた。

不安はやはり的中した。翌日、目を覚まし、ベッドの中で裸の私を見つけると、彼はびっくりして叫んだ。

「日焼けで真っ黒じゃないか！」

私は立ち上がり、よく見てもらおうと、ダンスのようなステップを踏んだ。

「きれいでしょ？」

「ちっとも！」

彼はカンカンになって、私たちはヴァカンスに来たわけではなく、人質として見知らぬ地に拘束されているようなもので、日焼けしてパリに帰るなんてもっての他だと説明した。興奮のあまり、彼は私たちの置かれた状況とパレスチナ人の運命を比較してみせ、私はすっかり途方にくれてしまった。

階下に降りるや、彼は受話器をわが物顔でつかむと、どこの誰だか知らない人たちにいくつも電話をかけた。私はテラスでブラック・コーヒーを飲みながら、彼が認めてくれなくても構うものかと意地になった。今日も砂浜に行き、この奇妙な五月が用意してくれた、空白の時間を最大限に楽しんでやろうと。それでも、何かがのしかかり、私たちを脅かそうとしているのを、感じざるをえなかった。

きれいでひんやりした海水で泳いでいると、一時的にではあるけれど、不安な気持ちを忘れることができた。昼食の時間になると、屋敷に戻り、テラスでみんなと再び顔を合わせた。四人とも、まるで軍法会議にでも臨むような面持ちだった。私がそう言うと、ジャン＝リュックが意地の悪そうな視線を向けた。

「冗談を言っている場合か」彼が言った。

クルノが私に優しく微笑みかけてくれた。

「ずいぶん焼けたな。まるでアンズみたいだ！」

意地の悪そうな視線が、今度はミシェルに向けられた。

ロジエとバンバンが今朝の出来事を聞かせてくれた。

彼らはエレーヌ・ラザレフの覚えめでたいタクシー運転手エミールに会いに行った。エミールは、十分なガソリンが集まり次第、パリまで行ってもいいと言ってくれた。ただ、二、三日はかかりそうとのことだった。ジャン＝リュックは、爆発しそうだった。

新聞も止まっていたから、情報を得るにはラジオを聞くしかなかった。ジャン＝リュックはずっとヨーロッパ1を聞いていた。ストの参加者は、今や三百万から六百万人と見積もられていて、フランス全土が麻痺していた。ガソリンに加え、一部の食料品も不足し始めていた。バンバンは、用意周到にも、ル・ラヴァンドゥに到着するや、タバコ屋の商品を買い占めていた。というのも、私たちは大いにタバコを吸ったからだ。その他の食料品は、ラザレフ邸に十分な備蓄があった。

私は、日中の大半を砂浜で過ごした。ロジエが私のところに来て、しばらく一緒に過ごしてくれた。彼女は、屋敷を支配している緊張した雰囲気にいらだっていた。その主な原因はジャン＝リュックだった。「才能があるからって、何をしてもいいってわけじゃないわ」彼女は何度も言った。ジャン＝リュックはと言えば、ほんの少しでも太陽に当たるまい、庭や木陰のすがすがしさや、私たちの部屋の居心地のよさは極力感じまいと、ずっと居間にこもっていた。「自分を罰し、私たちを罰しているのよ」フロイト信者のロジエが言った。フロイトの精神分析は、ジャン＝リュックと彼女にとって、おなじみの議論の種だった。

夕食のときに、ジャン＝リュックは、ヴォージラール通りでフランス映画三部会が結成されることになったと言った。「技術者組合とCGT（労働総同盟）の呼びかけなんだ。この寄せ集め集団がどこに行きつくのやら……」彼は、興味津々である一方、警戒もしていて、クルノもその感情を共有していた。彼らは、この発議に続いて起こりうる出来事をめぐって仮説を立て始めた。そうすることで、ジャン＝リュックも少しはリラックスできたようだった。それでも彼の怒りは消えたわけではなく、今や主に私に向けられていた。彼は私を見ず、言葉をかけるのも避けていた。私は傷つき、申し開きをしたい気分だった。私たちがここに足止めをくらっているのは私のせいじゃないと抗議してやりたかった。でも、友人たちの前で、ひと悶着起こすのが怖く、私は我慢することにした。それに、ひとたびエレーヌの大きなベッドで一緒に過ごせば、愛が再び燃え盛り、仲直りできるに違いないとも思っていた。

それぞれの部屋に引き下がるにはまだ早い時間で、私たちは皆、居間にぐずぐず残って、読書にいそしんでいた。私は愛読書のひとつ『突然炎のごとく』を、ロジエはまだフランス語に訳されていない英語の小説を、バンバンはフロベールの書簡集を、ジャン＝リュックはプラトンの『饗宴』を読んでいた。

「愛についてのとても美しい定義があるな。聞きたいかい？」

私たちの返事を待たずに、彼は読み上げ始めた。

「偶然のはからいで、彼が自らの半身と出会うことがあると、彼の愛する伴侶は、友情や親近の情や愛情にとらえられ、もう二度と離れたくないと思うのだ」

そして、その直後に、意地悪そうに私を見つめて、つけ加えた。

「僕はこの半身を、伴侶を、僕の妻を見つけた。ところが、彼女ときたら、僕から離れ、下品極まりない若手女優みたいに、日焼けするのに夢中なんだ！」

私は立ち上がり、よろめく足で居間を離れようとした。きっと真っ青な顔をしていたに違いない。ロジエがソファから飛び起きた。

「あんた、クソ野郎ね」ジャン＝リュックに言った。

「君が今言ったことは最低だ」バンバンも怒ってつけ加えた。「冗談だろうけれど、それにしたってまったく面白くないぞ」

ジャン＝リュックは返事をせずに、何事もなかったかのように、読書を再開した。きっとしてやったりと思っていたのだろう。こんなふうに、彼の奥底に潜む恐ろしい悪意が表に出ることはあったけれど、それが私に向けられるのは初めてのことだった。私は今にも泣き出しそうになり、ロジエが私を部屋から庭へ連れ出してくれた。出ていく途中、私はクルノの悲しそうな、同情に満ちた眼差しにでくわした。

庭に辿りつき海に面した石のベンチに座ると、ロジエの怒ったり、慰めてくれたりする声が聞こえた。私はどうにか涙をこらえ、混乱した気持ちを覆い隠した。彼女のアドバイスに従い、大人として振る舞おうとした。「あいつはガキなのよ。あなたは違うわ」ロジエが言った。

寝室に戻ると、ジャン＝リュックは部屋を真っ暗にして、既に横になっていた。私はしばらく浴室でのろのろと過ごしたあと、服を脱いで、ベッドにもぐりこんだ。

ジャン＝リュックはベッドの反対側の端で私に背を向けていた。彼が眠っているのかわからなかったけれど、泣きたい気持ちに喉を詰まらせつつ、それでも私は黙っていた。しばらくして、こちらを振り返ることなく、彼がつぶやいた。

「さっきはすまなかった。本気であんなふうに考えているわけじゃない。もし君がそう思っているなら、君はバカだ」

「それなら、どうして？　私が何をしたって言うの？」今度は私がつぶやいた。

長い沈黙のあと、彼が再びつぶやいた。

「僕は苦悩してるんだ。君がここで、この家で、ラザレフ家で、幸せそうにしているのが耐えられないんだ」

私は思わず笑いそうになりながら、「ラザレフ家って！　そんなのただの思い込みじゃない！」と言ったけれど、それでも不安を拭い去ることはできなかった。

「何が苦しいっていうの？」

彼は返事をせず、私は同じ質問を繰り返した。彼は、いらだたしげに大きく寝返りをうった。会話の時間は終わりという意味だった。私はしばらく待って、そっと彼に近づいた。なんの反応もなかったので、彼のうなじを優しく撫でた。彼は身動きすることなく、穏やかに、ただ冷たく答えた。

「そんなことはしてくれなくて結構。僕もストをしているんだ。愛のストだ」

私は呼吸を止めて、ベッドの反対側に転がっていった。たまたまその夜が呪われたもので、一晩経てば何事もなかったようになるのか、それとも、彼の中で私には理解できない何かが起こっているのか、さっぱりわからなかった。私は耐えがたい不安にさいなまれ、イメノクタルの錠剤を飲み込み、眠りに落ちていった。

翌朝、いつもより少し遅い時間に目を覚ますと、ベッドに彼の姿はなかった。

テラスに行ってみると、クルノが朝食を終えようとしているところで、ジャン＝リュックとロジエとバンバンは、パリに帰る方法を相談するために、エミールに会いに行ったと教えてくれた。出発は明日の朝で、ガソリンを補給するために、何度か停車することになった。そのうちの一カ所はリヨンの、ファニーとジルのドゥルーズ夫妻のところで、一晩過ごす予定になった。「ドゥルーズもパリに帰りたいそうなんだ。座席に限りがあるから、ロジエはここに残って、屋敷の戸締りをしてから、自分でなんとかするってさ。彼女はそんなに急いでいないだろうから……」と、クルノが言った。私は特に何も言わず、コーヒーを飲み終えると一旦部屋に戻って、水着姿になり、長いシュミーズを羽織った。鏡に映った自分の姿に、思わずぞっとした。顔はやつれ、口元はひきつり、目は両方とも腫れて、一日で数年分老けた気がした。それが自分だと信じられないほどに。「ジャン＝リュックのことも、もう信じられなくなっちゃった」そう思って、苦々しい気持ちになった。

下に降りると、クルノがまだ同じ場所にいた。

「待ってたよ。オレもついていっていいかい？」

パイル地のタオルを手に取ろうとすると、彼は先にそれを奪い、片手を私の肩にかけた。私たちは、砂浜に通じる松に飾られた小道を進んだ。彼は黙ったままだったけれど、存在そのものがとても温かく、友愛に満ちていて、私は慰められた。それでも、泣きたくなるような気持ちはしぶとく残っていて、私は昨晩のことを、今やジャン＝リュックと私のあいだにある距離のことをどうしても考えてしまうのだった。

「彼はもう私のことを愛していないんだわ」突然、私が言った。クルノはそんな私を「バカだな！」と一蹴した。

私たちは砂浜に到着した。クルノはイチジクの木陰になった一角を指さし、その砂の上にタオルを敷いた。

「オレは太陽も海も砂も嫌いなんだ。水着なんて死んでも着たくないね」

実際、彼はズボンとシャツといういでたちで、シャツのボタンは首まで留めてあった。私はサンダルを履き、彼は靴下にモカシンを履いていた。

「ジャン＝リュックは君を愛しているよ。本当に、心からね。君たちが出会う前は、彼のことをずいぶん心配したもんさ。彼の頭の中には、黒い蝶がヒラヒラ飛んでいるんだ。それは一種の絶望のようなもので、何ものもそれを和らげることはできず、彼はそのことを誰にも話していなかった。彼はひとりで生きていくのに向いていないんだ。アリストファネスが言うように、〝伴侶〟が必要なのさ。そこに君が現れた。彼はまるで別人になった」

「そうね。でも、あの人はもう私を愛していないんだわ」

「愛しているさ。ただ、彼は今、人として難しい時期を迎えているんだと思う。どうしてだかはわからんが、また黒い蝶がヒラヒラしてるようだ。女というものがそうであることを期待されるように、我慢強く、彼を愛してやってくれ。彼にとって、どれほど君が大事な存在か教えてやるんだ」

彼はほほえみながら私を見つめた。

「君は男を誘惑する女でも、挑発する女でもない。でも、君は、ある種の存在に子供っぽく夢中になり、のぼせてしまうところがあって、そういうところを見ていると心配になってくるもんだ。〝ああ、彼女はいずれどこかへ行ってしまう、オレにはそれだけの魅力がないんだ、引きとめておくことはできない〟ってね。例えば、昨日の夕食前、屋敷の猫と遊んでいただろう？ 君はその猫にご執心で、とても幸せそうで、今という瞬間を大いに楽しんでいるように見えた……。たまたまジャン＝リュックを見たら、彼は君から目を離せずにいた。彼は本気で苦しんでいた。これでもかというくらいにね。彼の心の内がわかったよ。〝あの猫にはかなわない〟ってね」

「バカじゃないの。そもそも雌猫なのよ！」

私は顔と体のこわばりがほぐれていくのを感じていた。そしてクルノにほほえみかけた。

彼は立ち上がった。

「もうひと言だけ。もしジャン＝リュックが君を愛していなくて、オレがネラを愛していなければ、オレたちは熱烈な恋に落ちるかもしれない。ただ、オレは、君をカゴの入れてしまうことだろう……。実際はそうなっちゃいない。それでいいのさ」

彼の唇が私の唇をそっとかすめた。そして、彼は小道を屋敷のほうへと戻っていった。私は走って海に飛び込んだ。呪いから解き放たれたように幸せな気持ちになって、口づけの余韻に浸りながら。青春時代にノートに書きこんだコレットの文章の一節がふと脳裏をかすめた。「ささいな気がかりよ、どうか深い悲しみにならないで」どの小説だっただろう。『クローディーヌ』シリーズの一冊かしら？

ル・ラヴァンドゥでの最後の夕食では、私たちは五人ともそれぞれの思索にふけっていた。ラジオを通じ、ダニーが国外追放になり、フランス滞在を禁じられたことを知った。私たちはその愚かで不器用な対応に当惑し、また不安に陥った。政府の決定は怒りと暴力を再び招くだけでは？と。何度もジャン＝リュック宛てに電話がかかってきた。彼は攻撃性をすっかり失っていて、パリに戻るとさまざまな身の危険が生じると話しても上の空だった。リヨンに立ち寄って、ジル・ドゥルーズを拾うという話にも、「彼なしで行くってわけにはいかないのか？」ときょとんと返事をする有様だった。バンバンが「いかないね」とぴしゃりと言うと、「わかったよ。隊長は君だ」と彼は答えるのだった。「君たちの部屋にヒゲ剃りとサイズがぴったりのきれいなシャツを置いておいた。警官に出くわしたら、非の打ちどころのない人物を演じなきゃダメだ。今のところ、それだけの説得力があるのは、いかにもヴァカンス帰りという様子をしたアンヌだけだからね」「了解、隊長」ジャン＝リュックが再び言った。

エレーヌのベッドに寝そべるや、ジャン＝リュックは、前日の態度を謝り、すぐに眠りについた。そして夜が明ける前に彼は私を起こし、どれほど彼が私のことを愛しているか説いた。「君は僕の人生の唯一の定点なんだ。たったひとつの確かなものなんだ」私たちは、そっと、慎重に愛し合った。それから、私たちは寄り添って寝そべり、まどろみながら、起きる時間を待った。猫が姿を見せたけれど、窓の下枠に留まったままだった。その優美な姿に私の心は穏やかになった。彼女が私たちを見守ってくれているようだった。優しい言葉をかけてくれこそしたけれど、ジャン＝リュックが相変わらず不安にさいなまれていることは手に取るようにわかったし、その説明のつかない不安は、今や徐々に私をも蝕んでいた。

エミールは陽気で恰幅のいい男性で、交通が麻痺したフランスを長距離移動することにとても興奮していた。「挑戦だ！」彼は何度となく言った。「こいつは挑戦だ！」彼はシトロエンＤＳに乗り込むと、私たちに作戦を伝えた。ガソリンを満タンにできなかったので、あらかじめ事情を伝えておいた友人たちのところで、二度にわたってガソリン補給をするとのことだった。翌日についても、同じ手順が繰り返されることになっていた。バンバンが助手席に、ミシェルとジャン＝リュックと私が後部座席に座った。私たちは、延々と続くエミールの話にとにかく耳を傾けた。返事をせずに済むことにほっとしながら。道路に点在する修理工場やお店はどこも閉まっていて、私たちはそれを見ては驚くのだった。状況は分かっていたけれど、実際に見るととても印象的だった。ラザレフ家の管理人の女性が、立派なお弁当と飲物を用意してくれていた。エミールの従妹の家に寄り、庭で休憩がてら、昼食を食べた。とても居心地がよく、特別な瞬間を過ごしているのだという気さえした。なんなら冒険と言ってもよさそうだった。果たしてほかのみんなも同じように感じていたのだろうか。

リヨンに着いたのは夕方だった。ジルとファニーのドゥルーズ夫妻が待ちかねていた。私たちはそこでラジオを聞いた。

パリのリヨン駅の時計塔の下では、ダニー・コーン＝ベンディットの国外退去に抗議する集会が行われていた。同時に何百人もの人たちが、トランジスタ・ラジオからのド・ゴール将軍の言葉に耳を傾けていた。近々国民投票《レフェランダム》が行われるのだという。フランス国民が、今なお彼を国家の首長に望んでいるのか否かを明らかにするのだ。国民が望んでいないなら、彼は退陣するという。続いて、彼の演説が、いくつもの拡声器を通じて聞こえてきた。辺りが騒然としていて、ところどころ理解できない部分もあったものの、だいたいのところは伝わった。群衆はすぐさま反応を示した。「あばよ《アデュー》、ド・ゴール、あばよ《アデュー》、ド・ゴール、あばよ《アデュー》！」無数の声が、合唱のように響きわたった。「あばよ、ド・ゴール、あばよ！」それに呼応するように、ふたつの小さな声が、私たちのすぐ近くで聞こえた。私たちをもてなしてくれた主《あるじ》の子供たちが、まるで猫のように居間に入り込んだのだった。子供たちのいたずらっ子然とした、うれしそうな顔が、その場の空気を和らげてくれた。パリで起ころうとしていたことは、ただただ人を不安に陥れた。記者は最後に、私たちが知らない事実に触れた。このデモに先だって、警官隊は、カルティエ・ラタンにいたるすべての道路を封鎖したという。続けて記者は、デモの大部分は解散したけれど、いくつかのグループが右岸に残り、デモのリーダーたちの指示に従わない意向を示していると伝えた。

ジル・ドゥルーズがラジオを消すと、ファニーが冷たい飲み物を持ってきてくれた。しばらくしたら、彼らの自宅近くのピザ屋で夕食をとることになっていた。それまでのひとときを利用し、ジルはカンヌ映画祭中止の顚末について詳しく話すよう求めた。ミシェルとジャン＝リュックは、なんだかんだと言い逃れをした。ミシェルは事件の首謀者ではなかったし、ジャン＝リュックは話すつもりなどさらさらなかった。すると、ジルは私のほうを向いた。私は顔を赤らめながら、その頃、私は砂浜にいたと告白しなければならなかった。

「たしかにずいぶん日焼けしているね。まるでアンズみたいだ……」

「……黄金色のね」ジャン＝リュックが冷たく補足した。

バンバンが慌てて口を挟んだ。

「リヨンの大学はどうだったんだい？」

夕食後、アパルトマンに戻り、私たちは再びラジオをつけた。

ヨーロッパ1のある記者が、息を切らしながら、若者たちが次々に集まり、とてつもない数になろうとしていると報道していた。中には、スカーフで顔を隠している者たちもいた。叫ばれているスローガンはあまりにも雑多で、その日の夕方にパリのリヨン駅の時計塔の下で叫ばれていたものとは、もはや別物だった。バリケードがいくつも作られ、何台もの車に火がつけられ、歩道にはゴミの山が積み上がった。組合のリーダーたちや学生の責任者たちが、マイクを使って、静かにするように呼びかけていた。だが、なんの効果もないようだった。警官隊に緊急招集がかけられたけれど、カルティエ・ラタン近辺での衝突に備えていたため、駆けつけるのに時間がかかっていた。やがて、半狂乱になった群衆が歓喜の叫び声をあげながら、資本主義の象徴である株式取引所に火を放った。そうこうするうちに、別のいくつかのグループが、警官隊の移動を利用して、カルティエ・ラタンに侵入した。相変わらず最前列にいた記者たちは、口々に「いたるところを混沌が支配している」と述べていた。

クルノが「もう寝るよ」と言った。時刻は深夜零時を回っていて、翌日は早起きをしなければならなかった。そのときまで私たちは誰も、ラジオから聞こえてきたことに意見を述べていなかった。ドゥルーズだけが時折、質問を投げかけたけれど、それは独り言のようなもので、誰も彼に答えなかった。彼がラジオを消した。バンバンはゲストルームを使うことになっていた。ジャン＝リュックと私は子供部屋。子供たちはお隣に預かってもらっているとのことだった。クルノは居間のソファで眠ることになった。私たちはお互いにおやすみと言って、その日はそれで終わりだった。

翌朝、朝食のときに、エミールが私たちに合流した。私たちはラジオを聞いて、すっかり打ちひしがれてしまった。ヨーロッパ1の記者たちが、パリで起きたひどい一夜の出来事を詳細に語っていた。多くのグループが暴徒と化し、サン＝ミシェル大通りや近隣の通りを本物の戦場に変えてしまった。彼らは、なんでもかんでも破壊するという欲望に駆られ、手当たり次第火をつけてしまったのだ。それは、これまで行われてきた政治的なデモとは一線を画していた。記者のひとりは、「一線を越えてしまった」と語っていた。事実、世論の風向きが変わり、その晩の根拠のない暴力に怯えたフランスは、今や急速に秩序や労働への回帰をしようとし始めていた。

「これが学生運動の成れの果てなのかね?」ドゥルーズが聞いた。

この問いは誰に向けられたというわけでもなかったけれど、実際はジャン=リュックに向けられていた。彼はどうにもならないとでも言うかのように、頭を振った。

「さあね」

「どう思う?」ドゥルーズはしつこく食い下がる。

「どう思ったらいいかわからないよ」

ジャン=リュックの顔からはあまりにも深い苦悩が見てとれ、胸が締めつけられた。

朝食を終えると、エミールのシトロエンDSは再び出発した。背中がずきずき痛むと不平を言ってばかりのバンバンが助手席を陣取り、クルノとドゥルーズ、ジャン=リュックと私が、窮屈な思いをしながら、後部座席に座った。旅は前日と同じように進んだ。ガソリンを補給するために、二度停車した。最初の停車のときに営業中のレストランを見つけ、そこで昼食を取ることができた。気持ちのいい場所で、天気もよく、私たちが横断しているフランスは、シャルル・トレネが歌うそれに似ていた。しかし、どんな歌であれ、私たちは口ずさむ気にはなれなかった。それぞれ程度こそ異なるけれど、記者たちが語ったパリと再び対峙することに不安を抱いていたのだ。上機嫌だったのはドゥルーズだけで、上機嫌なふりをしているわけではないようだった。

彼はよくしゃべり、質問をし、独り言をつぶやいた。バンバンは、いかにも古なじみといった様子で、時にはからかい、時には賞賛を隠さずに、彼に丁々発止の返事をするのだった。たまにクルノが何か言うことがあれば、それは景色がすばらしいだとか、ひとりぼっちでボール遊びをしている子供がいるだとか、そういう類のことだった。ジャン＝リュックは頑固に沈黙を貫き、私もいつものように口をつぐんでいた。

パリまであとおよそ百キロメートルというところになって、私たちは検問に捕まった。何人かの警官たちが車を脇に停めろという合図をし、身分証明書を求めた。それから、荷物をチェックすると言った。「僕がアンヌとエミールと降りよう。残りは車の中でおとなしくしていてくれ」バンバンが言った。ドゥルーズとジャン＝リュックが抗議の声をあげた。「いいから言うことを聞いてくれ。ジャン＝リュック、君の思わず相手を挑発してしまうところが心配なんだ。さすがの僕も君のことがわかりかけてきているからね。ジル、君はその魔女みたいな爪がありえないな……」ジャン＝リュックが初めて笑みを浮かべた。「ドゥルーズのヤツ、ひどく気分を害しているな！」突然しかめ面になった旅の仲間の顔を指さしながら、彼は言った。

四人の警官が私たちのカバンやスーツケースを空け、中身を慎重に取り出すと、やがて元に戻してもいいと許可を出した。「昨晩あんなことがあったから、武器があるんじゃないかと探していたそうだ」バンバンがつぶやいた。警官たちは、何も危険なものが見つからないとわかると、口惜しそうに私たちを解放した。そもそも今や運転できるだけのガソリンが残っている車が稀で、そのせいで私たちは疑われたのだった。警官たちは同僚たちにわざわざ連絡する労は取らず、同じことがパリに到着する直前にも繰り返された。あとで知ったことだけれど、検問は武器探しを口実に、パリ市内への入口に当たるさまざまな場所で行われたということだった。

サン＝ジャック通りのわが家では、思いもかけない事態が私を待ち受けていた。

私たちが留守のうちに、ジャン＝ジョックが居間に住みついていたのだ。彼の周りには、汚れた衣類やらビールの空きビンやら冊子やチラシやらが山のように積まれていた。モケットの上には、私たちのレコードがいくつか散らばっていた。ジャン＝リュックは、遅くともカンヌに出かけた翌日には帰ってくるつもりで、ジャン＝ジョックに鍵束を渡していたのだ。彼はこの幸運につけ込み、わが家の居間に居ついたのだった。私たちを見ると、彼は陽気に歌い出した。

牧草を刈る草刈り人夫のように
まるでリンゴの実でも落とすように、

ヴェルサイユ正規軍は虐殺した
少なくとも十万人もの人を。

続きを歌うことはできなかった。なぜなら私が怒り狂って、彼の歌をさえぎったからだ。

「このゴミの山を拾い集めて、とっとと出ていって！　うちに居つかれちゃ困るって前にも言ったはずよ！」

彼は泣き顔をしてみせた。

「でも……」

「でもじゃない！　空きビンから何から、全部持って、出てってちょうだい」

彼は懇願するような眼差しをジャン゠リュックに向けた。ジャン゠リュックは、この状況に居ても立ってもいられず、ドアを荒々しくバタンと閉めて書斎に閉じこもってしまった。ジャン゠リュックをやり込めてやったんだと思うと、なぜか気分が晴れ晴れし、私は優しい声でジャン゠ジョックに話しかけた。

「たまにならいいの。でも、ずっとここに住むのはダメ。私たちは旅から戻ってクタクタなの。だから、今は帰ってちょうだい。私たちはこれから外で食事をしてくるから、帰ってくるまでに全部片づけておいてね」

ジャン＝ジョックはそれ以上抗議をすることもなく、汚れた衣類を片づけ始めた。でも、彼の打ちのめされた犬のような様子を見ていると、なんだか悪いことをしているような気がしてきた。私は自分を正当化しようとして言った。

「ジャン＝ジョック、私たちはあなたの両親じゃないの……」

「残念だな。こんなかわいいママがいて、パパがゴダールだったら……」

状況がひっくり返る前に私は居間を出て、ジャン＝リュックの書斎に行った。彼は外で食事をするという提案を大喜びで受け入れた。ジャン＝ジョックと妻の争いを仲裁せずに済んでほっとしたのだろう。階段のところで、彼はジャン＝ジョックに向かって叫んだ。

「鍵は三重にかけて、郵便受けに入れておいてくれ。また明日な、同志！」

「また明日！」

やれやれ、どうにか私が勝ったようだ。

どの交差点にも、どの街角にも警官が複数いた。人影もまばらで通りは静かなのに、彼らは通行人に身分証を要求した。私たちはスイスのパスポートを三度も見せなければならなかった。弟のピエールが偽造してくれて助かった。

「〝ボヴォー広場とかエリゼ宮に近いから、警官がたくさんいてうんざり〟と言って、カルティエ・ラタンに住みたがったのは、君だったよな?」ジャン=リュックが言った。

この指摘に、私は思わず笑ってしまった。してやったりといった様子で彼も笑い、こうして、ここ数日のピリピリした空気は、たった一晩で消え去ってしまったのだった。

移動祝祭日

ジャン=リュックの夜更かしに私も付き合った。翌朝、目を覚ますと、彼はシャワーこそ浴びたものの、ヒゲを剃り清潔な服を着ることは拒んだ。ヴァカンス帰りと思われるのが怖かったのだ。「ラザレフの家にいただなんて絶対に言わないでくれよ」寝る前に彼は私にそう念押しした。私は言わないわと約束した。

いざ出かけるという段になって、彼は躊躇していた。行き先は、ヴォージラール通りの国立写真映画学校に設けられたフランス映画三部会、五月十五日以降占拠されたオデオン座、国立美術学校《エコール・デ・ボザール》、それからクリス・マルケルのアトリエだ。彼は何本か電話をかけた。そのうちのひとつはフランソワ・トリュフォー宛てで、通話が終わると彼は不機嫌になり、その理由は言おうとしなかった。

警官たちは姿を消し、ソルボンヌ界隈には多くの人が溢れていた。大学に入っていく者がいれば、出ていく者もいて、路上で話し込んでいる人たちもいた。彼らがどこからやってきたのか、学生なのかそうでないのかもわからなかった。いくつもの集団をかきわけ、私たちはオデオン座に到着した。

私は目の前の光景に愕然とした。オデオン座は、私にとって神聖な場所だった。それなのに、ヒゲもじゃで不潔な連中がそこここでたむろしていたのである。どうやら彼らはそこで夜を明かしたようだった。床にはゴミが散乱し、まるでパリの路上そのものだった。というのもパリの路上には、今やとてつもない量のゴミの山がいくつもできあがっていたからだ。舞台上では、人びとが押し合いへし合いしていて、言葉数が多いだけのバカげた議論を繰り広げていた。私が『中国女』の出演者だとわかると、誰かが攻撃的な言葉を吐いた。「よう、同志！　毛沢東のマヌケ野郎のスローガンで、オレたちをうんざりさせにきたのか？」一方、ジャン＝リュックは、何人かの学生たちに囲まれ、舞台に登壇して、フランス映画の向かうべき道について話をしてくれと頼まれていた。私が先に外に出ると、ジャン＝リュックもあとをついてきた。私が怒りをぶちまけると、彼は黙って話を聞いていた。大事な劇場が汚されたことに嫌悪感を覚えた。ヴォージラール通りを歩いているときも、不快な気持ちが続いていた。あなたはどう思ったのと、彼にしつこく聞いても、あやふやな返事が返ってくるばかりだった。「革命にやりすぎはつきものさ。少なくとも、ソルボンヌ大学とオデオン座は自由に発言することを許されている場なんだから」「何よ、それ！」言い返したところで、腹の虫は収まらなかった。

自宅を出てからというもの、その日は常になんだか変な感じがしていた。特に深くは考えなかったのだけれど、ヴォージラール通りとラスパイユ大通りが交わる角に来て、ようやく合点がいった。車が一台も走っておらず、数台の自転車を除けば、路上にはのんびりと歩く人々の姿しか見当たらなかったのだ。そのことをジャン＝リュックに伝えると、今度は彼が辺りをしげしげと見つめた。「邪魔な車がなくなったおかげで、やっとパリそのものが見えるようになったな」そして、私たちが大好きなヘミングウェイの本のタイトルに倣って言った。「パリは移動祝祭日になったのさ」

国立写真映画学校は、映画業界で働くありとあらゆる人々が集まる、さながらミツバチの巣箱の様相を呈していた。いくつも設けられた委員会が映画改革案を起草し、それらが皆の判断にゆだねられた。大教室には椅子が並び、監督に技術者、俳優たちが座っていた。熱心に話を聞いている者もいれば、隣とおしゃべりをしている者もいた。多くが知り合い同士で、互いに声をかけ合っている。

目立たないようにしていたつもりだったけれど、ジャン＝リュックが現れると会場の空気が変わった。立ち上がり、カンヌ映画祭の中止に一役買ったことをほめそやす者もいた。同じく会場にいたルイ・マルは、わざわざ握手しに彼のところまでやってきた。ジャン＝リュックは笑顔を見せざるをえず、このあまりに友好的な雰囲気に気まずそうにしていた。彼はあとになって、「お門違いもいいところだ」と言った。私にも多くの賛辞が浴びせかけられた。こんがりと焼けた顔と元気そうな様子のせいだった。「まるで十五歳の少女ね！」その二倍は年を取っていそうなある女優が言った。「おいおい、やめてくれよ。彼女は二十一なんだ」ジャン＝リュックが訂正した。砂浜の一件の不満顔はどこへやら、今は私が彼のそばにいることが誇らしいようだった。私たちは着席し、ルイ・マルが中断していた発表を再開した。

別の人物が発表を行い、また別の人物がそれに続いた。私はすぐに飽きてしまった。肝心の話はぼんやりとしか聞かず、会場を出入りする人たちばかりが気になった。ファンなのにまだ知り合いにはなれていない人たちの顔に気づいたのだ。みんなおしゃべりをしているみたいだし、私も勇気を出して、声をかけてみようか……、そんなことばかり考えていた。

学校周辺のカフェはどこも営業していた。一番近いカフェにはアルマンと女友達のパット、さらに彼らの友人がふたりいた。それぞれカメラマンと音響エンジニアだった。彼らはサンドイッチに白ワインを飲んでいて、こっちに来いよと私を誘ってくれた。アルマンは私に『ボノー一味』の撮影中止の顛末を語って聞かせた。撮影再開がいつになるかは、誰にもわからなかった。彼らは自分たちが経験した一連の騒動を、楽しいヴァカンスのように考えていた。学生運動に共感はしていたけれど、彼らは革命が起きるなどとは一瞬たりとも考えていなかった。音響エンジニアのジャン＝クロードは、ルイ・マルのドキュメンタリー映画の撮影でカルカッタを訪れ、そこから戻ってきたばかりで、彼らの中では最も学生運動に批判的だった。「インドで三カ月暮らしたオレからしてみたら、金持ちのガキの反抗ってところだな」とはいえ、彼の物言いはやさしく、まるで攻撃的ではなかった。彼もカメラマンのパトリスもアルマンも、それからアルマンの女友達で助監督をしているパットも三十そこそこ。比較的歳の近い彼らと一緒にいるのは居心地がよかった。まじめぶったりしなかったし、議論をふっかけるようなこともなかった。

ジャン＝リュックが迎えにきて、私たちはクリス・マルケルのアトリエに向かった。その場所では、彼が複数の若者たちに囲まれ、三分以内の戦闘的な短編映画、シネ・トラクトと呼ばれるものを絶えず作っていた。それは反体制的で不遜、かつ創意に溢れていて、そのことがジャン＝リュックを決意させた。「もしよかったら、君たちと一緒に仕事をさせてくれないか」彼は謙虚に言った。誰もが大歓迎だった。クリス・マルケルが私のほうを向いて言った。

「あなたも大歓迎ですよ」

「私!?　えっと……」

彼は私をつま先から頭のてっぺんまで眺め、微笑を浮かべた。

「なんと美しい女性だろう。しかもロシア出身だなんて！」

あとになってジャン＝リュックが教えてくれたことには、彼はクリス・マルケルの公明正大さと彼の映画の革新性を評価していたそうだけれど、そのクリス・マルケルは、女性の美しさに一家言あって、特にロシアの女性にうるさいのだそうだった。その日を境に、ジャン＝リュックが砂浜で日焼けした件をくさすことは、きっぱりなくなった。

次の行先は国立美術学校だった。カルティエ・ラタンのありとあらゆる壁を飾るすばらしいポスターが、そこで生みだされていたのだ。移動距離は既に数キロメートルにも及んでいた。私はこんなふうにいろんな所を訪れ、たくさんの人に会うことにだんだんうんざりし始めていた。ふと、名案が浮かんだ。子供たちが言う「秘密計画」である。私たちはサン＝ミシェル大通りとサン＝ジェルマン大通りの角で一旦別れることにした。ジャン＝リュックは、角のところあるカフェ〝ル・クリュニー〟を指さして言った。

「六時にあそこでシャルルと会うことになっている。君とジャン＝ジョックにも一緒にいてほしいんだ。いいかい？」

うなずきはしたけれど私は一刻も早く計画を実行に移したくてたまらなかった。計画と言っても簡単なものだった。交通機関が麻痺しているのを逆手にとって、ローラースケートでパリを移動してしまうのだ！　うちからそう遠くない場所におもちゃ屋を見つけたところだった。心配があるとすれば、店が開いているかどうかだ。

幸い店は営業中だった。お客の来訪に喜んだ女性店員が、大急ぎで何足か持ってきてくれた。その中から一足を選んだ。彼女は、ローラースケートのヒモを結んでくれた。支払いを済ませると、私は元々履いていたエスパドリーユを手に外に出た。

最初のうちはおっかなびっくりだった。よちよちした足どりで近隣を何周か回ると、道行く人たちがその様子を面白そうに眺めた。それから私はローラースケートを脱ぎ、アパルトマンに戻った。

ル・ラヴァンドゥ滞在中、私は一度しか母に電話をかけなかった。帰ってきたことを知らせるために、そろそろ連絡をしなければならない。母は愛情たっぷりに応対してくれて、ラザレフ家に泊まった話を面白がった。彼女はラザレフと知り合いで、彼のことを評価していた。ラザレフ家お抱えのタクシー運転手の運転で長時間旅行した話も楽しんでくれた。もう長いこと母とは会っていなかったけれど、母のほうでそのことを気にしている様子はなかった。ただ、徒歩じゃカルティエ・ラタンまで行けないわねと残念がっていた。私の祖父母やその他の家族全員と同じように彼女も、フランス全土がストで麻痺しているのを心配していた。それでも、彼女たちのド・ゴール将軍への信頼は揺らぐことがなかった。ピエールだけが面白がってパリのあちこちをモーターバイクで行き来し、気の向いたときに自宅に戻るような生活をしているらしい。「私の言うことなんて、もう聞きやしないのよ」母が嘆いた。でも、ピエールはカルティエ・ラタンの日常の生き証人でもあり、彼が持ち帰る話は特に祖父の興味を引いた。おかげで彼らの絆が強まったのだった。

ジャン゠リュック宛ての電話がかかってきた。明日、国立写真映画学校で、「大事な総会」が行われるので、出席してほしいとのことだった。必ず彼に伝えると言い、私はアパルトマンを出た。カフェで会う約束の時間が近づいていた。階段を下りると、私はエスパドリーユをかばんに詰め、再びローラースケートに足を通した。サン゠ジャック通りならお手のものだった。バランスを取るのもうまくなってきて、スピードをあげてみることにした。

ヒュウという口笛が聞こえて、私は振り返った。気づかないうちに、サン＝ジェルマン通りでジャン＝ジョックを追い抜いてしまっていたのだ。急停止をしたせいで、無様にも思わずある年配の男性の肩につかまってしまった。さもなければ、歩道に転んでしまっていただろう。男性はぶつくさ言いながら、私が態勢を立て直す手助けをしてくれた。「まったく、若いもんは……」

私が謝ってお礼を言うと、彼は態度を和らげた。「どういたしまして、お嬢さん」

ジャン＝ジョックは大爆笑だった。私がローラースケートで移動する様子に大喜びで、そいつは名案だなと言った。彼はため息をついた。

「オレにはできないのが残念だな」

「どうして？」

「だって、オレは闘士なんだぜ。闘いの最中に遊んでなんかいられるか」

今度は私が笑う番だった。すると、彼は歌い始めた。

彼らは盗賊行為を働いた
沈黙につけ込んで、

野戦病院のベッドに横たわる
怪我人たちにとどめを刺した。

そうこうするうちに、カフェ〝ル・クリュニー〟に到着した。ジャン＝リュックと例のシャルルは店の奥の少し引っ込んだところに、まるで陰謀家のように陣取っていた。店内に進むと客たちがどよめいた。私はローラースケートでテーブルのあいだを進み、ジャン＝ジョックはまだ声を限りに歌っていた。

それでも、ニコラよ、
コミューンは死にはしない！

私たちを見ると、ジャン＝リュックは思わず立ち上がった。
「いったいなんの真似だ？」
彼の友人は椅子に座ったまま身動きせず、表情ひとつ変えずに私たちを見た。そして、落ち着いた声で、ぼそりと言った。

「マルクス兄弟のお出ましだな」

私は長椅子に倒れ込み、ジャン＝ジョックは空いた椅子に腰を下ろした。ジャン＝リュックが紹介の労を取ってくれた。気詰まりな沈黙。周囲では会話が再開していた。給仕が近づいてきた。ジャン＝リュックはビールを、シャルルはウィスキーを飲んでいた。なんだかその様子に怖気づいてしまった私は、自分を励ますつもりで言った。

「ウィスキー！」

「オレも」ジャン＝ジョックも続いた。

ジャン＝リュックが怒った身振りをするのが見えたけれど、私はそれを無視して、彼の友人に視線を集中することにした。

シャルルは、ひと目見ただけで魅力が感じられる人物で、年齢は二十五歳くらい。髪は褐色、顔の輪郭が美しく、その眼差しには微塵の迷いも感じられなかった。知性と円熟味があふれ出ていて、同年代の若者とはまるで違って見えた。威厳が漂い、すぐに存在感を示した。くだらないおしゃべりはこれまでだとでも言わんばかりに、彼は私たちの到着で中断した議論を再開した。

話題は新しい映画における新たな言語の発明についてだった。彼はジャン＝リュックの最も美しい映画でさえ過去の遺物に過ぎないと言い放った。頻繁に毛沢東の言葉を引用しながら自ら推奨する革命的な映画を語り､何がなんでも「修正主義の毒を根絶しなければならない」と語った。

ジャン＝リュックは憧憬とも服従ともつかない子供っぽい表情を浮かべ、彼の話に聞き惚れていた。私は彼が沈黙し、彼の友人がしゃべり倒しているこの状況にショックを受けた。二度にわたって、私は会話の妨害を試みた。シャルルは会話を中断して私を誘惑するように、その実、慇懃無礼に微笑みかけ、私の口を封じようと愛想のいい言葉をかけてよこすのだった。「もちろん、この考え方は君にとって真新しいことだろうね。だが、いずれは理解して、僕らの視点を共有できるはずさ」

「僕らの視点」という言葉にさらにショックを受けた。それはジャン＝リュックのものでもあるのだろうか？　この先起きるであろうことを考え、私は怖くなった。

ジャン＝ジョックも会話に割って入ろうとした。でも、彼のやり方は感情任せで下手くそだった。マルクスの引用をしてみせたところで、シャルルはいらいらして片眉を少し釣り上げただけだった。ジャン＝ジョックは粘ったが、シャルルはたった数語で、彼が「的外れ」であることを証明してしまった。

ジャン＝リュックがジャン＝ジョックを擁護しないことが恨めしかった。直感的にシャルルはジャン＝ジョックを押しのけ、その地位を奪おうとしているのだと思った。一方が子供なら、もう一方は経験に富んだ、狡猾で覚悟を持った大人だった。頭がうまく整理できなかったけれど、私はぞっとした。ジャン＝ジョックへの脅しははっきりと感じられるのに、私はその対象にならなかった。私はジャン＝リュックの妻だから、守られ、触れてはならない存在だったのだろうか。

でも、それは私の思い違いだった。

しばらく前から、私はもうシャルルの言葉を聞いていなかった。ジャン＝ジョックの悔しそうな顔を見ているのがつらかった。私は彼のほうを向いて言った。

「あなたの好きなあの歌のリフレイン、どんなだったけ？」

私の問いが彼を復活させたようだった。彼はすぐさま大声で歌い始めた。

それでもニコラよ、
コミューンは死にはしない！

カフェの中で行われていたすべての会話が止まり、すべての顔が私たちのほうに向けられた。シャルルはソビエト映画の黎明期についての話を止め、意味がわからないという様子で私たちを見つめた。初めてジャン＝リュックが微笑んだ気がした。

「まさかこの次は『シェルブールの雨傘』まで歌う気じゃないだろうな?」ようやくシャルルが言った。

それを聞いて、ジャン=ジョックは憤慨した。

「『シェルブールの雨傘』と一緒にするな! これはポティエの有名な歌で『彼女《コミューン》は死にはしない!』っていうんだ。ニコラの部分のリフレインを考えたのはパリゾなんだぞ」

「たまげたな」ジャン=リュックが続けざまに言った。

彼がしゃべったのは久しぶりだった。楽しそうに微笑んでいた。私は空気の変化を見逃さず、シャルルが再び会話の主導権を握る前に逃げ出すことにした。

「私、ローラースケートをしてくるわね」

ジャン=ジョックもその好機を逃さなかった。

「オレも行くよ」

「じゃあ、またあとでな」ジャン=リュックが言った。

そして、私に向かって続けて言った。

「ローラースケートとはうまいことを考えたな。見事なもんだ!」

私はうれしくなって彼にキスをし、シャルルに手を振って挨拶すると、カウンターで私を待っていたジャン＝ジョックに合流した。すると彼が、私の耳元でささやいた。「すぐ行くから、外で待っててくれ」数秒後、彼は店を出て、サン＝ジャック通り方面に走り出した。私は彼を追いかけ、ローラースケートのおかげで、すぐに追いついた。彼は立ち止り、上着の内側から、半分空になったウィスキーのボトルを取り出した。

「まさか盗んだの？」信じられずに私が言った。

「そうさ。戦利品だよ。あの鼻持ちならないシャルルの野郎を忘れるために、君ん家で飲もうぜ」

階段を上がっているときに、彼が私にジャン＝バティスト・クレマンの「さくらんぼの実る頃」を知っているかと聞いてきたので、もちろんよ、私の大好きなシャルル・トレネのヴァージョンを聞きましょうと提案した。彼はいかにも嫌そうにしかめ面をしてみせたが、私を喜ばせるためにしぶしぶ同意した。

ジャン＝リュックが私にシャルル・トレネの全曲を収めたレコード全集をプレゼントしてくれていて、パリにいるときにはよくそれを聞いていた。私もジャン＝リュックも「さくらんぼの実る頃」の、シャルル・トレネの独特な解釈が好きだった。ジャンゴ・ラインハルトの演奏の楽しげなスイングにも関わらず、その歌からは、深い哀愁が漂い出ているのだった。

ジャン＝ジョックはすぐにはその曲のよさを理解しなかったけれど、シャルル・トレネの歌には豊かなニュアンスが感じられる気がすると言った。おそらくはちびちびと飲んでいたウィスキーが効いてきたのだろう。私たちはその曲を十回以上聞いた。ジャン＝ジョックが、ジャンゴのギターがいいと言うので、やはりシャルル・トレネとジャンゴが組んだ「セミとアリ」の演奏を聞かせてやった。すると彼はすぐにそれを気に入ったようだ。学校で習うこの寓話を覚えていたようで、三度たて続けにレコードを繰り返しかけると、トレネの声に合わせて歌い始めた。彼は居間に立ち、やかましい声ではあったけれど正確に歌い、ギターのコードを真似てみせた。床に座って彼の歌を聞いていると、笑いが止まらなかった。

夏のあいだずっと
歌って暮らしたセミは、
北風が吹くと
なんの貯えもなくなってしまった。
ハエや小虫の
ただの一匹すら見つからない。
飢え死にしそうだと叫んで……

私たちは知らないうちに、酔っぱらってしまっていた。鍵が開いた音にも気づかず、ジャン＝リュックが不意に現れると、ジャン＝ジョックは思わず恐怖の叫び声をあげた。ジャン＝リュックは私たちを見ても何も言わなかった。疲れて悲しそうだった。彼はウィスキーのボトルを取りあげると、キッチンに行き、ボトルの残りを流しに捨ててしまった。彼が戻ってきても、ジャン＝ジョックは相変わらず、麻痺したように同じ場所に立ちつくしていた。私はと言えば、彼が突然現れた驚きのあまり、しゃっくりが出て、どうしても止まらなくなってしまった。

ジャン＝リュックはキッチンに戻り、水を注いだグラスを持ってくると私に差し出した。

「子供だな」とうとう彼が言った「君たちは子供だ。どうやら飲み過ぎたようだな。何か食べたほうがいい。ピザ屋に行こう」

ジャン＝ジョックが再びわが家の居間のソファで眠ることになったことは、言うまでもない。

大人たちの五月

私たちはフランス映画三部会に向かっていた。大事な総会でジャン＝リュックの出席が求められていたからだ。ジャン＝リュックとジャン＝ジョックがローラースケートを履いた私を引っ張り、サン＝ミシェル大通りをのぼっていくのに手を貸してくれた。ひとたび上まで来るや、私は朝の爽やかな空気と目の前に広がるひと気のないパリの街に陶然となり、ふたりの男を置いて一気に進んでいった。ヴォージラール通りの学校の前にあるカフェでは、アルマンと彼の友人たちがタバコを吸っていて、私の到着を拍手で迎えてくれた。知り合いではない他の映画関係者たちは、私のことを愚か者扱いしたけれど、そうした反応に私たちはますます上機嫌になるのだった。ジャン＝リュックとジャン＝ジョックが、私を裏切り者呼ばわりしながら、遅れて到着した。私のことを悪く言う言葉が聞こえてくると、ジャン＝リュックは、すぐにそちらを向いて言った。「そうだよ。この子はローラースケートをしてるよ。それがおまえとなんの関係があるんだ？　バカ野郎が！」それから私に向かって言った。「僕はちょっと中で話を聞いてくるよ。君のために席を取っておこうか？」私はうなずいた。彼が背中を向けると、アルマンの恋人のパットが、私もローラースケートを買いたいのと言ってきた。私が玩具店の住所を教えると、彼女はすぐに買いに飛んで行った。「ライバル登場だな」アルマンが言った。私はしばらく彼らと一緒に過ごした。彼らは会場の中で起きている議論の応酬にはまるで無関心だった。

ジャン＝リュックも同様だった。

最後列の一番端の席に座り、彼は仲間たちの目を逃れ、いつでも逃げられる準備をしていた。私が彼の隣に座ると、彼は小声でこれまでの話を要約して聞かせてくれた。「やたらと委員会を作っておいて、一致団結して、映画業界の根本的な改革を目指すんだと。適当なことを言いやがって！　これだけいろんな人間が集まってるっていうのに、どうやって意見を揃えるっていうんだ？　あんな連中、知ったこっちゃないよ！」逆に、ジャン＝ジョックは列の真ん中の目立つところに立ち、舞台上にいる人たちに議論をふっかけていた。登壇者の言葉を、よく響く「同志」という声で定期的にさえぎるのだった。

抗議の声をあげる人もいたけれど、大部分は怒りもせず彼の話を聞いていた。そのとき私は、激動の三週間が一若者、一学生の声にどれほど重みを持たせたかを思い知り、その事実に虫酸が走った。その場にいた他の学生たちもジャン＝ジョックと同じで、言うべきことなど何もないくせに、態度だけは無遠慮で偉そうだった。彼らは映画界で働いているのだろうか？　それとも素人なのだろうか？　彼らのわけのわからない言葉は、前日、オデオン座で聞いたものと同じだった。そのわけのわからない言葉を、今や映画界に属する多くの人が真似し始めていた。その集会には、アラン・レネやジャック・リヴェットのように、私が敬愛する人たちも出席していた。どうして彼らがわざわざこんな集まりに顔を出しているのか、どうしてジャン＝リュックが黙っていられるのか、私にはわからなかった。カンヌから戻ってきてからというもの、彼は物憂げなオーラを放っていた。五月の最初の二週間の熱狂はどこに行ってしまったのだろう？　それでも、周囲にはある種の陽気さが充満し、生きる喜びを感じようという空気が漂っていたのも事実で、それに逆らうのは難しかった。あらゆる種類の過剰さに、事あるごとにいらだちや不安を覚えていたけれど、きらきらした春ならではの生命エネルギーが、私を刺激していた。

その日の夕方、私たちはある二十歳の映画人の上映会に出かけた。その名は事情通のあいだでは知られ始めていた。ジャン＝リュックもその作家のルポルタージュを既に観ていて、その作品に感心していたようだ。作家の名前はフィリップ・ガレルで、その日上映される映画は『記憶すべきマリー』だった。上映室にいたのは四人で、それ以外には作家本人と映写技師がいるだけだった。その映写技師はフィリップ・ガレルの友人で、勝手な活動をして技術者組合から批判される危険を冒しながら、彼にこっそり協力してやっていたのだった。

白黒の映像がとても美しかった。それは詩人の映像であり、天啓を受けた映画人の仕事であり、彼がその作品以降、重要な作家と目されることは間違いなかった。

会場が明るくなっても、私たちは感動のあまり、作者に話しかけ賛辞を送ることができずにいた。ジャン＝リュックは誰よりも心がかき乱されたようだった。フィリップ・ガレルは泰然と私たちの反応を待っていた。後日、彼にとって〝ゴダール〟の存在がいかに重要であったかを私は知った。ジャン＝リュックは彼にとって、芸術家という仕事の起点であり、彼が称賛してくれるか批判するかで、彼の人生のその後が決まってしまいかねなかった。

静かに待つ彼の姿には威厳が備わっていて、その人となりは、作品同様にどこか人を圧倒するところがあった。ジャン＝リュックは、自分の考えを最も正確に伝える言葉を探しているようだった。やがて決心がつくと、それはささやくように、彼の口をついて出た。「今やガレルがいる。これ以上僕が映画を撮る必要はない」と彼は言った。今度はフィリップ・ガレルが感動する番だった。「僕らにはあなたが必要です。あなたの映画が必要なのです。それが僕らの進むべき道を照らしてくれる」言葉に詰まり、声にならない声で彼は言った。ジャン＝リュックは頭を振って、違うと答えた。そして、彼と握手を交わすと、私を連れて外に出た。

何も言わずに、私は彼の行きつけのレストラン〝レ・バルカン〟までついていった。たった今耳にしたことに戸惑ってしまっていた。私たちはいつまでも黙っていた。やがて、耐えかねた私が、勇気を出して訊いた。

「さっきフィリップ・ガレルに言ったこと、冗談よね？」

「いいや。本気さ」

「でも、彼も他の人も、あなたに映画を撮ってほしがっているのよ。彼だってはっきり言ったじゃない！」

ジャン＝リュックは苦悶に満ちた表情をしてみせた。

「わかってる。でも、僕はもうその映画を続けることはできない」

「どの映画よ？」

「君たちが好きで、君たちが僕に撮ってほしいと思っている映画さ」

私は彼に、年が明けてから四月まで、いろんな企画があったことを思い出させようとした。シムノン原作の『向かいの人たち』にキルケゴール原作の『誘惑者の日記』、それから最近では、『トロツキー暗殺』。彼は肩をすくめ、けだるそうに私を見つめた。おそらく私が言いたいことは伝わっていたのだろう。「全部私が出演することになっているのよ」それでも反応を示さない彼に、私は別の側面からも攻めてみた。六月の初めに、私たちは数日間ロンドンを訪れ、ローリング・ストーンズを撮影することになっていたのだ。彼は大きなため息をついた。

「……やりたくない。だが投げ出したりしたら、金銭的にたいへんなことになる。アパルトマンを抵当に入れるか売却することを覚悟しなければならないかもしれない。長期ローンを組んでるからな……」

私はきっとおかしな顔をしていたに違いない。彼は微笑みながら、最後にこう言った。
「まあ、どうにかなるさ」

翌朝、私たちは前日同様、ヴォージラール通りにある学校に向かった。前日、あれだけ批判的だっただけに、彼がもう一度行きたがっていることに驚いた。「この業界をもっと嫌いになるためさ」彼は言った。前日と同じように、私は彼をサン＝ミシェル通りのところで置いてきぼりにして、ローラースケートを履いて全速力で進んだ。

到着するや、アルマンとパットが私を迎えてくれた。パットはローラースケートを手に入れていて、見事に使いこなしているようだった。私たちは、まるで少女のように、ふたりで近所のブロックを何周も回った。行き交う人々も楽しそうにご機嫌な私たちを眺め、友人たちは声援を送ってくれた。ジャン＝リュックも例外ではなかった。一度は学校の敷地の中に消えたのにわざわざ引き返してきて、私に身振りをしてみせてくれた。それはまるで「行け！　やっちまえ！　存分に楽しんでこい！」と言っているようだった。

しばらくして、ジャック・リヴェットを見かけた。彼とは旧知の仲で、私は彼のことが大好きだった。一年前、『中国女』の撮影中には、よく一緒に食事をしたものだった。彼が映画のことを話しているのを聞いているとうっとりしたし、彼やジャン＝リュックと話しているととても勉強になった。ジャン＝リュックはこの友人のことを、次のように言っていた。「リヴェットは駄作ですら救う！」

彼のところに辿りつくために私は大きなカーブを描き、彼の目の前でピタッと止まってみせた。パットが私に続いたけれど、彼女は危うく街灯にぶつかるところだった。私たちの登場に、彼は涙が出るほど笑い、いい「掘り出し物」をしたねと褒めてくれた。数年後、彼の映画『セリーヌとジュリーは舟でゆく』を観ていて、思わずうれしくなった。ふたりのヒロイン、ジュリエット・ベルトとドミニク・ラブリエがローラースケートを履いて移動するシークエンスがあったのだ。パットと私が彼にインスピレーションを与えたのかもしれない。私たちは多少なりとも彼の作品に貢献できたんじゃないかしら……。

リヴェットは学校の敷地に入っていった。すれ違うように、ジャン＝リュックが出てきた。彼はとてもいらいらしているようで、思わずリヴェットとぶつかるところだった。「ヤツらの講釈と批判にはうんざりだ。クリス・マルケルのところに顔を出して、それから美術学校に向かうことにするよ。彼らに奉仕するほうがずっとマシだ……。あそこでは共同作業が意味をなしているからね」彼は私に言い、こう付け加えた。「君は楽しんでおいで。夕方にバンバンとロジエのところで合流しよう」ロジエはエミールの機転の数々のおかげで、前の晩にようやくパリに戻ることができていた。バンバンが一緒に夕食を食べようと、私たちをトゥルノン通りの家に招待してくれていた。「もしかしたらクルノとドゥルーズも来るかもしれないぞ」ジャン＝リュックも私も、彼らに再会できるのがうれしかった。

ジャン＝リュックが行ってしまうと、私はパットとローラースケートを続けた。私たちは次第にスピードをあげ、より遠くまで行くようになっていたけれど、それでも常に学校を中心に行動した。そうこうするうちに、新しい遊びを思いついた。知り合いではないけれどお気に入りの監督を見かけたら、その人の腕に倒れかかり気を惹くのである。その対象は単に魅力的で感じがいい男性でもよかった。

私たちの犠牲者は、親切にも私たちが立ち上がるのを助けてくれた。もちろんそれで終わり、罪のない遊びだ。

ひとりだけ私をはねのけた人物がいた。「気をつけろ、バカ女！」それは映画人のジャック・ロジエで、私はちょっとムッとしてしまった。

ジャック・ドニオル＝ヴァルクローズとは、さらに思いがけない展開となった。彼とは既にプライベート上映会で何度か顔を合せていたけれど、握手を交わす程度だった。彼は一緒にコーヒーでもどうだいと私を誘い、私は喜んで受け入れた。

実のところ彼は、私にジャン＝リュックとここ最近のSRF、すなわちフランス映画監督協会のことを相談したかったのだった。映画人の大部分と同様に、ドニオル＝ヴァルクローズもその協会に所属していた。ところが、ジャン＝リュックは、それに所属することも、改革を掲げた委員会に属することも、断固として拒否していた。ドニオルは途方に暮れていた。

「彼の力が必要なんだが、まるで話を聞いてくれないんだ。君が今日の会合に参加していなくてよかったよ。ひどかったからね。彼がなんでもかんでも拒否するものだから、業界の大半が彼に対してとても攻撃的な反応をしたんだ。卑怯者だとか、裏切り者だとかあるいは対独協力者《コラボ》だとか、とにかく言いたい放題だった。ジャン＝リュックはあからさまに軽蔑してみせ、こんなところにもう用はないと言い放った。どうにか彼をなだめられないかな？」

それはできるかどうか怪しいものだった。私は正直に伝え、ドニオルはますます途方に暮れた。

「フランソワ・トリュフォーにも断られたんだ。彼は僕宛ての手紙に理由を書いてよこした。読んでみせようか？」

私はうなずいた。彼は上着のポケットから封筒を引っ張り出し、そこから便箋を取り出した。

「私はリヴェットやゴダール、ロメールに対しては連帯感を抱いています。彼らの作品が好きですし、尊敬もしています。しかし、その他の人たちとは共通点など見い出したくもありません。例えば……」

彼は手紙の朗読を止めた。

「このあとにSRFメンバーの名前が続くんだ。どの監督もみんな会場にいたよ。ここは飛ばすことにしよう。その名前を君に伝えるのははばかられるからね。もう少しあとを読むよ。〝尊敬の念や友情がないのであれば、同じ仕事についていたところで、私にとってはなんの意味もありません〟どう思う？」

「とても美しい手紙だと思うし、彼らしいわね」

本気でそう思った。ジャン＝リュックにこんな手紙が書けるかしら、他の映画人について「連帯」とか「尊敬の念」とか「友情」という言葉を使えるかしらと自問した。一年前だったら可能だったろう。でも、今は？　もちろんフィリップ・ガレルはいるけれど……。

知らないうちに憂鬱そうな顔をしていたのだろう。ドニオルは思い違いをして言った。

「いや、いいんだ。もし万が一、ジャン＝リュックをなだめられるようなことがあればと思ったんだが……。『中国女』はよかったと伝えてくれるかい？」

彼は立ち上がると、私の分まで会計を済ませ、友情のしるしに私の肩に手をかけた。

「五分後に委員会が再開してしまうから、僕は行くよ。君と話ができてよかった。また近いうちに会って、今度はもっとゆっくり話をしよう。ジャン＝リュックによろしく」

その後、私たちが再び相見えることはなかった。そのことが残念でならない。

その晩、シャルレッティ・スタジアムでは大きな集会が開かれることになっていて、反ド・ゴール派のマンデス・フランスも参加する予定だった。あらゆる政治組織や組合が参加を表明していて、参加者は一千人以上になると見込まれていた。私はジャン＝リュックにそれとなく行かないのと訊ねてみた。しかし彼は、人混みに行くと疲れるし、行ったら行ったで質問攻めにされるだろうし、面倒だと答えた。私はそれ以上は何も訊かなかった。一方で彼は、ストの落としどころを探るべく行われていた〝グルネル会議〟と呼ばれるものにはひときわ興味を示していた。それは二日前から行われていたもので、首相のジョルジュ・ポンピドゥーと何人かの閣僚、全組合と経営者が集合していた。

自宅に戻ったタイミングで、母が半狂乱になって電話をかけてきた。彼女の義理の兄弟で将軍職にあった人物から、彼女に電話で次のような連絡があったというのだ。「子供たちをシャルレッティ・スタジアムに行かせちゃいけないよ。混乱が生じたら、介入せよという指令が軍に下りているんだ。子供を攻撃などしたくはないし、君の子供となればなおさらだ」私が行かないわと約束すると、母は胸をなでおろした。「ピエールに家にいなさいって説得するのにずいぶん苦労したわ。あんたたちも行かないいって知ったら、少しは気休めになるでしょう」

私はローラースケートをあきらめ、エスパドリーユを履くことにし、一年前にジャン＝リュックがプレゼントしてくれたミニドレスに袖を通した。今知ったことを彼に知らせるべきだろうか？ 軍が介入するかもしれないと？ 私は黙っていることにした。彼のあまのじゃくな性格からして、事情を知ったら、駆けつける可能性は高い。私はそんなことを微塵も望んではいなかったし、再び怖くなり始めていた。伯父は責任感の強い人だった。彼の言うことなら信頼できた。その彼が言うのであれば、シャルレッティ・スタジアムに行くことは、本当に危険なのだろう。

ジャン＝リュックはクルノとフランス映画三部会について議論をしている最中だった。クルノはその前日に委員会のひとつに入ったところで、やんわりとジャン＝リュックを勧誘していた。ジャン＝リュックは、ある種のアイディアはいいと認めていたけれど、頑固にこう言うばかりだった。「あんな連中、知ったこっちゃない」？ 彼はその日の午後を、クリス・マルケルのところと国立美術学校で過ごしていて、リフレッシュできたようだった。

ロジエはル・ラヴァンドゥから果物と野菜を大量に持ってきていて、手伝いの女性が、それを夕食用に調理しているところだった。バンバンとドゥルーズも遅からず到着するはずだった。

やがて彼らが到着した。ふたりとも上機嫌だった。特にドゥルーズが浮かれていた。彼は、男女を問わず大半の学生が身に着けていた、光沢のある黒い大工用の作業服を買ったばかりだったのだ。彼は着替えると私たちの前を意気揚々と歩いてみせ、皆が褒めてくれるのを待った。ロジエはあたりさわりのない言葉を見つけ、クルノは何やらよくわからない言葉をつぶやいた。ジャン＝リュックだけが黙っていた。しかし、周りから促されて、ようやく彼は意見を述べた。

「まるで動物園の飼育員みたいだな」

クルノが爆笑した。

「そうだ。まさにそれだ。それじゃあ、まるで動物園の飼育員だよ！」

彼の笑いが私に伝染し、バンバンもつられて笑った。ロジエは私たちと同じ轍は踏むまいと、称賛に値する努力をしていたけれど、ドゥルーズのがっかりした顔とジャン＝リュックの無表情の対比にこらえきれなくなってしまった。そのときのジャン＝リュックは、本当にバスター・キートンの生き写しだった。潔く負けを認めたドゥルーズは、気を静めて微笑んだ。彼自身心得ているであろうたまらない魅力を兼ね備えた表情で。

「この時代、学生たちに交わるのであれば、特権的な知識人であるよりは、動物園の飼育員のほうがなんぼかマシさ」

彼は、パリの学生たちと築いたすばらしい関係と、彼らの政治分析の鋭さについて、熱弁をふるった。

「彼らと話していると大いに勉強になるよ。あの若者たちは、僕らにすばらしい教訓を与えてくれる。古くさいスキームなんかかなぐり捨て、彼らの話に耳を傾け、準備を整えるのが利口なのさ」

きっと私はふくれ面をしていたのだろう。彼は勘違いして言った。

「アンヌ、君のことを言ってるんじゃないんだ。君は彼らと同じ年頃じゃないか。僕らのことを言っているんだよ。君らの年長者のことをね。四十代の人たちのことさ」

私は「私の年長者」のほうが、あの烏合の連中よりずっとマシよ、そんなのただの偶像崇拝だわと言いたかった。私たちの世代が年長者から多くを学ぶべきなのだ。ジャン＝リュックと出会ってからというもの、私は毎日学んでいた。私が黙っていたのは、ジャン＝リュックもバンバンもロジエもドゥルーズの意見をよしとしていたからだ。クルノがどう思っているのか知りたかったけれど、いつものように、彼は口をつぐんでいた。

自宅に戻ると、ジャン＝リュックがトランジスタ・ラジオをつけた。シャルレッティ・スタジアムでは特に危険な衝突は起きておらず、グルネル通りでは二十五時間の協議の末、ある決議書がまとめられた。政府といくつかの組合、経営者側は表面上の合意を見たようだったけれど、ルノーのフラン工場の労働者たちは署名を拒否していた。「彼らが正しいのさ」ジャン＝リュックが苦々しそうに言った。「いつものように、組合が労働者たちを裏切ったんだ」

ところが翌々日の五月二十九日になると、彼はＣＧＴ（労働総同盟）主催のデモに参加したがった。私は喉が痛いことを理由に家に残ることにした。ベッドに寝転がって、ヨーロッパ１を聞いた。同時に、うれしい気持ちでいっぱいになりながら、フランス＝ソワール紙の一面を眺めた。そこには、前日、ソルボンヌに姿を現したダニーが載っていた。彼は赤い髪を黒に染め、ひそかにフランスに戻ってきたのだった。いったいどうやったのだろう？　どこに隠れていたのだろう？　その方法を知ったのはもっとずっとあとになってからのことだ。それにしてもこの男は、権力にとって、なんというすばらしき厄介者だろう！

デモは続いていた。行進はバスティーユからサン＝ラザールに向かい、参加者の数は、三十万とも四十万とも言われていた。ＣＧＴがスローガンを叫ぶと、群衆がそれを繰り返した。ところが、学生たちの楽しげで創意工夫に満ちたスローガンと比べると、それらはいくぶん格式ばったものに聞こえた。警備係が周囲をがっちり固め、行進が乱れるようなこともなさそうだった。

今やデモは単調なものに戻っていて、デモそのものがなんだか意気消沈してしまったようだった。突然、誰かが叫んだ。「ド・ゴールは吸血鬼！」「ド・ゴールは吸血鬼！」すぐさま百人ほどが繰り返した。三、四秒ほどざわめきが起こり、続いてCGTの強力な拡声器が最初のスローガンを繰り返した。一瞬のことだったので、本当に聞こえたのか自信が持てなかった。その匿名の声にははっきりと聞き覚えがあった。ジャン＝リュックの声だった。

帰宅すると、ジャン＝リュックは、彼の仕業だと認めた。彼と一緒に行動していたジャン＝ジョックは、楽しそうに笑っていた。

「CGTの荒くれどもの面《つら》を見せてやりたかったぜ。あやうくぶん殴られるところだった！」ジャン＝ジョックが言った。

「でも、どうして〝吸血鬼〟なの？」

「ちょうどある映画館の前を通りかかったんだよ。そこで吸血鬼映画を上映していたんだ。それだけさ」ジャン＝リュックが事も無げに答えた。「それで、喉の調子はどうだい？」

その翌日、パリでもうひとつ大きなデモが行われた。しかし、それは昨日のものとはまったく性質を異にするものだった。

共和国大統領であるド・ゴール将軍が、ラジオの演説で議会の解散を発表していた。すると、ただちに信奉者たちが、ド・ゴール将軍を支持するためのデモを呼びかけた。何千人もの人々が、シャンゼリゼ通りを凱旋門まで練り歩いた。多くの若者たちが青、白、赤の旗を振り、スローガンを叫ぶ合間に「ラ・マルセイエーズ」を歌った。歩道にも何百という人々が集まり、拍手をしながら叫んでいた。「ド・ゴール、万歳！　全フランス人民の大統領、万歳！」さながらお祭り気分で、そこにやってきて、皆で集まることを楽しんでいるようだった。この人たちは今までどこに隠れていたのだろう？

突然、恐ろしいスローガンが聞こえた。「コーン＝ベンディットをダッハウ強制収容所《ア・ダッハウ》送りにしろ！」しかし、そのスローガンが繰り返されることはなかった。おそらく好戦的な極右グループの口から出たもので、すぐに警備係に拘束されたのだろう。

弟と私の悩みの種は、私たちが大好きな祖父フランソワ・モーリヤックが、行進の先頭にいたことだった。祖父が将軍に絶対的な忠誠を誓っていることは知っていたから、彼がその場にいること自体はショックではなかった。でも、作家で文化相であったアンドレ・マルローと祖父が世間に与えたイメージにはショックを受けた。まるで呆けた老人が麻薬中毒者に手を貸しているようだったから。あるいは、その逆。新聞の写真やテレビの映像を見て、私はつらい思いをし、ジャン＝リュックは怒りに我を忘れた。ジャン＝リュックはちょうど、あるチラシを祖父のもとに届けさせようとしていたところだった。それは、入院するに至った学生の中に危篤状態にある者がいることを暴き、犠牲者をなくすためにもある種のガスの組成を知る必要があると、医者たちに呼びかけたものだった。彼と私の祖父は、一緒に患者をお見舞いすることができないかという相談をしてさえいた。警官が暴力行為を働いた最初の幾夜かのあと、ジャック・モノー教授がその暴挙に異を唱えるための呼びかけをしたことがあり、祖父がそれに即座に賛成したことに、私たちの多くと同様、ジャン＝リュックは深く感動していた。祖父は、三人の他のノーベル賞受賞者アンドレ・ルヴォフ、フランソワ・ジャコブ、アルフレッド・カストレルと連名で、ド・ゴール将軍に宛ててこんな電報を送っていた。「学生たちの暴動を鎮めるべく、行動されることを心より懇請いたします。禁固刑に処せられた学生たちに恩赦をお与えください。大学を再開させてくださ い。どうぞよろしくお願いいたします」

それにもかかわらず、今やジャン＝リュックは、ピエールと私が祖父のところに持っていかなければならないチラシの上に、怒りに任せて次のように書きなぐった。「恥ずかしくないのか？もうすぐお迎えがくるっていうのに？」

ピエールと私は、この残酷かつあからさまで粗暴な言葉に茫然となった。こんなことを書いたら、フランソワ・モーリヤックは病院へのお見舞いをやめてしまいかねない。私たちはジャン＝リュックを思いとどまらせようとしたけれど、彼はすっかり意地になってしまい、聞く耳を持たなかった。ピエールはこの恐ろしいメッセージを届けるという任務を担い、帰っていった。夕方になって、彼は事の顛末を伝えるために電話をかけてきた。

「すぐには渡さなかったんだ。どんなことになるか、目に浮かぶようだったからね。でも、ジャン＝リュックったら、直接おじいちゃんに電話をかけたんだ。チラシは受け取ったか、どう思ったかって。それで、結局渡すはめになったんだ。すごい怒りっぷりだったよ。チラシを手に部屋を行ったり来たりしながら、〝あいつがなんと書いたか見たか？〟って。そのあと、ジャン＝リュックが来たけど、閉め出しをくらってたよ」

二日前の取り決めで、その日に一緒に病院を訪問することになっていたため、ジャン＝リュックは軽率にも祖父を訪れたのだった。あんなメッセージを送りつけたにもかかわらず。

私はジャン＝リュックを恨み、その夜はそれ以上口を聞かず、ベッドの端で彼に背中を向けて寝てしまった。

翌日から聖霊降臨祭《ペンテコステ》の週末が始まった。こうして長きにわたったストは終結し、フランス中の給油ポンプに、ようやくガソリンが補給されたのだった。

私たちを乗せ、ロンドンへと向かった飛行機は、ある企業に属する特別機だった。フランスの航空会社は、まだ完全には業務復旧していなかったのだ。ローリング・ストーンズの録音が始まるのは翌日の夜からで、映画のプロデューサーはいかなるリスクも冒したくないと考えていた。署名したばっかりに契約に縛られることになったジャン＝リュックは、非常に悔しがっていた。「それに、ストライキ中の労働者たちを裏切ることになっちまう！」私が返事をせずにいると、続けて言った。「これじゃ、スト破りだ！　わかるだろ、そのことの重大さは？」もちろんわかっていた。私は彼の手を握り、なだめようとした。

ローリング・ストーンズに会えると考えただけで、私はすっかり有頂天だった。話をしているうちに、そのことが顔に出てしまうのではないかと気が気ではなかった。数日間、パリを離れることにも、ほっとしていた。チラシに記された恐ろしい言葉のことで、こみ上げた怒りも収まってきていた。祖父がジャン＝リュックに述べたコメントを、ピエールは伝えてくれていた。

「私が棺桶に片足を突っ込んでいると考えるのは彼の自由だが、私にはもう一方の足で歩く自由があるんだ」それは祖父のお気に入りのセリフになった。　祖父のユーモア感覚が、怒りに勝ったのだ。

それより少し前、ジャン＝リュックがロンドンに行ってとんぼ返りしたことがあった。そのときに、彼は新しい映画プロデューサーのイェーン・クォーリアとローリング・ストーンズのメンバーであるミック・ジャガーに会っていた。ミック・ジャガーは録音中の彼らを撮影するというアイデアに、どちらかと言えば好意的な反応を示した。ただ、できる限り目立たないように撮影してほしいということだった。クリエイターは彼を含むストーンズであって、ジャン＝リュックではないのだから。一同はすぐに同意した。誰しもそれぞれ自分の領分というものがあり、他人の領分を侵すべきではない。

滞在初日、私はひとり、ロンドンを散策して過ごした。ジャン＝リュックはといえば、一足先にスタジオを訪れ、乱雑極まりない空間でどんなことができるのか検討していた。ミュージシャンだけではない。彼らの楽器やマイクが置かれることも考えなければならなかった。

一緒に夕食を取ろうと、ジャン＝リュックのところに立ち寄ると、彼は移動撮影《トラベリング》のためのレールを設置しているところだった。それは、地面に八の字の形を描いていた。イギリス人の技術者が何人か、唯々《いい》として彼の指示に従っていた。

私たちはあるパブで食事をした。ジャン＝リュックはリラックスしていて、ロンドンで映画を撮れることにほっとしているようだった。少なくともそれが私の印象だった。

それから、私たちはストーンズに合流するためスタジオに戻った。彼らは十時頃に揃ってスタジオ入りするという話だったけれど、実際のところは深夜零時頃、てんでんばらばらにやってきた。ジャン＝リュックは落ち着いたもので、イライラすることもなく、イギリス人の技術者たちと移動撮影のリハーサルをしていた。三五ミリのカメラは十二分のシークエンスショットを撮ることができるマガジンを備えていて、ジャン＝リュックの望み通りのものだった。私は久々にペンタックスのカメラを手にしていた。五月になってからは、壊されてしまうのが怖くて、アパルトマンにしまったままにしていたのだ。

最初に到着したのはミック・ジャガーで、彼はジャン＝リュックと数分間会話をした。私がジャン＝リュックの妻だとわかると、魅惑的な笑顔を向けてくれた。それは誰に対しても投げかけられるものだったけれど、それでも私はすっかり舞い上がってしまった。

続いて、ブライアン・ジョーンズ、チャーリー・ワッツ、ビル・ワイマンが現れ、最後にキース・リチャーズがアニタ・パレンバーグにもたれるようにして到着した。突如として、スタジオは人で溢れかえった。ミック・ジャガー以外のメンバーは、私たちやカメラ、映画のスタッフに目もくれなかった。私たちはまるで透明人間だった。彼らが録音し、ジャン＝リュックが撮影するのは、「悪魔を憐れむ歌」という曲だった。

彼らは手始めに、楽器を調律しマイクを調整した。徐々に空気が電気を帯び始めた。ミック・ジャガーが先導する形で、即興を重ねた。彼らとその取り巻きのあいだで、マリファナが何本も回された。スタジオの隅のほうのテーブルには、食べ物や飲み物が置かれていた。

気づかないうちに時間が過ぎ去っていった。主題らしきものがいくつか立ち現われては、即興演奏になって消えていった。ミック・ジャガーが気に入るフレーズが見つかることもあれば、気に入らずに怒り出すこともあった。そういったとき、彼は演奏を中断して、スタジオをグルグル回り、解決策をひねり出そうとした。彼が何度も、荒れた様子で「オー、シット！」とつぶやくのが聞こえた。彼はとても集中していたけれど、それでも、ジャン＝リュックやカメラに顔が崩れんばかりの微笑みを向けるのを忘れなかった。自分の魅力が有効であることを確認しているようだった。ジャン＝リュックは無表情のまますべてをカメラに収め、私はすっかり魅了されて、写真を撮った。やがて彼らは録音を再開し、ミック・ジャガーのユニークな歌声が、スタジオに響きわたった。

キース・リチャーズはギターとベースを靴を履かずに演奏していた。ぴったりしたジーンズを見ていると、彼の体つきのあらゆる細部がわかった。彼はしばしば目を閉じていた。決して誘惑のそぶりは見せず、私たちを完全に無視し、その態度を最後まで貫くであろうと思われた。そのせいか、私には彼のほうがミック・ジャガーよりもセクシーに感じられた。ジャン＝リュックはそのことに気づき、面白がった。「あのストーンが気に入ったようだね」休憩時間のときに、彼が私に言った。

あるテイクの最中に、キース・リチャーズが不意にギターを置き、アニタ・パレンバーグをついたてのうしろに引っ張っていった。すると、仲間たちもすぐに演奏をやめた。特に不機嫌になることもなかった。ミック・ジャガーがジャン＝リュックのところにやってきた。「おっぱじめちまったから、ちょっと休憩さ」彼が共犯者めいた様子で言った。「じゃあ、こっちも休憩するとしよう」カメラを止めて、ジャン＝リュックが答えた。一方、技術者たちは、彼らの情事を盗み見できないかと、ついたてをまじまじと見つめていた。

やがて彼らが戻ってきて、演奏が再開された。ある主題が形を取り始めていた。私よりも音楽に通じる人物であれば、それを描写してみせることもできるのかもしれない。私は時間感覚を完全に失い、彼らの集中力にほれぼれした。ジャン＝リュックの集中力も見事なもので、ストーンズのそれに劣らず美しく魅力的だった。そうこうしているうちに、ミック・ジャガーが今日はここまでにしようと言い、続きはまた次の夜に再開することになった。

ミュージシャンも技術者も全員揃ってスタジオ前の歩道に出た。私はびっくりしてしまった。外は明るくなっていて、ロンドンっ子たちが職場に向かって足早に歩いていた。まるで別世界だった。それもそのはずで、既に朝の八時を迎えていたのだ。

お互いの腕に包まれながら、眠りにつくことで、私たちは幸せな気持ちになった。映画を撮り、創作をしているときのジャン＝リュックが一番好きだった。私は彼にささやいた。私は映画人を好きになったのであって、政治委員兼活動家を好きになったんじゃないわと。「なんのことだい?」どうにかそう答えると、彼は眠りに落ちていった。

ジャン＝リュックは午後の一部をスタジオで過ごして、移動撮影に若干の修正を施した。レールはそれまで同様、八の字を描いていた。修正といってもひと目では判別できないほどのもので、わずか数センチメートル移動しただけだった。彼は完璧主義につき動かされ、模索を行なっていた。その姿に私は感動し、『中国女』と『ウィークエンド』の撮影を思い出した。

ストーンズは昨日より早く、今度はまとまって到着した。しっかり休息が取れたからか、気分よさそうに私たちにはわからない冗談を言い合っていた。ブライアン・ジョーンズだけが、まるで孤独な夢想にふけっているかのように、ひとり離れて佇んでいた。あとでラッシュを観て、私たちは、彼が常にカメラに背中を向けていることを知ることになる。

前日ぼんやりと形を取り始めていた主題が、さらに長い即興やためらい、ミスを経てよりはっきりしつつあった。時折、ミック・ジャガーが演奏を中断し、ひとりきりになった。彼は何かをぶつぶつとつぶやいており、それがところどころ途切れると、大きな声で「オー、シット！」と叫ぶのだった。他のメンバーはいらいらすることもなく彼を待ち、やがて、十数倍のエネルギーで演奏が再開された。ジャン＝リュックとカメラは、ロングのパンで彼らの周りを回った。

午前二時頃、彼らの友人が十五人ほど遊びにスタジオを訪れた。夜遊び好きの若者たちで、当時よく言われた「スウィンギング・ロンドン」の典型だった。彼らの中には、マリアンヌ・フェイスフルと俳優のジェームズ・フォックスがいた。あたりの空気は、さながら社交界の様相を呈し、なし崩しに長い休憩時間に入った。やがて突然、ミック・ジャガーが解散を命じた。彼はまさに親分だった。何人かは他の場所で宴会の続きを行うべくスタジオを去り、何人かはそのまま残った。その中にはマリアンヌ・フェイスフルもいた。彼女は、この曲の収録でミック・ジャガーの周りでコーラスとして参加した。彼らの歌がはっきりと形をなし始めた。私を含む目撃者たちにとって、そのような創造の瞬間に立ち会うことができたのは、感動的な出来事だった。

さらにさまざまなミスや新たな長い即興を経て、夜が明ける頃には、曲のひな型のようなものができあがり、ミック・ジャガーはその出来に満足感を示していた。彼はしばらくジャン＝リュックとおしゃべりし、いくつかの断片について彼の意見を求めた。ジャン＝リュックは返事をひねり出した。それはミック・ジャガーの意に完璧に沿うものだった。「とんだ八方美人だな！」ジャン・リュックは、ホテルへと向かうタクシーの中で、ミック・ジャガーのサービス精神に感心しながら言った。

三日目の夜は元気よく始まった。ストーンズは前進していて、前の晩に練り上げられた主題は明らかに正しいものであると実感していた。アニタ・パレンバーグとマリアンヌ・フェイスフルが付き添って、彼らを励ましていた。いくつかの断片が、強迫観念的に何度も繰り返し現れ、ストーンズとそのふたりの連れは、トランス状態に陥った。それは、創作行為の域を超えた、強烈な光景だった。そのことを裏づけるように、スタジオに立ち寄った友人たちはリズムを刻み、体を揺すっていた。彼らは移動撮影のレールを踏んづけ、視界に入り込んできた。ジャン＝リュックは、何度も注意をしなければならなかった。誰も言うことを聞かなかったので、ミック・ジャガーが彼らに出ていくように命じた。彼は常に、映画が最高の条件で撮影されるように気を配っていた。他のメンバーたちは、相変わらず私たちを存在しないものとしていたようだ。

その場にいた全員があまりにも音楽に夢中になっていたため、外で大きくなりつつある騒動に、誰も気づかなかった。そもそもスタジオの中は静かであるべきなのだから、当然だろう。突然、数人の人物が乗り込んできて、この建物が火事になっているから、急いで避難しろと告げた。数秒間ののち、我に返った私たちは各自、持てるだけのものを持って、出口に向かった。スタジオの関係者は、カメラや楽器、そして「悪魔を憐れむ歌」のひな型の録音に使われたあらゆるものを、めざましい活躍ぶりで救ってくれた。

向かいの歩道に集まり、私たちは、やがて到着した消防士たちと火の格闘を目で追っていた。時折、彼らのひとりが、爆発の恐れがあるからもっと離れるように言った。爆発は起きなかったけれど、私たちは少し移動し、真正面から火事を眺めた。その光景はあまりに魅惑的で、誰もその場を立ち去ろうとしなかった。特にストーンズが興奮していた。彼らは気前よくマリファナとウィスキーのボトルを回し、技術者もスタジオの従業員も、うれしそうにそれにありついた。まるで、サイケデリックな祝祭の様だった。ギターを手にしたままだったキース・リチャーズは、前日、彼らが生み出したものに近いコードで即興演奏を始めた。マリアンヌ・フェイスフルとアニタ・パレンバーグが、絡まるように踊っていた。

日の出とともに、無事鎮火した。消防隊の隊長とスタジオのディレクターはミック・ジャガーとジャン＝リュックに、レコーディングは数日待たなければ再開できそうにないと伝えた。

「オー、シット！」片方が言った。
「やった！　パリに帰ろう」もう一方が言った。

私たちはホテルの部屋で朝食を食べた。ジャン＝リュックが機械的にテレビをつけた。ロサンゼルスで、ロバート・ケネディ上院議員が暗殺されたところだった。銃弾を受けてくずおれる彼の姿が、ループで映し出された。私はしばらく身動きが取れず、そのあと嗚咽がとまらなかった。その理由は残虐な暗殺シーンのせいだけではなかった。彼の兄の暗殺とその犯人と言われるリー・オズワルドの事件、そのすぐあとに起きた私の父の死が、まざまざと甦ったのだ。ジャン＝リュックは、そのニュースよりも私の涙に動転し、私を慰めようとした。私は彼に説明を試みたけれど、彼には理解できないようだった。彼は私を抱き締め、長い時間黙って私の背中を撫で、興奮を抑えようとした。

その後、帰りの飛行機の中でも、私はまだショックを引きずっていた。一方、ジャン＝リュックは、ロバート・ケネディの暗殺がベトナム戦争に及ぼす影響について、思いを巡らせていた。「シャルルなら、この新しい状況をどう分析するだろうな」――シャルル？　そんなヤツのことはすっかり忘れていた。

パリを離れていたのはせいぜい四日だったけれど、そのあいだに何もかもが変わっていた。車道には車が戻り、歩道を埋め尽くしていたゴミの山は片づけられ、敷石《パヴェ》が張り巡らされていた道路は、アスファルトで舗装し直されていた。換気をしようと、アパルトマンの窓をすべて大きく開け放つと、まだ少しデモのなごりである催涙ガスの臭いが感じられた。サン＝ジャック通りを見つめると、驚いたことに、ソルボンヌ大学のドームにはもう赤い旗は翻っていなかった。まるでソルボンヌの首がはねられたようだった。私の悲しみは増すばかりだった。

「美しい五月はきれいさっぱり終わってしまったのね」

「いいや、同志」

ジャン＝リュックは拳を振り上げ、ジャン＝ジョックをまねて言った。

「これは始まりにすぎない！　闘いを続けよう！」

六月

六月七日には、ほとんどすべての人が、仕事に復帰していた。大学生たちは六月の年度末の試験に、高校生たちは大学入学資格試験《バカロレア》に備えた。高校生である弟のピエールも例外ではなかった。記述試験は中止されることになり、彼は大喜びしていた。それでも口頭試問があるため、受験に失敗したくない彼は、一生懸命勉強の見直しをしていた。その傍ら、モーターバイクに跨り、彼はよくカルティエ・ラタンを訪れたようだ。オデオン座の占拠はまだ続いていたけれど、彼がそこに足を踏み入れることはなかった。彼も私も、その場所を支配している空気を好きにはなれなかった。

ジャン＝リュックは毛沢東派の友人たちと合流した。彼らは労働者たちのグループと通じていた。労働者たちによれば、グルネルでの合意は、とんでもない詐欺行為だった。彼らの闘争はまだ続いていて、激しさを増す一方だった。大部分のフランス国民はもはや彼らの味方ではなく、秩序の側につき、国会議員選挙を待ちわびていた。私の家族と同様に彼らは、ド・ゴール派の圧倒的な勝利を信じて疑わなかった。

六月十日、フランにて機動隊と労働者の激しい衝突が起こり、労働者のサポートに来た学生たちも戦闘に加わった。その中でジル・トータンという若者が死んだ。逆上した警官たちから逃れるために、彼は水の中に飛び込み溺死したのだった。

この死亡事件は、世論においてもすさまじい反響を巻き起こした。翌日の十一日、犠牲者の死を悼む大規模な抗議デモが行われた。ジャン＝リュックとロジエとバンバンと私もデモに参加した。私たちの周囲には、ジャン＝ジョックや、映画界や演劇界に属するアーティストや技術者がいた。

五月のデモの楽しげな雰囲気とは似ても似つかず、それまでに経験したことのない、本物の悲しみと強い意志と復讐心と憎しみが混ざり合ったデモだった。ジャン＝ジョックですら、歌う気を失くしていた。

見ず知らずの人たちがジャン＝リュックに気づき、何度となく彼に話しかけにやってきた。血気盛んに復讐してくれと言う人もいれば、彼が沈黙していることを非難する人も、それどころか、彼が言ってもいないことを批判する人までいた。彼に共鳴している人たちは、どう考えたらいいかわからないから、解決策を提示し、道筋を示してくれと頼んでくるのだった。彼らはジャン＝リュックに常軌を逸した期待を抱いていた。ジャン＝リュックは途方に暮れる一方で、「僕にはわからない」と答えることしかできなかった。こうした光景は、五月のデモの際にも起きていたのだけれど、その日の彼はそれまで以上に傷つき、それまで以上に絶望しているように見えた。彼は本当にどう答えたらいいかわからないようだった。若い小学校の教員たちのグループがしつこく食い下がった。「でも、あなたは社会の重要人物じゃありませんか。あなたは『中国女』で、今起きていることを予言していたじゃないですか。私たちの進む道を照らしてください」ジャン＝リュックが窮しているのを見てとったバンバンが、彼らをそっと遠ざけた。

時間が経つにつれて、政府や労働組合、学生組合に対して、攻撃的で憎しみに満ちた空気が充満していった。デモ参加者たちの中には衝突も辞さないと声高に語る者がいる一方、失望や恨みつらみをひたすらに訴える者もいた。事態が悪化しつつあることを感じとり、行進から離脱する者もいた。私たちのアーティスト仲間の多くがそうだった。

バンバンも離脱を決意した。それを聞いたジャン＝リュックは、ほっとしたようだった。時刻は七時を迎え、バンバンは私たちに〝ル・バルザール〟に行って食事をしないかと誘った。ジャン＝ジョックは一瞬ためらい、それから、「これから何が起こるかを見届けるために」残ることにした。「あとで報告してくれるかい、政治委員同志？」ジャン＝リュックが冗談めかして言った。ジャン＝ジョックは任せてくれと答えた。

〝ル・バルザール〟のいつもの席に座ると、私たちは黙り込んでしまった。ジャン＝リュックがあまりに茫然自失としているので、さすがのロジエも彼をからかう気を失くしてしまっていた。この状況で彼に声をかけるのは、彼女にしてみたらたいへん努力が要ることだったのだろう。そのせいもあってか、ジャン＝リュックは自ら口を開いた。

「僕に好意を寄せている連中にしろ、悪意を抱いている連中にしろ、何を望んでいるのか、さっぱりわからないんだ」

ロジエは一瞬躊躇したのち、ぴしゃりと言った。

「教員のひとりが言ってたじゃない。彼らにとってあなたは社会の重要人物なの。神託の預言者、スター、一種の神なのよ」

「なんだって？ どういうことだ、そりゃ？」

ロジエの言う通りだった。私はキューバやアメリカの大学での熱烈な歓迎と、ジャン＝リュックがそれをまったく気にかけていなかったことを思い出していた。彼が自分自身に対する周りの評価について、てんで何もわかっていないことを目の当たりにして、私もロジエと同じことを感じていた。そんな無邪気さを失わせるために一九六八年の五月が必要だったのではないか、とすら考えてしまう。ついに事実を知った彼は、絶望的な決意を漂わせて言った。

「それじゃあ、僕は消えるとしよう。他の人のために黒子になることにするよ」

ちょうどそのとき、外では最初の爆発音が鳴り響き、それに続いて叫び声や助けを呼ぶ声、ガラスが割れる音、救急車のサイレンが聞こえた。新たな暴動の夜が始まったのた。バンバンが急いで会計を済ませると、私たちはブラッスリーを出た。一刻も早くそれぞれの自宅に帰らなければばならなかった。

機動隊が密集隊形を組み、サン＝ミシェル大通りをエドモン＝ロスタン広場のほうへと向かっていった。ヘルメットをかぶり武装した彼らは、駆け足で、まるで兵士のように前進していた。最前列の兵士たちが放っていたのは、攻撃手榴弾だとあとで知った。催涙ガスを噴射している者もいた。スフロ通りとゲー＝リュサック通りのほうから新たな爆発音が聞こえ、大通りの前のほうから火柱がいくつもあがった。何者かが車に火をつけたのだ。

サン＝ジェルマン大通りがサン＝ジャック通りと交わる角には、援軍としてやってきた機動隊の車が待ち構えていた。それらは今までのものとは様変わりしていて、装甲が施され、まるで戦車のようだった。

スイスのパスポートのおかげで、私たちは無事に道を通してもらうことができた。大通りを渡ると、モベール広場にバリケードが築かれ、選挙掲示板が燃やされているのが見えた。多くの機動隊員が装甲車から湧き出た。十分もしないうちに、カルティエ・ラタンはとてつもない暴力に包まれ、火の海と化した。「逃げよう」ジャン＝リュックはそう言うと、私の手を引いてわが家へと走った。

私たちは息も絶え絶えに我が家の建物の階段の下に転がり込んだ。外から聞こえてくる物音に耳をそばだてると、モベール広場のほうで戦闘が起きていることが確認できた。ジャン＝リュックの心臓と私の心臓が乱れて不規則な音を立てるのが聞こえた。やがて、ふたつの心臓の動悸は鎮まり、通常のリズムを取り戻した。

「おぶって」私は突然言った。

「えっ？　今かい？」

ジャン＝リュックは驚いていた。

「ええ、今。怖いの。足がすくんでしまったの……」

決して誇張ではなかった。催涙ガスの刺激で、目からは涙が流れていた。ジャン＝リュックは同情してくれたのか、私の両腕を彼の首のところに回すと、私を持ち上げた。以前より少しゆっくりと、階段を一段飛ばしで私たちのアパルトマンまで上った。ドアを開け、鍵をかけ、安全なところに避難すると、彼は私を床におろし強く抱きしめた。

「僕も怖かった」彼がささやいた。

それから、私を引き離しながら得意げに言った。

「でも、僕の脚はすくんだりしなかったぞ！」

私たちが最初に考えたのは、ロジエとバンバンのことだった。彼らは攻撃態勢に入っていた機動隊をかきわけて、サン＝ミシェル大通りを渡ることができただろうか？　そして、トゥルノン通りまで辿りつけただろうか？

電話に出たのはバンバンだった。私たち同様に、彼も帰宅したばかりだった。彼は、自宅の大きな窓から見える光景を詳しく語ってくれた。警官隊が意図的に救急車の通行を邪魔し、記者たちを追い返しているという。

「パンテオンのほうに集中しているようだけど、ここからだとあまりよく見えないな。炎がいくつかあがっていて、火事の煙と催涙ガスが混ざって厚い雲みたいになっているようだ。空気の汚染がすごいな。風に乗ってウチのほうまできているよ。ラジオを聞いたほうがよさそうだね」

私たちはトランジスタ・ラジオをつけ、チャンネルをヨーロッパ1に合わせた。ある記者が、パンテオン広場で目の当たりにしていることを報告しようとしていた。爆発音やサイレンがすさまじく、彼は大声を張り上げなければならなかった。彼は声をからせながら、自分が現場に最初に到着した記者のひとりだと語った。状況は混乱を極めていた。いくつかのグループが集まっていたけれど相互の連携はなく、リーダーもいなければ指示の言葉もなかった。ＵＮＥＦ（フランス全国学生連合）に属していると思われる学生たちが数人、拡声器で絶えず叫んでいるだけだった。「帰宅しろ。おかしな言葉に惑わされるな……。哀悼デモはとっくに終わった……。帰宅するんだ」と。しかし、なんの効果もなかった。記者が咳き込み、ガスの強さが察せられた。百人ほどの若者のグループがいて、彼らはスカーフで顔を隠し、ヘルメットをかぶり、火炎瓶《カクテル・モロトフ》で武装している者までいた。記者によれば、彼らは見るからに好戦的で、特に危険そうだった。お互いに会話をするでもなく、スローガンを叫ぶわけでもなかった。「まるで都市ゲリラに養成されたコマンド部隊です」と記者が解説した。

電話が鳴り、ジャン＝リュックが受話器を取った。「ええ、自宅です。いや。娘さんに代わります」彼は受話器を私に差し出した。

「お母さんだ」

母もヨーロッパ1を聞いていて、心配になってかけてきたのだった。ピエールと連絡が取れないらしい。私は母をなだめようとしたけれど、すぐに彼女の不安が伝染してしまった。ピエールはきっとカルティエ・ラタンにいるにちがいない。私は母に、万が一彼がうちに来ることがあればすぐに電話すると約束し、逆に彼が帰宅したらすぐに連絡を寄こすように言った。私たちは、同じ不安でつながっていた。

「君の弟がパンテオンに行っていないといいけれど」ジャン＝リュックが言った。状況は悪化の一途を辿っていた。

記者は、震える声で報道を続けていた。その声から、彼が心から怯えていることが伝わってきた。武装集団に近づこうとすると、最前列にいた者たちが彼を荒々しく押しのけた。やがて集団は、警察署に接近した。そして、火炎瓶を投げながら警察署を襲撃した。武器は十分にあるようだった。手が空になると、すぐに新しい火炎瓶が用意された。「前代未聞です！」記者が息を切らしながら言った。恐怖に囚われながら、彼は現場から生の情報を届け続けた。警察署のドアはすべて閉ざされていたけれど、攻撃者の一部はそれをこじ開けようとしていた。やがて、反撃が始まった。警官たちが二階から手榴弾を投げてきたのだ。手榴弾は地面に落ちて破裂し、何人かが負傷した。「なんてことだ！　攻撃手榴弾です！　まるで戦争だ……。こんなことは初めてです」記者は気も狂わんばかりだった。ある警官が空に向かって拳銃を撃ち、それがパニックを引き起こした。逃げ惑うデモ参加者たちがいる一方で、逆にコマンド部隊に加勢する者もいた。遠くからサイレンが聞こえ、機動隊の大軍が増援に駆けつけつつあることを告げていた。それに続いて、何台か救急車がやってくる音も聞こえた。

電話が鳴った。今度は私が出た。弟のピエールからだった。彼はたった今、フランソワ＝ジェラール通りの家に帰ったところだった。彼はさっきまでパンテオンにいたと言い、私たちがラジオで聞いたことが事実であると話した。母も彼もヨーロッパ1を聞いていた。私は電話のイヤホンをジャン＝リュックに差し出した。

「あのろくでもないデモの解散の号令があってから、僕はたまたまある若者たちのグループについて、パンテオンに行ったんだ。すぐそばにあのいかれた連中がいた。しばらくして、あいつらが警察署を攻撃するというから、ついていったんだ……」

ジャン＝リュックが受話器を奪い、私がイヤホンをつけた。

「バカ野郎」彼が言った。「逃げなきゃダメじゃないか」

「カメラを持っていてフラッシュもあったから、写真を撮りたかったんだよ。でも、警官が二階から手榴弾を投げ始めて、そのうちのひとつが僕のすぐ近くで破裂したんだ。とたんに怖くなって、ヴォージラール通りにずらかったよ。そこにモーターバイクを置いてあったからね」

ジャン＝リュックが質問をしようとしたけれど、ピエールが先回りした。

「あいつら何者なのかは、まったくわからないんだ。今まで見かけたことはなかった。どこかよそから来たんだと思う……。デモを荒らして台なしにするために来たんだよ、きっと」

「警察に雇われたごろつきってことかい？　スパイなのか？　まさかソルボンヌで騒動を起こしているあの悪名高いカタンガ人という集団か？　学生たちはあいつらを追っ払えずにいるのか？」

「たぶん……。攻撃のときにその場にいたけど、これ以上のことはわからないよ」

彼らはさらに二言三言交わし、最後にピエールが言った。

「明日は何があっても家で試験のための見直しをするよ。大学入学資格試験はもうすぐだし、試験に落ちるほうがパンテオンよりよっぽど怖いからね」

現場から情報を届けてくれていた記者は、同僚にマイクを譲っていた。新しい記者はモベール広場にいた。彼によると、機動隊が勢力を取り戻していた。デモ参加者側の陣地には、多くの怪我人がいた。警官たちは荒々しい声をあげ、執拗に彼らに足蹴りを見舞い、警棒を振り下ろすのだった。その警官たちが記者をののしり、とっとと消えないと同じ目に遭わせるぞと脅すのが聞こえた。「きさまらのクソラジオにはむかついているんだ」という言葉が何度も繰り返された。

それから、三人目の記者がバトンを受け取り、生放送を続けた。サン゠ジェルマン大通りでは、他のいくつかのグループが、すべての選挙掲示板に火をつけていた。四人目の記者が、ボンヌ゠ヌーヴェル通りでも同じことが起きていると伝えた。

ジャン゠リュックが突然ラジオを消した。

「許せないな」彼が言った。「僕が代わりに警察署を攻撃してやりたかった。警察署なんて、全部襲撃してやればいいいんだ……。いや、闘争はまだ終わっちゃいない。それどころか、始まったばかりさ」

彼の顔に浮かんだ憎しみの表情が、決してそれが冗談ではないことを示していて怖くなった。私はひと言も答えずに、寝てしまった。

翌日の朝刊の一面はどれも、荒廃したパリの様子を伝えていた。二千人もの人が尋問を受け、そのうち四二人が拘束されたとのことだった。内務大臣に就任したばかりのマルスランが、あらゆる種類のデモを禁止した。彼が大臣に任命されたことが、政府の強硬的な態度の表れで、彼は自分の能力をはっきり証明してみせたのだった。

十四日から十五日の深夜にかけて、学生たちは、ソルボンヌにはびこる武装集団カタンガ人を追放した。彼らは、オデオン座に難を逃れた。そこは今や失業者や浮浪者のねぐらになっていた。やがて機動隊が突入し、なんなく劇場を奪還した。オデオン座はすっかりうらぶれてしまい、五月のイメージに汚点を残した。

政府が強硬策をとると、学生や労働者たちは徹底抗戦した。両陣営は過激化、工場を舞台に移し激しい対立が行われた。

ジャン＝リュックは地方を訪れ、闘争中の労働者たちに映画機材一式を届けた。彼は外に飛び出し、さまざまな形の抵抗に参加したがった。宣言通り、彼は助けを求める人たちの黒子に徹し始めたのだ。彼は会いに来る者なら誰でも謙虚に受け入れ、私を驚かせた。私が帰宅すると、彼が若者たちに囲まれていることがあった。若者たちは自分たちがまるである知識の唯一の保持者であるかのように、自信たっぷりにしゃべり、彼はそれをおとなしく聞いていた。そういうときには私も彼らに加わり、いつも通り何も言わずにいた。私が黙っていると、気まずい空気が漂い、彼らは私に対して抱いている共和感を隠しきれなくなった。彼らにとって私は労働者の闘争から何千キロメートルも離れたところにいるブルジョワ娘だった。

夜になると、私はジャン＝リュックに説明を求めた。あの若い男や若い女のいったいどこが「面白い」の？　彼はうまく答えることができず、私の「悪意」と「敵意」がひどいと、話をすり替えようとするのだった。彼はもはや映画を観に行こうとせず、一カ月前に計画を立てたように、ジャンソン夫妻に会いに行こうとすることもなくなった。ミシェルとネラのクルノ夫妻が、日曜日にソーにある彼らの家に来ないかと誘ってくれたけれど、彼は、これといった理由があるわけでもなく断った。私のほうでは、彼が顔を出していた会合になんて行きたくもなく、シャルルとそれ以上深い知り合いになりたくもなかった。ただひとりジャン＝ジョックだけが、時折私たちを訪れては、私の目に優美な存在でい続けてくれた。長広舌をふるうことはあっても、彼は陽気で子供っぽかった。

私は『ボノー一味』の最後の撮影に臨んでいた。ストのせいで撮影はすっかり遅れてしまい、ジャック・ブレルは一刻も早く撮影現場から去らなければならなかった。そのため現場の空気は張りつめていて、フィリップ・フラスティエはできるだけ早くブレルを解放しようと、彼と私とアニー・ジラルドが共演するシーンを、いくぶん駆け足で撮影した。

ある晩、そのことをアルマンに話すと彼は監督を擁護した。「他にどうしろっていうんだい？」ジャン＝リュックがあらかじめ、帰りが遅くなると言っていたときには、私はしばしば彼とパットと一緒に夕食をとった。彼女と私は、ローラースケートで走ったことをなつかしく思い出したものだった。それはもうはるか昔の出来事のようだった。

私はまたロジエとも話をした。というのも、私はジャン＝リュックと対立することが増え、そのことを不安に感じていたからだ。彼女は、安心なさいと言った。男というものは、四十に近づくといろんな物事を真剣に再検討するものらしい。今は政治の問題が恋愛感情より勝っているかもしれないけれど、あいつはちゃんとあなたのことを愛しているわと保証してくれた。それよりも、彼女は私が彼に依存しすぎているのではないかと心配していた。私が自分の銀行通帳も小切手帳も持っていないこと、必要なときにジャン＝リュックから「お小遣い」をもらうことを知って、彼女は仰天した。「でも、あんた、働いてるのよ。自分で稼いでいるんじゃない！　それじゃあ、あんたのお金もあいつが自由に使ってるの？」「たぶん……」彼女はその状況を改善しなさいと言った。私はそうするわといい、結局は何もしなかった。私にはそれでなんの不自由もなかったから。

ピエールは大学入学資格試験の口頭試問を見事に切り抜けてみせた。ジャン＝リュックと私は、彼と一緒に結果発表の場を訪れた。私たちがお祝いの言葉を述べると、ピエールは舞台裏を説明した。「ジャンソン＝ド＝サイイ高校の先生たちから軒並み優をもらっていたんだ。全教科ができたわけじゃないけど、ラッキーなことに、先生たちはみんな左翼で、ＰＳＵ（統一社会党）寄りだったのさ。クラスの中で極左だったのは、僕ひとりだったから……」

ローマのある大学が、ジャン＝リュックを「映画と政治参加」というテーマをめぐって行われる討論会に招待していた。パネリストは優れた教授たちと若いイタリアの映画人たちで、その中には、ベルナルド・ベルトルッチと彼の脚本家であるジャンニ・アミーコが含まれていた。その討論会は、学生たちも参加できるものだった。イタリアの学生たちも、三月以降、さまざまな騒動を起こしていた。ジャン＝リュックは参加を承諾し、日程も六月の半ばには決まった。おかげで、六月三十日の国会議員選挙のド・ゴール派の津波を忘れられそうだった。

再びローマに行けるなんて、なんてすてきなことだろう！

イタリアからのラブコール

もうひとつうれしいことが、六月の終わりに私を待ち受けていた。ある朝、私がベッドでネスカフェを飲んでいると、電話が鳴った。書斎にいたジャン＝リュックが出て、すぐに叫んだ。

「君に電話だ。ベルナルドだよ！」

ベッドの上で内線を取ると、ベルナルド・ベルトルッチが次の映画の企画について話してくれた。私はその内容に驚き、言葉を発することができなかった。モラヴィアの小説『孤独な青年』を映画化すると彼は言い、主役にジャン＝ルイ・トランティニャン、彼の妻役にステファニア・サンドレッリ、そして教授の妻役に私を使いたいという話だった。作中では、主役のファシストの青年が大学時代の恩師である教授を殺害することになっていた。身に余る光栄なオファーを、なかなか本気にすることができなかった。一年前には『ベルトルッチの分身』への出演を打診してくれたのだけれど、プロデューサーの一声で却下されてしまったことがあっただけに、なおさら信じられなかった。私がそのことを蒸し返すと、彼は弁解した。あのときは既に、ピエール・クレマンティとティナ・オーモンというふたりのフランス人俳優の出演が決まっていて、フランス人をさらにひとり採用することはできなかったのだと。たしかに彼はあのとき、「次の映画には絶対に呼ぶよ」と言ってくれていた。

話しているうちにベルナルドは気分が盛り上がったのか、彼がいうところの「僕らの映画《イル・ノストロ・フィルム》」について詳しく教えてくれた。時代設定とストーリーを忠実に守り、撮影はパリとイタリアで行われることになるだろう。衣装を担当するのは、私も大好きな、偉大なるジット・マグリーニ。モラヴィアの小説を脚色するのは、彼とジャンニ・アミーコとのことだった。

「いいかい」彼が言った。「この映画で、僕は世界中で知られる有名監督に、君はスターになるんだ！」

しばらく前からジャン＝リュックが寝室に通じる階段の最後の段に腰掛け、私たちの会話の様子を見守っていた。ベルナルドの言っていることは聞こえないにしても、私の返事は聞こえていて、私の顔が興奮で上気し、幸せな気持ちに包まれていく一部始終を見ていた。私は彼に、イヤホンで聞いてみなさいよという合図をしていたのだけれど、彼はそれを拒んだ。

「できることなら、大学での討論会の前にイタリアに来てもらって、ジャンニを紹介しておきたいな。三人でモラヴィアの小説と僕らの映画について話そう。フランス語訳がフラマリオン社から出てるよ。そうだ《ベンソ》、さっそくそれを読んで、電話で感想を聞かせてくれよ」そう言って、ベルナルドは話を締めくくった。

私は彼の音楽的な声が大好きだった。彼のフランス語は北フランスのなまりがあったものの完璧で、そこに時折イタリア語が入り込むのだった。だから、彼の声がよく聞こえるように、私は余計な口出しをしないようにしたものだった。

「ジャン＝リュックに代わってくれるかい？」

私はジャン＝リュックに受話器を差し出し、ごく自然とイヤホンを耳につけた。

「ああ」ジャン＝リュックが言った。

ベルナルドはローマにいて、ふざけているようだった。

「例の革命のせいでご機嫌ななめなのかい？　早く始まったはいいけど、あっという間に終わってしまったようじゃないか。それにしても、何もかもが実にフランス的だね！　フランス人っていうのは、実に軽佻浮薄だよ！」

「僕はスイス人だ。ふざけるな。バカ野郎！」

ジャン＝リュックは荒々しく電話を切ると、すっかりむくれて私のほうを向いた。

「一緒にやる映画の企画ってのはなんだ？」

私はぽかんとして彼を見つめた。

「さっき話してたろ。何か提案されたに決まってる。にやけた顔をしやがって。なんだ？」彼があまりに敵意を込めて私をにらむので、私は返事ができなくなってしまった。彼は怒りに我を忘れていた。

「なんなんだ？」彼は繰り返し迫った。

「頭がおかしいんじゃないの」私はとっさに枕に顔を埋め、彼の顔を見ることも声を聞くこともせずに済むようにして言った。

私は、彼が外出するのを待って、ようやくベッドから抜け出した。ジャン＝リュックとベルナルドは相思相愛だったはずだった。一年前、私が彼の映画に出演することをジャン＝リュックは喜んでくれていた。私と彼が仲良くすることをうれしく思ってくれていた……。私は、この苦しい胸のうちを誰に明かしたらいいかさえわからなかった。ロジエ？　それともクルノ？　そもそもたった今起きたことをどう語ったらいいの？

私は長時間浴槽に身を沈め、鬱々とした考えを巡らせていた。バスルームを出て服を着ていると、玄関が開き、再び閉じ、内階段を上る足音が聞こえた。階段の上部を見上げると、バラの花束がひらひら揺れているのが見えた。丁寧に白いリボンまで結んであった。

「ごめん」ただ小さな声だけが聞こえた。

仲直りする意思があることを示すために、ジャン＝リュックは私をランチに誘った。場所は、私のお気に入りの店のひとつである〝ティー・キャディ〟だ。わが家からわずか数メートルの距離にあり、その正面には、とてもきれいでとても古いサン＝ジュリアン＝ル＝ポーヴル教会があった。ロベール・ブレッソンから教えてもらったお店で、つい最近までジャン＝リュックもこの喫茶店《サロン・ド・テ》のもの静かな寂《さび》れた魅力を買っていた。ところが、五月になってからというもの、彼はこの店に足を踏み入れることを拒んでいた。

それまでにもよくあったことだけれど、つい先ほどの彼の粗暴さは、正反対のものに取って代わっていた。彼は私に平謝りしたあと、落ち着いて注意深く、ベルナルドの提案がどういうものだったのか改めて訊ねた。私は彼に説明した。

「ベルナルドによれば、今度の映画で、彼は〝世界中で知られる有名監督〟に、私は〝スター〟になれるんですって」

最後の〝スター〟という言葉は、私にとってはあまりに滑稽だった。私たちの友人でもあるベルナルドは、作家性の強い慎ましやかな映画を三本撮っただけで、その彼の言葉を信じる気にはとてもなれなかった。ジャン＝リュックの顔に悲しげな表情が浮かんだ。

「それだけかい？」彼は訊いた。

そしてひと一呼吸置き、自分の考えを正しく伝える適切な言葉を探し、声に出した。

「嘆かわしいな。どうしてこの時代になお、彼は古臭い空想的な映画を追い求めることができるんだ？　どうして彼は、現在進行形の世界から、自らを切り離そうとするんだ？　最も反動的な道を選んでおいて、君まで道連れにするつもりか？」

「面白半分でつけ加えたのよ。それに自虐みたいなもので……」

「いいや、違うね」

ジャン＝リュックの表情はさらに悲しみの色を濃くし、目には涙がたまっていた。まさか泣き出す気じゃないわよね……。私は笑いそうになるのをこらえた。

「スターになる気なんてないわよ。絶対なれっこないもの！　そんなことには興味がないの。知ってるでしょ？」

「それはそうだろう。いや、どうかな。じゃあ、何に興味があるんだい？」

「映画を撮ることよ。ベルナルドの映画に、あなたの映画。それからロンドンのも。ローリング・ストーンズの続きを八月に撮るんでしょ？」

ジャン＝リュックは私の頬をそっと撫でた。それは、私たちが出会った頃の愛情のこもったやりとりを思い出させた。〝ティー・キャディ〟の魅力が、彼に乗り移ったみたいだった。私たちだけしかいない店内は、典型的なイギリス式の内装で、壁面は色の濃い板張りになっていた。窓にはめられた色ガラスを通じて、やわらかな日の光が差し込んでいた。金髪のもの静かな若い看板娘が、十九世紀文学のヒロインのように、デザートを載せたワゴンの近くで読書にいそしみ、客から声がかかるのを待っていた。夏のヴァカンスが始まったところで、パリからは人がいなくなり始めていた。

「今晩、ローマ行きの航空券を用意するよ」ジャン＝リュックが言った。

ベルナルドは、ローマ空港の国際便の出口で私を待っていた。こちらに気づくと、彼はヴァイオリンを弾く真似をして「ララのテーマ」を口ずさんだ。ベルナルドも私も大好きな映画『ドクトル・ジバゴ』で使われた曲だ。お返しに私は、イタリア人の子供なら誰もが知っているおとぎ話の呪文を唱えてみせた。「おやおや、ベルトルッチの臭いがするぞ《ウッチ・ウッチ・セント・オドーレ・ディ・ベルトルッチ》」この呪文を聞くと、子供たちはみんな怖がる。なぜなら、このベルトルッチとは人食い鬼なのだ。イタリアの親は子供たちが言うことを聞かないと、この呪文を口にする。ララと人食い鬼のやりとりは、私たちにとってお決まりの儀式のようなものになっていた。

空が低く重くのしかかり、とても暑かった。「嵐が近づいているらしい。直撃するかどうかはわからないけれどね。先にホテルに荷物を置いてくるかい？　そのあと、トラステヴェーレのレストランでパオラと合流しよう」

ジャン＝リュックは翌日の夕方に合流する予定で、ディンギルテッラ・ホテルを二泊で予約していた。それは『テオレマ』の撮影の際に、私が滞在していたホテルだった。パオラはベルトルッチのパートナーだったけれど、妻というわけではなかった。というのも、彼女は別の男性と結婚していたからだった。イタリアでは当時、離婚が禁じられていたのだ。彼女は古美術商で、スペイン広場の近くにすばらしいお店を構えていた。

パオラは予定通り、カンポ・デ・フィオーリのテラスで私たちを待っていた。彼女は今回の映画で美術の一部を担当することになっていた。私たちはさっそくその映画について話し始めた。私はモラヴィアの原作小説を何度も読み直していて、この物語をもとにみんなと一緒に仕事ができると思うと、心踊った。

「あんまり期待しすぎちゃダメよ。ベルナルドはトランティニャンを撮りたくてこの映画を作るんですから」

パオラもまた見事なフランス語を話した。

「そうなんだ」ベルナルドが認めた。「僕はトランティニャンに恋してるのさ。もしも僕が女性だったら、メロメロだったろうね。特定の人物をカメラに収めたいという欲望が映画の企画の出発点になるのはよくあることだ。君もジャン＝リュックのそばにいるから、思い当たる節があるだろう」

ふと会話のトーンが変わった。

「彼がまた僕のことをバカ野郎扱いしたりしないでいてくれるといいんだけど。あのときは本当につらかったからね。最近の彼はどうなんだい？」

私はできる限りの真実を伝えようと、ジャン＝ジョックやシャルル、私の知らない毛沢東派のグループの影響を語った。それから、映画を変革するという発言と、時々語る映画なんてやめるという発言についても。

その話を聞くと、ベルナルドはびっくりしていた。

「ジャン＝リュックは天才だ。彼が映画をやめるなんて、犯罪だよ」

けれど、すぐに軽快な調子を取り戻し彼は言葉を続けた。深刻な態度はおよそ彼らしくなく、少なくとも友人たちの前では軽やかでいようとするかのように。

「あるいは僕が彼の居場所に収まろうかな。見ていてごらん、アンヌ。『孤独な青年』は僕らの人生を変えるぞ！」

それは甘美な一日だった。まず、私がヴィラ・メディチに行ったことがないと言うと、ベルナルドとパオラが案内してくれた。そこでは彼らの友人たちと偶然出会った。中には私が出演した三本の映画を観たことがある人もいて、私のことを温かく歓迎してくれた。大学での討論会に参加するという人もいた。

ローマの市街地に戻ると、激しい風が吹き荒れ、続いてにわか雨が降ってきた。私たちは有名な〝カフェ・グレコ〟に難を逃れ、カンパリを飲みながら雨が止むのを待った。パオラがフレスコ画についてあれこれ説明してくれていると、また彼らの友人たちがやってきて、私たちの会話に混ざるのだった。どこにいても知り合いに出くわす。ローマは本当に〝村〟だった！

カンポ・デ・フィオーリでの夕食に、ジャンニ・アミーコが加わった。ベルナルドが彼のことを「最もブラジル人的なイタリア人」だと紹介した。彼がパーティーを開くことがあれば、ローマに立ち寄った偉大なブラジル人ミュージシャンたちが軒並み参加して、夜遅くまで音楽を演奏するならわしだった。

ふたりのストリートミュージシャンが、レストランの客向けにナポリの歌を歌っていた。ひとりはヴァイオリンを弾き、もうひとりはハーモニカを吹いていた。以前、ジャン＝リュックとこの店を訪れたときにも彼らの姿を目にしていたため、私はそのあと何が起きるか知っていた。べルナルドが軽く合図をすると、彼らは私たちに近づき、ささやくように歌った。

その朝、目を覚ました
さらば恋人よ、さらば恋人よ、さらば、さらば
その朝、目を覚ました
すると侵略者がいた
ああ、パルチザンよ、連れていっておくれ
さらば恋人よ、さらば恋人よ、さらば、さらば
ああ、パルチザンよ、連れていっておくれ
なぜなら死が近づいている気がするから

それは民謡で、第二次世界大戦の際に、反ファシスト党レジスタンス運動の賛歌になったものだった。あまりに政治的だと見なされ、観光客の多いカフェやレストランのテラスで歌うのは好ましくないとされていた。ふたりのミュージシャンは共産党員で、ベルナルドはそのシンパだった。彼らの歌はすてきだった。彼らは、ベルナルドやその友人たちのために、こっそりと、でも

情感を込めて歌った。一年前に訪れたときにはジャン＝リュックですらその歌に感動して、ベルナルドと彼のＰＣＩ（イタリア共産党）との関係を優しくからかったものだった。明日はどうなることだろう？　しかし、優しい夏の雨のおかげで、夜はすっかり涼しくなり、私たちは大きなパラソルの下に難を逃れ、おいしい食事をとり、トスカーナ産のワインを飲むのに忙しかった。どうして今、そんなことを気にしていられよう？

翌日の正午、食事前に一杯飲もうと言って、ベルナルドはポポロ広場のカフェ〝ロザーティ〟に私を呼びつけた。お店にはたくさんの知識人や芸術家がいた。彼は白髪の男性と一緒に私を待っていた。ピエル・パオロ・パゾリーニと一緒にいるのを見た覚えがあった。それが、作家のアルベルト・モラヴィアだった。思いがけない出会いに私はすっかり恐縮してしまい、彼が差し出してくれた手を握るのがやっとだった。フランス語とイタリア語で、彼は本のこと、それから配役のことを語った。配役は気に入っているようだった。昨晩と同じように、通りがかった友人たちが立ち止まって声をかけ、席に座って会話に参加した。その中のひとり、三十代のプロデューサーが、パゾリーニが自分の戯曲のひとつを映画化しようとしていると教えてくれた。パゾリーニは、その映画に登場する少女役は私しかいないと思っているのだけれど、私が彼のことを嫌っているから、きっと断られるにちがいないと思い込んでいるということだった。むしろ私は自分が彼に嫌われていると思っていた。不思議な話だった。それはバカバカしい誤解だと説明しようとすると、風格のある男が割り込んできた。空いている席がなかったせいで、その男は、プランターに腰かけた。それから彼は上着を脱ぎ、ネクタイを緩めると、暑いね、遠くで嵐がごろごろ言ってるなとこぼした。私たちのグループの沈黙や彼に向けられたあらゆる視線に気づかないふりをして、彼はユーモアたっぷりにその魅力をふりまいた。通行人の何人かが立ち止まって彼をのぞき込んだ。すると、突然、四方八方から紙と鉛筆が差し出された。「マルチェロ！　マルチェロ！マルチェロ！」懇願するような黄色い声が飛び交った。それはかの俳優、マルチェロ・マストロヤンニだった。私はこんな有名人にまるで気づかなかったのだ！

再び雨が降り始めていた。私はフィウミチーノ空港の税関を越えたところで、ジャン＝リュックの到着を待っていた。ふたりの学生が私に付き添ってくれていた。巨匠《イル・マエストロ》とその妻を大学に案内するという任務に、彼らは感激していた。討論会は八時半から始まる予定だというのに、会場の講堂は既に満席だという。

到着したジャン＝リュックは不機嫌だったけれど、私に再会できたことを喜んでいた。ほんの短いあいだでも別々に過ごすことで、彼の愛情に再び火がつくのが、私には素直にうれしかった。そして何よりパリを離れたことで、ベルナルドや彼の友人たちと会うことができた。ロベール・ブレッソンと出会ったときのように、この芸術の世界は私を驚嘆させ、元気をくれた。私は自分が運のいい女であることをよく知っていた。その事実に確信があった。だからこそ、愛想よくふるまい、期待されている女性であろうとしたのだった。

聞いていた通り、講堂は満席で、階段まで人で埋まっていた。奥のほうで立ち見をしようという人たちまでいた。ジャン＝リュックが姿を現すと、拍手喝采とさまざまな叫び声が、彼を迎えた。はたして敵意を帯びているのか、判断がつかなかった。演壇には、ベルナルドとジャンニ・アミーコとその他の登壇者がいて、立ち上がって彼に拍手を送っていた。ジャン＝リュックは彼らのところに向かったけれど、明らかにこの歓迎ぶりに当惑していた。一方、私はパオラと並んで、最前列に用意された席に座った。彼の近くで生活することに慣れてしまったせいか、私は彼の存在がどれほど熱狂を巻き起こすのかをすっかり忘れていた。彼自身、数分間は罠にかかった動物のような様子だった。ベルナルドが、イタリア人にしかできないような情熱的なやり方で彼を抱き締め、「映画と政治参加」というテーマの討論会が始まった。

最初のうち、ジャン＝リュックは明らかに共産主義的傾向の教授たちの話を、おとなしく聞いていた。ベルナルドが小声で通訳した。やがて、ジャン＝リュックにマイクが渡ると、悦に入った様子で、彼はすぐさま教授たちの映画観は修正主義であると告発し、彼自身は今語られたことなんの関係もないと言い放った。教授たちが反論すると、彼は満足そうに、いや関係ないどころかむしろ反感を抱いているし、はっきり言って敵だと答えたのだった。

壇上の議論が会場の学生たちにも伝染していった。ジャン＝リュックの発言に拍手を送る学生がいる一方で、やじを飛ばす学生もいた。方々から質問があがり、ベルナルドは通訳不能に陥った。何度となくジャン＝リュックの口から、音節を区切った小気味いい言葉が発せられた。「あんたらのロマンティックな映画観と芸術観には、吐き気がするよ」こうして過激な態度をとると、会場の緊張の度合いが一段あがり、学生たちは、ジャン＝リュックの言う通りだという者と『軽蔑』や『気狂いピエロ』といった傑作を引き合いに出して、反論する者のまっぷたつにわかれた。「あんなものは否定する。僕の他の映画も全部否定だ」ベルナルドがショックを受けて抗議した。「そんなことを言わないでくれ。それらの映画が僕らの道を照らしてくれたんだ」それは、『記憶すべきマリー』の上映の際に、フィリップ・ガレルが言ったことと、ほとんど同じだった。

私はジャン＝リュックの話に今にも泣き出しそうになり、パオラは途方に暮れていた。その夕べは悪夢と化し、いつ終わるとも知れなかった。学生も教授もその場にいる全員が混乱していた。

ジャン=リュックの話はますます暗く攻撃的なものになっていき、普段の飛躍の多い逆説的な話し方とは、まるで別物になってしまっていた。わずか一年前には、彼のおしゃべりがあんなにも私を楽しませてくれたのに。ベルナルドは通訳することを諦め、ある教授が不器用ながら彼の代わりを務めた。

突然、ジャン=リュックは立ち上がり、それまでとはまったく異なる調子で、静かに、穏やかに言った。「言いたいことはすべて言った。これ以上話すことはない。闘いを続けよう、同志たちよ！」学生たちが抗議し、ベルナルドや他の人たちがいさめようとするのには目もくれず彼は壇上から下りた。私は彼についていくよりほか仕方なかった。

外に出ると、雨は滝のように激しくなっていた。私たちはあるポーチの下に避難した。「レストランを予約してくれているといいんだけど。腹ペコで死にそうだよ」ジャン=リュックが言った。「君は？」空腹など感じるはずがなかった。あんな出来事のあとでは、何も喉を通りそうになかった。

ベルナルドとパオラ、ジャンニと連れの若い女性も会場をあとにして、私たちのところにやってきた。もちろん大学の近くのいいレストランを予約してあると彼らが言った。「だが、ふたりの教授の同席は期待しないでくれよ。最初は来る予定だったが、彼らは不参加だ」「いい厄介払いができたな」ジャン＝リュックは、特に気にする様子もなく答えた。

メニューを選ぶのにしばらく時間がかかった。重い沈黙が続き、誰も言葉を発しようとしなかったけれど、そんな状況は私たちには似つかわしくなかった。ついにベルナルドが沈黙を破った。

「あんなふうにふるまうべきじゃなかった」彼はジャン＝リュックに言った。「誰だってあんな侮辱を受けるいわれはない」

「君のことは直接批判しなかったろ。そのことに感謝してもらいたいもんだな。パオラとアンヌのためにそうしなかったんだ。だが、今だから言わせてもらうよ。君は昔の僕のように、今現在クソみたいな映画を作り、これからもクソみたいな映画を作り続けようとしてるんだ。君は若者たちの理想を裏切っているのさ。抑圧者の側を選んだんだ。君は階級の敵だ。僕の階級の敵だ！」

私はジャン＝リュックを止めようとした。けれど、ベルナルドが先にそれをやってのけた。真っ青になって、テーブルを拳で殴りつけたのだ。

「お説教なら結構だ。君は自分が吐き出しているのがたわ言だということに、気づいてすらいない！」

「だったらもうこれ以上、一緒にすることは何もないな」

ジャン＝リュックは立ち上がり、洋服掛けの上で乾かしていたレインコートを手に取ると、一旦戻ってきて、パオラの額にキスをした。

「さようなら、パオラ」彼はもったいぶった様子で言った。

それから私に声をかけた。

「行こう」

「嫌よ」

彼は振り向いて、驚いた様子で私を見つめた。

「嫌」私はさっきよりも断固とした調子で繰り返した。

彼は、信じられないといった様子で、数分間待った。私は、まばたきせず、くじけることなく、彼を見返した。やがて、彼は出ていった。ドアが開き、再び閉まるまで、雨混じりの突風がレストランの中に入り込んだ。

ほとんど同じような仲違いの場面を私はつい先日目にしたばかりだった。それはとてもつらい経験で、私は立ち直ることができずにいた。必死に忘れようとしていたというのに。

自分ひとりで思いついたのか、あるいは謎めいた同志たちにそそのかされたのか、ジャン＝リュックはバカバカしいことに、アヴィニョン演劇祭をボイコットしようと決心した。ちょうどカンヌ映画祭をボイコットしたように。それを知った私は激しく抗議した。青春時代から、アヴィニョン演劇祭は、私にとって神聖なものだった。一年前には私たちを招待し、熱烈に歓迎し、〝名誉の中庭〟で『中国女』の上映もしてくれた。そのときジャン・ヴィラールとモーリス・ベジャールに会えて、私は胸がいっぱいだった。彼らのことを思い起こすときには、常に尊敬の念と愛情が沸き起こった。だから「ヴィラール、ベジャール、サラザール」などという語呂のいいスローガンを聞いたときには、心から憤慨したものだ。彼らの名前をポルトガルの独裁者と並べるなんて！　私はジャン＝リュックに、もしこの唾棄すべき計画をどうしても遂行するというなら、私抜きでやってちょうだいと言った。彼は、フランソワ・トリュフォーに電話をかけたのだが、彼の返事も私とまったく同じだった。

しかし、ジャン＝リュックは頑なに意見を変えようとはしなかった。

その後アポも取らず、事前に知らせることもせず、ジャン＝リュックはル・フィルム・デュ・キャロッスのオフィスに、フランソワ・トリュフォーを訪ねた。私は彼についていった。もしかしたら私が敬愛するこの友人であれば、彼を説得することもできるかもしれないと期待を抱いて。でもダメだった。彼らは極めて乱暴な言葉で罵り合い、青春時代からの大事な友情に終止符が打たれてしまった。最後の瞬間、ジャン＝リュックが罵詈雑言を吐いてオフィスをあとにしたのに対し、フランソワは私に近づいて言った。「さようなら、アンヌ。君の気持ちはよくわかっているつもりだよ。君のことを考えると、心が痛い」

レストランの陽気な喧騒が、私を現実に引き戻した。ジャンニ・アミーコがあれこれ気をつかってくれ、パスタを食べてしまいなよと促した。パスタは皿の中ですっかり冷めてしまっていた。私をのぞくふたりの若い女性はむりやり夏のヴァカンスのことで盛り上がろうとし、ベルナルドはこわばった表情で白ワインをグラスにもう一杯注いでいた。「なんて有様なの。台なしじゃない」私は思った。

突然、レストランのドアが開いた。幽霊？ 雨に濡れた客？ はっきりとはわからなかった。「薄情者どもめ。もう十五分も外で待っているのに、誰ひとり僕を追いかけにこないなんて！」雨でぐしょ濡れになったジャン＝リュックが、私たちのテーブルの前に立っていた。彼が歩いた跡はビショビショだった。彼はベルナルドのほうに身をかがめた。「てっきり君が追いかけてくれるもんだと思ったのに。裏切り者！ 身動きひとつしやしない！」

この突然の人間味のあるやりとりに、私たちは思わずおかしくなって爆笑した。ベルナルドはジャン＝リュックの着替えを手伝った。元はレインコートと上着の役目を果たしていたぼろきれを脱がせてやると、有無を言わさず彼は自分の着ていたすてきなリネンのセーターをジャン＝

リュックに譲った。ジャン＝リュックは満足そうに微笑み、パオラの正面に座ると私たちと一緒になって笑った。やがて私たちの笑いは隣のテーブルに伝染し、すぐに店全体に広がった。ジャン＝リュックは、こんなふうに、まったく予測不能な存在だった。

イヴ・デモクラシー

映画に決定的に背を向けたというジャン＝リュックの断言は、私にはどうしても信じられなかった。私は彼がさまざまな経験をしたがっているだけだと思っていた。時代の空気に身を任せ、別の道に進み、それまでの仕事仲間とは違う人たちと映画を撮る、といったふうに。

ローマ大学での出来事を経た彼は、七月の終わりにフランで、学生たちと労働者たちの議論を撮影する計画を進めた。彼は私もその場にいることを望んだけれど、私は即座に断った。「その手の議論には参加できないし、そもそもあの人たちが言っていることが理解できないの」彼はなかなか折れなかった。「何も言わなくていい。聞いているだけでいい。若いブルジョワ娘を演じてほしいんだ。政治を学ぼうとし、世界の見方を変えようと決意する若い娘を……。カンディードのようなものさ……」彼の説得に私はどうにか持ちこたえた。罠にはめられるのが怖くて、写真を撮りに行くことも拒否した。撮影当日、私はひとりで映画館にジャン・ルノワールの『河』を観にいった。ジャン＝リュックが教えてくれた、ふたりとも大好きな映画だった。その晩、私たちはロジエとバンバンと〝ル・バルザール〟で落ち合った。彼らはブルターニュで数日間ヴァカンスを過ごす予定で、一緒に来ないかと私たちを誘った。私は諸手をあげて賛成したけれど、ジャン＝リュックは明確な返答を避けた。

翌日の夕方、彼が前日に撮影したものの上映会があった。映写室には、スクリーンに登場するふたりの若者、ジャン＝ジョック、シャルル、私が知らない彼の友人たち、バンバン、そして撮影を担当したウィリー・リュプチャンスキーがいた。

十六ミリの美しい白黒映像だった。舞台はフラン＝シュル＝セーヌの公団住宅に囲まれた空き地で、ある女子学生と男子学生、それからフランのルノー工場で働いている三人の労働者のあいだで、政治的な議論が展開された。

ラッシュの上映がどれくらいの時間続いたのかわからないほど、私には退屈だった。五月の間によく耳にした合言葉を聞きとることはできた。あちこちから会話の断片のようなものが聞こえた。だからといって、『ありきたりの映画』と題されたこの映画を作る理由はわからなかった。

カメラが金髪の若い女性の顔にとどまったとき、その一瞬にだけは感動を覚えた。彼女はしゃべるのをやめて、タバコを吸いながら静かに耳を澄ましていた。ジャン＝リュックは彼女の横顔をカメラに収めていた。肌のきめまでわかりそうなほどだった。数秒間、彼は、『中国女』の撮影で私を見つめたときのように、彼女を見つめていた。嫉妬を覚えたわけではない。むしろその逆で、そのショットを観て私はどこかホッとした。ジャン＝リュックは自らの過去の映画についての理論的考察や、シャルルや彼の友人たちが得意になってしてみせるさらに理屈っぽいコメントを見事に相対化していた。ジャン＝ジョックはいい出来だと評価し、バンバンも同意した。何も言わなかったのは私だけだった。その晩、眠る前にジャン＝リュックは私の沈黙がつらかったと言った。私がよかったわと答えると、彼は悲しそうに言った。「まるで違うことについて話しているみたいだな」

ジャン＝リュックは、私のブルターニュ行きをしぶしぶ認めた。バンバンがいることで安心しているようだった。フランソワ・トリュフォーと仲違いし、クルノやベルナルドとは疎遠になりつつあったけれど、ジャン＝リュックとバンバンのあいだには、言葉を超えた友情が存在しているようだった。「彼女のことを頼んだよ」駅のプラットフォームで、彼は何度も繰り返した。初めて出会った頃と同じように、彼は自分より魅力的な見知らぬ男が、いつか私をさらっていくのではないかという漠然とした不安を抱いていた。ヴァカンス中私たちは朝な夕なに電話で話した。

ロンドンでストーンズの映画の撮影を再開する日がやってきた。『ワン・プラス・ワン』と題されたこの映画の撮影をジャン＝リュックは相変わらず苦役と見なしていた。私が飛行機の中でどんな話なのと訊くと、それまでにも何度か聞いたことがあるセリフが返ってきた。「民主主義とは、ゆっくり死ぬことである」それから、つけ加えて言った。「君はある寓意役だ。イヴ・デモクラシーという名のね」さっぱりわからなかったけれど、心配はしていなかった。『中国女』でも理解できないセリフを暗唱させられたことがあった。ジュリエット・ベルトも、私と同じように意味不明よと告白していた。彼女が恋しかった……。

私たちの宿泊先はヒルトンホテルで、プロデューサーのイェーン・クォーリアが、私たちを待ち受けていた。彼は俳優でもあり、この映画にもイギリス人チームのメンバーたちと一緒に出演することになっていた。彼らは、いくつかのシークエンスの簡単なリストしか受け取っておらず、作業計画の詳細を知りたがった。撮影は三日後に迫っており、心配で仕方なかったのだ。

しばらく経って、ホテルの食堂で食事をしているときにジャン＝リュックは撮影当日の予定について、私の場面から撮ると言い、もう少し詳しい情報を教えてくれた。

私はイヴ・デモクラシーという若い女性で、私にどうしてもインタビューしたいというテレビのクルーに悩まされている。そのシーンは十分程度続く予定で、ワンカットで撮影されることになっていた。その後に続くシーンも同様だった。

「君は英語が話せないから、記者たちの質問には〝イエス〟か〝ノー〟で答えてくれ」

「質問の意味がわからないときは、〝イエス〟か〝ノー〟か、どうやって判断したらいいの?」

「そいつは考えていなかったな」

ジャン=リュックは考えこんでしまったが、それも長くは続かなかった。

当時、私はほぼ毎日、男性用の帽子をかぶり、長い赤毛を隠していた。帽子を脱ぎ髪が露わになるとみんな驚くので、それを楽しんでいたのだ。ジャン=リュックは、私がかぶっていたきれいなグレーのフェルト帽を奪い、テーブルの上でそれを振ってみせた。

「コードを決めよう。帽子を振ったら、イエスという意味だ。帽子を動かさなかったら、ノーという意味。あるいは逆でもいい」

巧妙な作戦で、実際それでうまくいった。

撮影は林間の空き地で行われた。周囲には木々が生い茂り、草原は誰も刈り取っておらず、鳥がたくさん飛んでいた。ロンドンであるにもかかわらず、典型的なイギリスの田舎の風景だった。シーンは予定通り約十分間。技術的に難しく、リハーサルは何度も行われた。テレビ番組のクルー役が私のそぞろ歩きについてきて、記者たちが私には意味のわからない質問を浴びせかけた。先回りをしていたカメラの向こう側では、ジャン=リュックがピョンピョン飛び跳ね、私の帽子を上げたり下げたりしていた。私はそれに従い「イエス」または「ノー」と答えた。たっぷり時間を取って答えたおかげで、よく考えたうえでの返答に見えた。ラッシュの確認中に、ジャン=リュックは私を褒めてくれた。「実に見事にやってのけたな!」私も同意見だった。きっと、私たちの悪知恵に気づいた人は誰もいなかっただろう!

他のシークエンスも同じ原則に則って撮影された。十分間のワンカット撮影には正確さが要求され、撮り終わるまでに時間がかかった。セリフの量が多く、登場人物たちは政治的な発言を朗々と並べた。私のリクエストに応じて、その内容をジャン=リュックが要約して聞かせてくれたのだが、結局私には意味がよくわからなかった。ブラックパンサー党の闘争だとか、行動を起こす際の暴力の必要性だとか、そういう話だった。最後には、イヴ・デモクラシーは彼らに処刑されてしまう。私の帽子をかぶったジャン=リュックが自らカメラの視界に入ってきて、私に血糊を振りかけるのだった。真っ赤になった私は、撮影用のクレーンに乗せられ、空に昇天していった。ふたつの赤い旗が私を包み、風にはためいていた。それが映画の最後の映像だった。

いくつかのシークエンスの美しさにはハッとしたし、チームを指揮するジャン＝リュックの威厳ある姿はすばらしかったけれど、それでも私は少し退屈していた。そのことを言う勇気はなかったし、ジャン＝リュックは撮影に没頭していたから、気づかれなかったと思う。夜になると私たちは決まってヒルトンホテルのレストランで夕食を取った。おいしそうなレストランを見つけようという試みは、ことごとく失敗していた。彼は押し黙るばかりで、何を考えているのかさっぱりわからなかった。質問をしたところで、この映画の撮影を通じて、従来の映画撮影チームの中には自分の居場所がないことが改めてわかったよと答えるばかりだった。彼はいつもにも増して、集団作業という大義に身を捧げたがっていた。ジャン＝ジョックもシャルルも、そんな彼の志に賛成していた。パリを離れ、グルノーブルのような学生の街で暮らしたいとも考えはじめていたようだ。「まだ漠然としていてとっちらかっているけど、いずれ考えがまとまるだろうし、もう少し筋が通った結論に辿りつけると思う。心配は要らないよ」

映画館や劇場に行くことはもうありえなかった。私たちはずっとホテルの部屋で、テレビの前にいた。必ずしも早起きしなければならないということが理由ではなかった。私たちが少し前まで送っていた生活とはかけ離れた、このくすんでしまった毎日について、私は常に思いをめぐらせていた。ジャン＝リュックは以前ほど私を愛していないのではないかという考えが、私の胸をえぐった。とはいえ、彼が夜更かしをし、私を抱き締め、愛の言葉をささやいてくれたら、そんな不安なんて消し飛んでしまうのだった。でも、ある疑問が残った。「ふたりの生活とはこんなものなのだろうか？　夫婦の生活とは……？」政治グループのただ中で暮らす自分なんて想像できなかった。パリを離れて暮らすなんて、なおさらだった。こうしたこと全部にどうやって折り合いをつければいいのだろうか？　ベルナルドの映画に出演できるということだけが、励みだった。

パリに戻るとベルナルドは定期的に電話をくれ、脚本の執筆状況を伝えてくれた。時々、テストを兼ねて、私が演じる役のセリフを読み上げるよう求められることもあった。私は、ジャン＝リュックの冷やかすような視線を浴びながら、喜んでこの遊びに身を投じた。特に話し合ったわけではなかったけれど、私たちのあいだには、暗黙の了解のようなものができあがっていた。彼がベルナルドのことを攻撃することはなくなり、私は私で、彼がシャルルや未だに会う気になれない他の友人たちの名前を出しても、もういらいらしなかった。彼はそれまで以上に世界で起きていることに興味を示し、チェコスロバキアで撮影するのだと話し、パレスチナの正義のために怒りの炎を燃やした。

すばらしいサプライズがあった。カフェ〝ロザーティ〟で出会ったイタリア人プロデューサーが、電話をくれたのだ。彼は私にパゾリーニの次の映画に出演しないかと提案してくれていて、パゾリーニと話す機会をくれた。私とパゾリーニは受話器越しに胸をいっぱいにさせて、一緒に仕事をしたい気持ちを告白し合い、すぐさまくだけた口調で話し始めた。彼は二部構成の映画を撮りたがっていた。私のパートは現実世界を描き、一九六九年初頭のパドヴァで撮影され、ジャン＝ピエール・レオも出演する予定になっていた。それは元々彼が芝居用に書いた戯曲だった。「だからセリフがたくさんあるんだ。翻訳させて送るよ。それからイダ役をやってくれるか返事をくれ」私はその場ですぐさま、やるわよと返事をした。『テオレマ』のときにそうしたように。ジャン＝リュックはこの企画について快くは思わなかった。彼にしてみれば、パゾリーニは「プロレタリアの息子」だという理由でイタリア警察の肩を持ち、「ブルジョワの裕福な息子たち」である学生を批判した裏切り者だった。しかし一方で、ジャン＝リュックはパゾリーニを評価し続けていた。「彼の中には妥協を知らない頑固さがある……。僕が知る中で最も勇敢な男だよ」ジャン＝リュックは言った。それから、その真剣な調子を和らげるためであるかのように、彼はスイス訛りで言った。「それに彼は同性愛の闘士だからね。君を奪われる心配はないってことだ！」

秋になると、ジャン＝リュックは、「孤立を感じずに済む」ある映画の企画を受け入れた。提案してきたのはD・A・ペネベイカーと、リチャード・リーコックのふたり組だった。私たちは彼らの、ジョーン・バエズやボブ・ディランについてのルポルタージュが好きだった。提案の内容は、彼らが交代でカメラを持ち、ジャン＝リュックが即興で撮りたいものを指示していくというものだった。録音係として、ひとりかふたりの学生を雇うかもしれないけれど、それですべてだった。最小限にまで縮小したチームに彼が評価するふたりの映画人、舞台となるのは彼がほとんど知らないニューヨーク。ジャン＝リュックは承諾し、二日後には私たちはパリをあとにした。私はペンタックスのカメラを、今度は忘れずに持っていった。

ニューヨークにて

ペネベイカーとリーコックは、映画に情熱を抱き、とても政治的傾向の強い若者たちと一緒に仕事をしていた。彼らは、全員が反ベトナム戦争の立場を取り、マイノリティの主義主張を擁護し、さまざまな抗議デモに参加し、大学のキャンパスによく足を運び、反体制の学生たちと付き合った。ジャン＝リュックの到着で、彼らの熱意はよりいっそう燃え上がり、ジャン＝リュック自身も水を得た魚のようだった。

彼らは私を気取らずにもてなしてくれた。私はジャン＝リュックの妻であると同時に、彼らが好きな三つの映画の出演者でもあった。彼らは片言のフランス語を話し、私は片言の英語を話した。それでどうにかなった。

ペネベイカーはペニーと呼ばれていた。彼は金髪でまだ若く、美男でちやほやされるのに慣れっこだった。でも、私のお気に入りは、リーコックのほうだった。イギリス国籍で、ジーンズにTシャツ姿のアメリカ人とは違い、いかにもロンドンのジェントルマン風だった。背が高く、どんな状況でもとてもエレガントで気分にむらがなく、コンビにおいて不変の要素を担っているという印象を抱かせた。彼は仲間内でも最年長らしく、とても注意深く、礼儀正しかった。

ジャン＝リュックは毎日、即興で撮影を行なった。取り決め通り、ペニーとリーコックが交代で肩にカメラをかつぎ、彼の指示に従った。録音はある男子学生と女子学生が担当した。私は自分の楽しみのために写真を撮り、私たちが訪れているニューヨークのとある界隈の、予想だにしなかった姿に驚いた。

特に感銘を受けたのはハーレムだった。私たちは通りや学校で撮影を行なった。河岸では、そのときのジャン＝リュックの思いつきに従って、ふたりの少女にレコードプレイヤーを持たせた。黒人だらけの世界で、私たちは卑小な白人の小さなグループだった。

チンケな白人どもめ、とアフリカ系アメリカ人の知識人リロイ・ジョーンズが、自宅の前でミュージシャンたちを従え長広舌をふるっていた。私はパリで、彼の『ダッチマン』という芝居を見たことがあった。マイクを片手に、彼が何を叫んでいるのか理解できず、とにかく彼の攻撃性と暴力性が怖かった。私は写真を撮り続けたけれど、黒人の群衆が歩道に集まり、突然私たちを糾弾し始めるのではないかと気が気でなかった。

ニューヨーク滞在中ジャン＝リュックはさらに、有名な音楽グループ〝ジェファーソン・エアプレイン〟を撮影したがった。それまでの数日と同様に、ニューヨーク市には撮影の許可は申請していなかった。ロケ地をハーレムの外に移したことで、事はそう簡単には進まなかった。

ジェファーソン・エアプレインとそのファンたちは、ある建物の屋上テラスにのぼった。私たちの撮影チームは向かいの建物の屋上にいた。即興コンサートが始まり、強力なスピーカーが音楽をあたり一帯に拡散した。リーコックがカメラを構えていた。その姿はとりわけ美しく、私は彼の写真をいつもより多く撮った。ジャン＝リュックはすぐにそのことに気づいた。「彼が気に入ったんだろ？」特に嫉妬するわけでもなく、面白がっているそぶりさえ見せて言った。

私たちの向かいでは、お祭り騒ぎが続いていた。ジェファーソン・エアプレインは乗りに乗り、ファンたちは踊りまくった。その界隈は興奮状態に陥り、やがて警察の登場とあいなった。アメリカ映画で見た通り、警棒を手に腰には拳銃を下げた、二メートルはあろうかという大男たちがやってきた。リーコックは撮影を続けていた。やがて、彼らは私たちに近づき、その場にいた全員をしょっぴこうと決心したようだった。私たちの友人たちが警官らと長々と話しているのを眺めて、ジャン＝リュックと私は楽しんでいた。この五月の出来事を思い出した。考えようによっては、アメリカの牢獄を知っておくのも、悪いことではないかもしれない……。

撮影とコンサートを中止し多額の罰金を払うことを約束すると、大男の警官たちは私たちを全員を解放し去っていった。ジェファーソン・エアプレインと仲間たちはすでに姿を消していた。私たちは近くの軽食堂に集まり、ホットドッグにかじりついた。

撮影のあいだ不機嫌であることが多かったジャン＝リュックは、突如機嫌を直し、ユーモアを取り戻していた。彼は、警察のおかげでその日の仕事が終わったことに満足しているようだった。罰金の合計額については、聞こうとすらしなかった。

逆に、ペニーとリーコックは、露骨に嫌な顔をしていた。ジャン＝リュックはリーコックをからかおうとして、耳打ちした。「妻が君らのことを気に入ったみたいだぞ」彼は態度を和らげつつも、謙遜しながら言った。「やめてくれよ！　彼女はペニーばかり撮っていたじゃないか！」彼らは、明日は何を撮るのかとしきりに訊いたけれど、ジャン＝リュックはさあねと言うばかりだった。

ニューヨークにいても、ジャン＝リュックの撮影がないとまるで面白くなかった。オフの彼は何も見ようとせず、どこも訪れようとしなかったからだ。朝になると、ニューヨークで唯一のフランス語専門書店に赴き、フランスとアメリカの日刊紙をすべて買い、ホテルに戻って読書にふける。それから昼食なり夕食なりに出かけるのだけれど、いつも同じ数ブロック先にあるレストランで、それもフランス料理専門店だった。ペニーとリーコックが彼らの家に招待してくれても、ジャン＝リュックは何がしかの理由をつけて断ってしまうのだった。訪米前にベルナルドとジャンニは電話番号をいくつか渡してくれ、訪ねてみなよと言ってくれていた。それだけに私はこの単調な生活に不満が募った。彼らは特にお気に入りのサクソフォーン奏者ガトー・バルビエリについて教えてくれた。せっかくもらった電話番号なのに、ジャン＝リュックは嫌だと言って、連絡をとることを拒否した。かといって、私にはひとりで動く勇気がなかった。

ジェファーソン・エアプレインをめぐる出来事の数日前、フランス映画三部会でジャン＝リュックが知り合ったというプロデューサー、クロード・ネジャールが、ニューヨークにやってきていた。ジャン＝リュックと彼は、クリス・マルケルのシネ・トラクトのような、安価な映画を作るという考えについて意気投合していた。ジャン＝ジョックも参加し、イギリスでひとつ、チェコスロバキアでひとつ映画を撮る企画もあった。ジャン＝リュックは大して気乗りしなかったけれど、ネジャールにある種の美しさがあるのは事実だった。精力的で休むことを知らず、いくらでも新しい冒険をやってのける行動力の持ち主で、ジャン＝リュックとは正反対だった。彼はジャン＝リュックみたいに毎日同じレストランに行くなんてありえなかったし、フランス料理なんてなおさらだった。ネジャールはニューヨーク滞在を最大限に利用して、さまざまな場所を訪れ、さまざまな人と知り合いになりたがった。彼のおかげで、私はようやくこの驚くべき都市を少しだけ知ることができ、そのことでジャン＝リュックはむくれていた。

到着してから三日目の夜、彼は、一緒にパーティーに行こうとジャン＝リュックを口説いた。きっとそこには若い映画人がいる。そういう人材と話をすることで、企画が豊かになるかもしれないと。誰が主催しているパーティーなのだろう？　彼にとってそんなことはどうでもいいようだった。

私たちは三人揃って、煙の立ち込める大きなアパートメントに到着した。そこには、さまざまな年齢、さまざまな国籍の人物が三十人ほどいた。誰も私たちを迎えにはこず、テーブルの上に飲物があるから適当にやってくれと言われた。ケーキは「ハシシ入り」だよと若い男が教えてくれた。マリファナが手から手へと回され、レコードプレイヤーからはブラジル音楽が大音量で流れていた。カップルで踊っている人もいれば、ひとりで踊っている人もいて、心地よさそうなソファあるいは床に直接座って、おしゃべりに興じている人たちもいた。

ネジャールは行き交う人々に握手を求め、行き当たりばったりに自己紹介を試み、会話の糸口をつかもうとしていた。彼は自分のグラスにウィスキーを注いだ。私はワインの入ったグラスを受け取った。ジャン＝リュックはと言えば、さっそく帰りたがっていた。長い白髪にヒッピー風の衣装をまとった中年の女性が、彼に例のケーキを一切れ差し出すと、彼は怒って言った。「帰ろう」。私は特に残りたいとも思わなかったけれど、彼に従いたくもなかった。「まあまあ」ネジャールが割って入った。「帰りたければ、ひとりで帰ればいいさ。でも、アンヌが楽しむのを邪魔しちゃいけない。オレはあと小一時間いるから、ホテルまで送ってくよ。任せとけ」

「楽しむ」？　それも悪くないわね。

私はもう一杯ワインを注ぎ、少し離れたところにあるソファに座ってみた。間近で観察するニューヨークの人々は興味深かった。どうやらそこには芸術家が集まっているようで、私は誰が何をしているのか想像して楽しんだ。アパートメントの内装は実に趣味がよく、壁には抽象画やデッサンや映画のポスターが飾られていて、中には、『甘い生活』や『勝手にしやがれ』もあった。ある男性が同じソファに座り、私をじっと見つめた。彼は私に微笑んだ。「あなたは『テオレマ』に出ていた女優さん?」彼がフランス語で言った。今度は私が彼を見つめた。三十ぐらいで、髪は褐色、どちらかと言えば美男で感じがよかった。彼の私に対するアプローチの仕方には敬意が感じられ、きちんと私に関心を持ってくれているようだった。私は誰かと知り合いになれることがうれしく、会話ができるのが心地よかった。

私たちは、イタリアという国やイタリア映画について共通する趣味を語った。彼は私に、今後映画に出演する予定はあるのかと訊いた。私は待ってましたとばかりに、ふたつあるわよと答えた。ひとつはパゾリーニ、もうひとつはベルトルッチ。ベルトルッチの名前を出すと、彼はにっこり笑った。「ベルナルドならよく知っているよ。大事な友人だ。おっと、自己紹介がまだだったね。僕はガトー・バルビエリだ。サクソフォーン奏者さ。ここはわが家なんだ」

その翌日は土曜日だった。ネジャールがジャン=リュックを説き伏せて、私たちは車をレンタルして、カナダはケベック州のモントリオールに赴くことにした。ちょうど政治映画のフェスティバルが行われることになっていたのだ。主催者たちがジャン＝リュックを招待してくれて、日曜日に行われる討論会にも参加することになった。飛行機で日帰りの短い往復をするよりは、ゆっくり景色を楽しみながら向かったらどうだろうということになった。ジャン＝リュックもそのアイデアに賛成した。

しかし、その土曜日の朝、ジャン＝リュックの機嫌は最悪だった。前日、パーティーから戻ると、私は陽気にこう言った。「電話番号をもらっていたガトー・バルビエリの家にたまたま、その電話番号を使わずに辿りついたのよ。なんて偶然かしら！　信じられないわ！」彼は怒り出してしまった。「だから嫌だったんだ。本当に君はひとりにしておけないな！　僕が背中を向けてるうちに、こうして誰かと出会っちまうんだから！」この言葉を皮切りに、嫉妬の発作が始まりそうだった。その兆しが感じられると、私は構うことなく眠ってしまうことにした。「バカね」私は彼に優しくそう言うと、幸せな眠りに落ちていった。

幸い、ひとたびニューヨークから離れると、ジャン＝リュックは気分を持ち直したようだった。スイスで過ごした少年時代から、彼は自然に対して深い愛を抱いていて、とりわけ冬と雪景色を好んでいた。私たちは森の中を突き進んでいったけれど、なかなか終わりが見えなかった。不意に派手な色で塗られた木造の家が現れることがあった。屋根から漂い出ている煙を見て、私たちは、この氷の砂漠のような場所に、人が暮らしているのだと思い出すのだった。というのも、ごく稀に車とすれ違うことをのぞけば、文明の痕跡はどこにも見当たらなかったからだ。「こんなにも見事に管理されている森があるんだ、それこそ人の仕業だろ?」ネジャールが言った。彼は猛スピードで、見事に運転をしてみせたので、私たちは楽しい気分になった。

時折、彼が私たちの求めに応じて車を停めると、私たちは道路に降り立ってみるのだった。ジャン＝リュックと私はそれぞれ、森の静寂に耳をそばだてた。それを乱すものと言えば、松の木々のあいだを抜けていく風の音だけだった。私たちは、涙が出るくらいに冷たい空気を大きく吸い、あまりの寒さに身を震わせながら、同じ感動に突き動かされていた。私もまた、自然に対する愛を共有していて、子供の頃には、彼と同じようにスイスの田舎で冬を過ごしたものだった。温かい車内に戻っても、私たちはそんな思い出に浸り、ネジャールのおしゃべりをほとんど聞いていなかった。「少なくとも二年間、私たちはお隣さんだったのよね。私が湖の片側に、あなたがもう片側にいて」私が言った。「でも、年齢はまるで違っていた」私を抱き寄せながら彼が言った。私たちは突然、互いが愛おしくなった。同時に同じ感情を抱くことができるのがうれしかった。

この幸せな気持ちはひと晩中続いた。私たちはケベック訛りのフランス語や暖房が強すぎるホテルや宿泊客の激しい往来にうまくなじめなかった。それは、森を走っていたときの静寂の時間とはあまりに対照的だった。ジャン゠リュックが出演しなければならない討論会は、翌日の午後、早い時間に予定されていて、帰りは夕方の飛行機の席が既に予約されていた。「夜更かしは禁物だぞ。明日の午前中は空いているから、その時間を利用して散歩に出かけよう」ネジャールがぴしゃりと言った。私たちは同意した。

モントリオールは、ニューヨークとは対照的な都市に思えた。私たちは町中を歩いて回った。通りはどこもぬかるみだらけで、溶けた雪の上を車が危なげに走行していたけれど、ジャン゠リュックは気分がよさそうだった。彼はこの都市の建築の多様性や住人たちの陽気さが気に入ったようだった。彼の気分の高まりは私にも伝染した。

しばらくして、やはりネジャールに引っ張られる形で私たちは少し町の外に出た。森の縁に、一面雪に覆われた大きな広場があった。そこでスノーモービルの貸し出しをしていた。それは、遊園地のバンパーカーを思わせる乗物で、その大きな広場で自由に乗り回せるのだった。私たちは二台借りることにした。一台はネジャール用、もう一台は私たち用。私が運転し、ジャン゠リュックは後ろに乗った。空は気持ちよく晴れ上がり、冬の太陽が平原を明るく照らしていた。そこには私たちしかいなかった。

人がいないのをいいことに、私たちはまるで子供のように楽しんだ。運転の仕方を知らない私は、その雪原が許す限りに速度をあげ、危険な運転をしてみせた。ネジャールと私は競争をした。時折、ジャン＝リュックが、私たちの速度を緩めようと、「ゆっくり！　もっとゆっくり！」と叫んだけれど、なんの効果もなかった。

その日の午前にネジャールが撮ったポラロイド写真が一枚残っている。私は、赤い髪を風になびかせ、当時よく着ていたフォックスファーのロングコートをまとい、片手でハンドルをギュッと握りしめ、うれしそうに笑っている。後ろでは、都会的なコートを着たジャン＝リュックが、いくらかひきつった笑みを浮かべている。それでも、その瞬間を楽しんでいるのがわかる。どんなに楽しんでいるのかが……。

車に戻ると、ジャン＝リュックが言った。「またこの国に来れるといいな。今度は撮影をしに」そして、私に向かって言った。「それだったら、君もいいだろう？　ここなら、居心地もいいし。どう？」

ネジャールが拍手をした。「だったら、君がペニーとリーコックとの映画を仕上げているあいだに、オレのほうで準備を進めておくよ。連絡できる人間を何人か探して、少しばかり金を見つけておくくらいなら、そんなに難しいことじゃないだろう。ケベックでやるべきことをやってやろうじゃないか！」

吹雪の中で

十二月半ば、私たちは再びケベックを訪れ、北に向かって車を走らせていた。ネジャールとジャン＝リュックと私に加えて、今回は極左的な立場で知られるカメラマンが加わった。もっとも、彼は寡黙で発言することはほとんどなかった。ひと月前スノーモービルをして楽しんだ朝に、思いつきで語られた計画が実現したのだった。今回撮ることになったのは、果敢なまでに政治的な映画で、ノランダという町の鉱夫たちの、激しいストライキを報告するものになるはずだった。ジャン＝リュックはカメラの前で彼らに発言させることで、彼らに奉仕したいと願っていた。私はテキストやビラを読む形で出演する可能性があったけれど、まだやるべきことははっきりとしていなかった。真冬に世界の果てでこんな冒険旅行をやってのけるという考えに、私はジャン＝リュックが期待していたほどには乗り気ではなかった。だからといって、彼をひとりで行かせるのは、私としても彼としてもありえなかった。彼を喜ばせてあげたいという気持ちもあった。彼は、パゾリーニやベルトルッチのことをしぶしぶ受け入れてくれていた。私も彼についていく努力をしてあげたかった。彼のそばにいる努力を。

ペニーとリーコックとの映画は、ニューヨークに戻ってしばらくしてから中止になった。ジャン＝リュックは、彼らが撮った映像をまったく見ていなかったのだけれど、ラッシュを確認して、それが彼の指示にまったく沿っていないとわかるや、撮影をやめる格好の言い訳にしてしまった。彼の元相棒たちは、まずは懇願しそれでもジャン＝リュックの意志が変えられないとわかると、脅迫まがいの言葉を投げつけた。しかし、彼は頑として話を聞こうとしなかった。やがて、彼らは仲違いしてしまった。

ネジャールとカメラマンは、ここ数時間、交替でハンドルを握っていた。飛行機を降りたとたん私たちを襲ったすさまじい寒さは、モントリオールから離れるにつれて、さらにその厳しさを増した。温度計はマイナス十二度を示していた。車の外では、雪で覆われた森に向かって風が吹き荒れていた。地面も木もかちかちに凍り、道路の両脇はスケートリンクと化していた。こうなると、車を停め、空気を吸い込み、静寂に耳を傾けるなどというのは、愚行以外の何ものでもなかった。灰色をして低く垂れこめた空は、この地域のただでさえひと気がなく陰鬱な様子をさらに色濃くさせていた。私の気持ちも、以前ニューヨーク―モントリオール間を旅行したときとは、まるで異なっていた。ジャン＝リュックはどう思っているのかしらと気になった。車の後部座席に寄り添って座ってはいたけれど、私たちはほとんどしゃべらなかった。気持ちは苦しくなる一方で、私は彼にそのことを理解してほしかった。そして、大丈夫だよと慰めてほしかった。

ノランダの町に到着したときには、すっかり夜になっていた。車の窓越しの町はまるで眠っているようだった。現地の大時計の針は十時を、温度計はマイナス二十五度を指していた。住民たちはとっくに自宅に引きこもり、よろい戸もカーテンも閉ざしていた。メインストリートを抜け、ネジャールは車をホテルの前に駐車した。「このあたりで唯一のホテルだ」彼が説明した。そして、向かいにあるカフェの看板を指さした。「あれが唯一のレストランだ。荷物を置いたら、行ってみよう。腹ペコで死にそうだ。君らは?」

カフェ兼レストランは人で溢れていたけれど、私たちのためにひとテーブル確保してくれてあった。まだ開いているのはこの席だけ。できるだけ自宅に帰る時間を遅らせたい孤独な人たちが集まってくるのだろう。鉱夫たちは皆、大声で話し、たくさんの酒を飲んでいた。まるでアメリカ西部さながらだった。つらい気持ちをなだめるために、私はこの考えにすがることにした。「まるで西部劇の世界ね」私はジャン＝リュックに言った。彼は私に微笑みかけ、手を握ってくれたけれど、何も言わなかった。

ジャン＝リュックが他のふたりと、翌日のことについてあれこれ話しているうちに、私は一足先にホテルの部屋に入った。屋外の凍えるような寒さと比べて屋内は暖房が効きすぎて暑いくらいだった。あまりの急激な気温差に、私はくらくらしてしまった。疲れのせいかもしれない。二重ガラスの向こう側では、雪が本降りになり始め、大通りに並んだ街灯が屋根の連なりをぼんやり照らしているのが見えた。

四方を木の壁で囲まれた部屋は小さいけれど快適で、ふたり用のベッドには厚い羽毛布団がかけられていた。テーブルがひとつと使い古した肘掛け椅子がふたつあった。スイスの山小屋というわけではなかったけれど、そうだと思い込んで心を慰めた。

ジャン＝リュックが部屋に着いて、ベッドにもぐりこんだ。彼も部屋が気に入ったようだった。明朝、組合のふたりの責任者と会えるよう、ネジャールが手配してくれたとのことだった。

「君は休んでいるといい。昼食のときにホテルの前まで迎えに来るよ。それから一緒に地元のテレビ局を訪問しよう」

「地元のテレビ局なんてあるの？」私はびっくりして言った。

「もちろんさ。一日に数時間だけ放送しているんだ。まさか本気で西部劇の世界に……」

彼は最後まで言い終えずに、眠ってしまった。

午前十一時頃、私は少しだけ外に出てみることにした。下着とセーターを何枚かずつ着込み、レッドフォックスのコートを羽織り、ウールの大きな帽子をかぶったにもかかわらず、私はすぐに引き返してしまった。雪は昨晩からやまず、時折突風が起き、気温はマイナス二十三度から上がらなかった。ホテルの従業員によれば、この天気はこの時期に特有のもので、春が訪れるまで外を散歩する人間などいないという話だった。春ですって？　春になったら、こんなところにいないわよ。撮影でイタリアに行っているの！　そう考えると、少し元気が出た。私は部屋に戻り、たくさん持ってきていたシムノンの小説の一冊を取り出した。

お昼時になると、ネジャールとカメラマンとジャン＝リュックが戻ってきた。彼らは午前中の打ち合わせに満足していた。特にジャン＝リュックは上機嫌だった。組合活動家たちは、一緒に仕事をすることに興味を持っているということだった。「やっと共同作業ができるぞ」ジャン＝リュックは何度も繰り返した。

ホテルを出るとあまりに風は冷たく、駆け足で車の中に避難した。窓ガラスの結露と吹雪のせいで、車内からは何も見えなかった。目的地にはすぐ到着し、私たちは最近できたばかりの建物の前で降りた。それが地元のテレビ局だった。いくつかのオフィスに立派な廊下、カフェテリアに「ビデオ機材が揃った」スタジオ。ジャン＝リュックは局内の様子をぐるりと見渡した。ディレクターを名乗る感じのいい男性が姿を現し、ようこそと私たちを歓迎してくれた。彼は私たちに自分の城を案内し、彼が担っている重責と、ジャン＝リュックとの共同作業に込めた思いについて、長々と語った。それから、彼らのあいだでいつ終わるとも知れない議論が始まったけれど、それは、私の耳を右から左へ抜けていってしまうのだった。

その晩、同じレストランの同じテーブルで夕食をとっていると、ジャン＝リュックは満足だと語った。昼過ぎの会合で、ディレクターと彼の意見は一致した。ジャン＝リュックは、ストライキ中の鉱夫たちの闘争と私生活を描く一連の四つの番組を撮ることになった。彼らのインタビューや議論やルポルタージュが加わることになるかもしれなかった。

翌日、ジャン＝リュックはテレビに生出演し自分の番組の告知をした。「私たちはもはや芸術家ではない」彼は歯切れよく言った。「革命を起こすための代弁者だ。これまでの慣例をぶち壊し、テレビを万人のためのものにするのだ」

最初の数日間、彼は次々に対談や討論会に参加した。撮影は彼が連れてきたカメラマンが行い、録音はケベック人の技術者が担当した。最初のうちは私もその場にいて、いくつかの証言に感動を覚えたものだった。しかし、すぐにうんざりしてしまった。一日中テレビ局のスタジオでジャン＝リュックを待ち、外出と言えば食事だけ。しかもいつも同じレストランだった。私は次第にふさいでいった。

すっかり打ちひしがれている私を写した写真がある。フロアの隅に座って、両肘を両膝につけ、うつむき、頭を手で覆っている。もはや使っていないペンタックスが吊り紐でぶら下がっている。まるで今にも泣きだしそうな少女といった様子だ。その姿にジャン＝リュックは心を動かされていた。「まるでこの世のすべての絶望を体現しているみたいだな！」彼は言った。そして、私を喜ばせようとして続けた。「外で撮影しよう。すてきな吹雪じゃないか。鉱夫たちのストを呼びかけたビラとブレヒトの詩を読んでくれ」しかし、突風と雪と寒さのせいで、私はすぐにただのひと言も発音できなくなってしまった。まるで痙攣でもしているように震え出し、こぼれ落ちる涙のせいで、手に持った紙切れすら見分けがつかないありさまだった。「カット！」ジャン＝リュックが叫んだ。三十分後、温かいスタジオに難を逃れ、熱いお茶を何杯か飲んだにもかかわらず、私はまだ震えていた。仕方なくホテルまで送ってもらった。

浴槽につかり、それから居心地のいい部屋で過ごして、私はようやくくつろぎを取り戻すことができた。こんなところにいるのはバカげたことだった。フランスに帰らなければならない。私は確実にそうだし、ジャン＝リュックだってそのはずだ。

結局私は何も言わなかったけれど、その後の数日間で、私が正しいことが証明された。ジャン＝リュックは、自分がしていることに自信が持てなくなっているようだった。彼は最初の頃の熱意を失い、陰鬱になっていき自分の殻に閉じこもった。夜になると、ようやく私たちは和解するのだった。肉体的な快楽が、それ以外のすべてを忘れさせてくれた。

ネジャールがその地を去ろうとしていた。何もせずに無為に過ごすには、彼にはバイタリティがありすぎた。他になすべき企画がパリで彼を待っていた。夕食のとき、彼は帰れる喜びを隠しきれずにいた。そしてジャン＝リュックと地域テレビ局が一緒に仕事を続けていくには、心配な要素がいくつかあると述べた。ジャン＝リュックが反論することはなかった。

部屋に戻って窓の外を眺めると、既に吹雪はやみ、厚い雪が屋根という屋根を覆っていた。空には満天の星とまもなく満月になろうという月がかかり、あたりの風景全体を明るく照らしていた。

「まるでクリスマスのポストカードみたいだな」ジャン＝リュックがつぶやいた。

彼は私のほうを振り向いた。私は着替えをしているところだった。

「その格好でいると、かわいいね」彼が続けて言った。「動かないで。もっとよく見せて」

私は、ちょっと驚きつつも、彼の言う通りにした。パンティーとプチバトーというブランドのタンクトップしか身に着けていなかった。

「雪に覆われた屋根の上を優雅に歩く君の姿を撮れたらいいのに。白銀の世界に君の下着、素足に素肌を露わにした腕。まるで……」

「とうとうおかしくなっちゃったのね！」

そう言い放つと私は口ごもり、続く言葉を探した。何もかも彼に言ってしまおうとした。こんな北国うんざりよ。こんな隠居生活、もう嫌。パリに帰りたいの、と。しかし、それより先に彼が言った。

「帰ろう」

離れ離れに

私たちは泥棒のように立ち去った。この逃亡劇を指すのに、それ以上ぴったりな言葉はなかった。私たちの相談を受けたネジャールが、すぐさますべてを手配してくれて、二十四時間後には三人ともパリのオルリー空港に到着しようとしていた。私たちは三人とも言葉少なだった。ジャン＝リュックは悲痛な面持ちで、悔恨の念にさいなまれているようだった。ノランダの地元テレビ局との「共同作業」を、誰にも知らせずに放り出してしまったのだ。ネジャールはこれから行われる撮影のことで頭がいっぱいだった。私はと言えば、ほとんどの時間眠っていた。

年の瀬が近づいてきていた。ジャン＝リュックも私も、「年末休暇」と呼ばれるこの時期が好きではなかった。イギリスでの撮影に向けて、彼はジャン＝ジョックと忙しく立ち働いていた。私はその撮影には参加しないことになっていた。ジャン＝リュックは、今後、彼が撮る映画に関して、自分の名前だけをクレジットするのをやめ、ジガ・ヴェルトフ集団という名前を使おうと決めた。ふたりの人間からなる集団だなんて、私は冗談か、一時の気まぐれかとばかり思っていた。だが、それは私の間違いだった。「今後は君のことをジャン＝リュック・元ゴダールと呼ばなきゃならないのか？」久しぶりに会ったミシェル・クルノが訊いた。私たちが会う機会はめっきり少なくなってしまっていた。「そいつは名案だな」ジャン＝リュックが悪意のある調子で答えた。彼がミシェルから離れてしまったことをまざまざと見せつけられたようで、私はとてもつらかった。

パレスチナ人の主義主張を間近で知るのだと、彼はシャルルとヨルダン旅行を検討していた。また、彼の求めに応じて、私は彼と一緒にダニー・コーン＝ベンディットに会いに、フランクフルトを訪れた。彼らは一緒に「政治的西部劇」を撮る計画を立てていたのだけれど、双方があまりにたくさんしゃべり、どんどん話題が移ろうので、この対話からはほとんど何も生まれなかった。ふたりはきちんと相手の話を聞いておらず、お互いに心から好意を抱いているということを除けば、共通点などまるでないような気がした。ダニーに感銘を受け、私が口をつぐんだのも束の間、その数秒後には大笑いしてしまいそうになるのだった。それくらい、彼らの会話は珍妙だったし、片方の陽気さともう一方の深刻さの対比が際立っていた。

北の地への冒険旅行の顛末と、マイナス二十五度の極寒のなか、雪で覆われた屋根の上で、ジャン＝リュックが私を真っ裸にして撮影しようとしたという話をすると、ロジエとバンバンは大喜びだった。ところが、当のジャン＝リュックは悔やんでいた。彼は、この失敗とペニーとリーコックとの映画が頓挫してしまったことを個人的な失態と認め、集団作業をうまくやってのけられることを、一刻も早く証明しようとしていた。

トゥルノン通りでのある夕食のときに、ロジエは私たちに、若きジョルジュ・サンドの横顔をとらえたドラクロワの素描の複製を見せてくれた。「アンヌにそっくりなのよ」彼女は言った。しばらくして、彼女はこっそりと、ジョルジュ・サンドについての映画を撮りたいと思っていることと、私にその役を演じてほしいと思っていることを語った。「まだ手探り段階で、本当にできるかどうかはわからないんだけど、興味ある？」私は飛び跳ねた。大好きなこの女性の役に私を考えてくれたことが誇らしかった。でも、ジャン＝リュックにはそのことを言わなかった。漠然とだけど、彼はロジエが映画界に打って出ることを認めず、断念させようとするのではないかという気がしたのだ。一九六九年は、この新しい企画の誕生と、ベルナルドが「僕らの映画」のことで頻繁にかけてくる電話で幕を開けた。この年が、すばらしいものになってくれたらと、私は願った。

その年が本当の意味で始まったのは、二月になってから、イタリアのパドヴァでだった。『豚小屋』の撮影が十日ほどにわたって行われることになっていた。

ピエル・パオロ・パゾリーニは、はっきりと異なる二部構成の映画を思い描いていた。第一部の主演はピエール・クレマンティで、エトナ山で行われた撮影は既に終わっていた。第二部の出演者には、ジャン＝ピエール・レオと私以外に、スペインの女優マルガリータ・ロサーノと、ウーゴ・トニャッツィ、映画監督でもあるマルコ・フェレーリがいた。技術チームは少人数で、寒さがあまりにも厳しかったこともあって、私たちは大急ぎで仕事をした。

私はとても幸せで、パゾリーニも同じだった。その撮影が私たちの深い友情の始まりになった。気の早い話だけれど、彼はその先も私と一緒に作品を撮りたいと言ってくれた。彼は、ニネット・ダヴォリやチッティ兄弟のように、仲のいいスタッフに囲まれていることを特に好んでいた。

一方、ジャン＝リュックはイギリスで、ジャン＝ジョックとともに『ブリティッシュ・サウンズ』と呼ばれることになる映画を撮影していた。私たちは毎日電話で話していたけれど、彼は私が彼のことを忘れてやしないかと気をもんでいた。私はできる限りの誠意を込めて、そんなことはない、と彼をなだめた。でも、実を言うと、彼がいなくて寂しいという気持ちはそれほどなかった。それだけその撮影現場の居心地がよかったのだ。撮影チームの思いやりと敬意のある行動のおかげで、私は再び生きていることを実感し、女優でやっていきたいという気持ちを強くした。

パゾリーニ以外にもある映画監督が私に興味を示してくれた。それは『豚小屋』にも出演したパゾリーニの友人のマルコ・フェレーリだった。いつしか、彼が私から目を離せずにいるのを感じていた。彼の映画は一本も観たことがなかったけれど、悪い気はしなかった。私の目には、まずはちょっと変人に、そのうち気味が悪く映ることもあったけれど、その知性や視線の鋭さが魅力的でもあった。イタリア語の訛りが強かったものの、彼は見事なフランス語を話した。『豚小屋』撮影の最終日、彼は自身の次の映画で、私にある役を演じてほしいと提案した。撮影は春にトスカーナで行われるのだという。その物語は、核による破滅後の世界を生き残ったある夫婦のことを描き、マルチェロ・マストロヤンニとアニー・ジラルドが出演するとのことだった。人類がほぼ死滅した世界で私が演じるのはある種の使者で、生き残ったわずかな人類に繁殖することを説得する。ぼんやりした話だったけれど、魅力はあった。

ジャン＝リュックとジャン＝ジョックがパリに帰ってくるのは四日後で、私は残りの数日をローマで過ごすことにした。雨は氷のように冷たく、冬の街は陰鬱な様子をしていたけれど、ベルナルドやパオラ、ジャンニ会えるのはうれしいことだった。撮影の開始こそはっきりとしていなかったけれど、小説の翻案は順調に進んでいた。

私たちがカフェ〝ロサーティ〟に入ろうとしていると、見知らぬ男たちが私に近づいてきた。そして、その中のひとりが自己紹介を始めた。「演劇と映画に革命を起こす著名な芸術家カルメロ・ベーネ」だと、彼につき従っていた若い男性がフランス語に通訳してくれた。彼がつけ加えて言うことには、カルメロは、私が彼の次の映画に出演することを望んでいるということだった。撮影は三週間後に始まり、映画はふたつの物語から構成される。私の出演が期待されているのは、「スザンナと長老たち」を映画化するパートだった。私はスザンナを演じ、一糸まとわぬ姿で好色な長老たちに取り囲まれなければならなかった。

突然の申し出に一瞬固まってしまったけれど、私は彼に裸での撮影に応じることはできないときっぱり断った。彼がそれでも粘ると、その場に一緒にいて、それまでひと言もしゃべらなかったベルナルドが仲裁に入った。「もう僕らに構わないでくれ。彼女がダメだと言ってるんだから、ダメなんだよ」このふたりの男は、挨拶すら交わさなかった。明らかにそりが合わないようだった。カルメロ・ベーネが攻撃的な様子を示すと、ベルナルドは私をカフェの中に引っ張っていった。「あいつを天才だと言う連中もいるが、実のところは酒びたりの乱暴な狂人さ。あんなやつ、無視したほうがいい」

一時間後、途中合流したモラヴィアと一緒に〝ロサーティ〟を出ようとしていると、一度は私たちのもとを去ったカルメロ・べーネが、再び戻ってきた。私と一緒にいるふたりをわざと無視しながら、彼は、威厳たっぷりに私に話しかけた。例によって通訳が彼の言葉を訳して伝えてくれたけれど、あまりに早口なので、ついていくのが大変そうだった。

「妻に電話をした。君と役を交換してもいいと言っている。スザンナは妻が演じるから、君はマノン・レスコーを演じればいい。もうひとつのパートの主役だ。車の墓場に火がつけられ、そこでマノンとデ・グリュー騎士が自殺するという話だ。デ・グリューは私が演じる。つまり、監督兼主演俳優だ」

「ダメだと言ったじゃないか」再びベルナルドが仲裁に入った。

カルメロ・べーネは彼に侮蔑の視線を送った。

「君がこのお上品なインテリ連中と時間を無駄にしているあいだに、君のエージェントに連絡したよ。明日パリに帰るそうだな。君の電話番号は私の手中にある。二日間考える時間を与えよう」

彼は私の手を握った。

「もうひとつ。些末な話をつけ加えておこう。君は頭のてっぺんからつま先まで服を着込んでくれて構わない。その毛皮のコートの下に着込んだピンク色のウールのワンピースはすてきだな。それを君の衣装にしよう」

こう言うと彼はポポロ広場の雑踏に紛れていった。ウォッカの匂いをぷんぷんさせていたけれど、彼は美男ですさまじいエネルギーを発散していた。その自信と落ち着きと世界全体を敵に回していると言わんばかりの侮蔑的言動に私はたじろいだけれど、強く魅了されたのも事実だった。

「まさか受けないよな?」ベルナルドが、不安げに訊いた。

「まさか受けないよな?」翌日の夜、まるでこだまのように、ジャン=リュックが訊いた。数時間前にオルリー空港まで迎えに来てくれたのだった。「ローマになんか行かずに、イギリスに来て、僕らに合流してくれたらよかったんだ」彼はまくしたてた。「知ってるじゃない。私が英語を話せないの」この欺瞞に満ちた言葉を聞いて、彼は微笑み、それから私を抱き寄せた。「寂しかったよ!」「私だって!」やれやれ、これで仲直りね! それでも、慎重を期して、私はすぐにはマルコ・フェレーリとカルメロ・ベーネのことは話さず、先に、パゾリーニが極右の学生たちでいっぱいの講堂にたったひとりで立ち、リンチそこのけの雰囲気の中で彼らと対峙したエピソードを語った。彼に同行したチッティ兄弟と私は、彼のことが心配で仕方なかったけれど、彼のほうは一瞬たりと怖れていなかった。「彼の勇気には感心するばかりだな……」ジャン＝リュックが夢見心地で認めた。ジャン＝ジョックとの撮影については大した話が出なかった。

アパルトマンに戻ると、私は彼がいくつか電話をかけるのを待ち、私自身も電話をかけた。彼は、ロジエとバンバンと一緒に〝ル・バルザール〟で夕食をすることに同意した。いよいよ彼らに合流しようというときになって、私はついに例の話題を切り出した。

私はまずマルコ・フェレーリの提案から始めた。「ほんの端役なの。ちょっと出演するだけ」彼はいらだたしげに顔をしかめ返事をしようとしたけれど、私はその隙を与えずにカルメロ・ベーネの話を畳みかけた。

そして、「まさか受けないよな？」彼は言った。

続いてパニックの始まりを告げる次の言葉が発せられた。

「いったいどうやってそいつと出会ったんだ？」

私は彼に説明して聞かせた。私が裸になることをすぐさま断固として拒否したと言うと、彼は少しほっとしたようだった。パリで猛威をふるっていた強烈な寒さにもかかわらず、私たちはブラッスリーの前の歩道に立ち止り、どうすべきか相談した。彼の望みが、私が提案を断り彼のそばにいることだというのは、明らかだった。しかし、一九六八年の五月がもたらした自由を尊ぶ気風のせいで、彼はそのことを要求しかねていた。

「君の自由だ」彼は歯切れ悪く言った。

同意してくれたことにほっとして、幸せな気持ちに包まれ熱烈に抱きしめると、彼は続けて言った。

「カルメロ・ベーネが孤高の芸術家だというのは認めざるをえないな。彼の映画は、そこらへんにありふれているものとは、まったく違う。彼は言語を探究しているんだ。ペーザロだったか、イタリアのあるフェスティバルで、おそらくは彼の最初の長編映画『トルコ人のノートルダム』を観たが、とても奇妙で興味深かった。クルノが一緒だったが、天才だとすら言っていたよ。熱狂的な批評まで書いていたっけ」

翌朝、ベッドで、ジャン＝リュックが淹れてくれたネスカフェのおかわりを飲んでいると、電話が鳴った。書斎で彼が電話を取り、横柄に私に呼びかけた。

「フェレーリだ。君にだよ」

私は内線を取った。すぐにジャン＝リュックが受話器を置いていないことに気づいた。いいわ。

会話を聞かれたって構うもんですか！

マルコ・フェレーリは映画の視点を変えていた。彼は、生き残りの夫婦について若い役者が演じたほうが感動的になるだろうと考え、私を主役にしたいと言ってきた。相手役はまだ決まっておらず、アニー・ジラルドが使者役を演じることになるだろうとのことだった。彼の「マルチェロ」は、出演しないことになった。「君のためにシノプシスを書いたんだ。夕方には届くはずだ。それを読んでもらったらよくわかると思う。明日また電話をするよ。撮影は四月の半ばにスタートして六月に終わる予定だ。チャオ」

私は茫然としていた。私のところにやってきたジャン＝リュックは私よりもっと茫然としていた。

「まさか二カ月も姿を消すつもりじゃないだろうな？」

私がどう答えたらいいかわからずにいると、さらに続けた。

「そんなに長く僕を見捨てたりしないよな？　君がイタリアで、僕がチェコスロバキア……。そんなのバカげてる！」

彼は私をきつく抱きしめた。私は完全に矛盾した感情の虜となっていた。主役に選ばれたのはうれしいけれど、相次ぐ提案を前にめまいを覚え、私にできるかしらと不安になり、そして何よりジャン＝リュックと別れ彼から離れたところで、彼なしで過ごせるかしらと心配だった。

くだんの郵便物は、その日の夕方に到着した。私たちはふたり揃って五ページにも及ぶシノプシスに目を通した。最後まで読み終えるとジャン＝リュックは爆笑した。私は怒りに震え、辱めを受けた気持ちになって、うなだれた。物語そのものは、マルコ・フェレーリが電話で語った通りだったけれど、一カ所新たな要素が加わったせいで、すべてがひっくり返ってしまった。私が演じることになる若い女性は、映画の四分の三を裸で過ごすことになっていた。

「これで問題解決だな」ジャン＝リュックがうれしそうに言った。「もちろん断るんだろ？」

「もちろんよ」

ぴしゃりと答えたものの、失望を隠すことはできなかった。シノプシスの最後には、翌日の朝に電話をするから返事を聞かせてくれと書き添えられていた。もうマルコ・フェレーリとは話をしたくなかった。私はジャン＝リュックのほうを向いて言った。

「私の代わりに返事をしてくれない？　ふたりの意見として、出演しないと答えてほしいの」

「喜んで！　それにしても、なんだってみんな揃って、人の妻を裸にしようとするんだろうな？　みだらな映画人どもめ！」

フェレーリが電話してきたとき、私はジャン＝リュックの横でイヤホンを耳にしていた。ジャン＝リュックはあからさまに楽しんでいた。彼は喜劇役者そこのけの演技で、とても丁寧な、礼儀作法のお手本のような対応をし、「申し訳ないが、妻がどうしても裸は無理だと言ってね」と告げた。彼は対話相手に向かって最大限の敬意を払っているふりをしたけれど、そこはフェレーリも老獪なもので、すぐには引き下がらなかった。彼はジャン＝リュックと同じ調子で切り返してみせ、簡単にはあきらめられないから解決策を考えてみると言った。「すまないね。どうしたらいいか、僕には本当にわからなくて」ジャン＝リュックが言った。彼らは最後に慇懃なやりとりを応酬して電話を切った。「やれやれ、いい厄介払いができたな！」これが彼の唯一の感想だった。そして、彼は私を置いて、ボザールで行われる会合に出かけていった。自分の仕事ぶりに満足し、他のことで頭をいっぱいにしながら。

私は物思いにふけった。フェレーリは解決策を見つけると言っていた。妙な話だけれど、私はそうなるだろうと信じていた。

私は間違っていなかった。

二日後、彼は再び電話をよこし、ジャン＝リュックと直接話した。彼は前回のジャン＝リュックと同じくらいの過度の慇懃さで話を始めた。今回ゲームを支配していたのは、彼のほうだった。

私が演じる若い女性は服を着て、衣装を絶えず替えることにするというのだ。砂浜に打ち上げられた夫婦は、うち捨てられた家屋を見つける。その中には、美しい女性用の服がたくさん入ったトランクがあって、若い女性はそれを嬉々として身に着ける。一方、夫のほうは裸で、完全な野生状態で生きることを選ぶ。

ジャン＝リュックはすっかり面食らってしまい、いつもの即興のセンスを失ってしまっていた。

「妻と相談してみるよ」どうにかそう言うと、彼は電話を切った。それから、私のほうを向いて、言った。「参ったな。まさか受けないよな？」

私の仕事

結局、私はフェレーリのオファーを受けることにした。

簡単なことではなかった。

ダメだと頭ごなしに禁止することができないジャン＝リュックは、あらゆる手段を用いて私を思いとどまらせようとした。しかも、私たちの友人の何人かが、頼まれたわけでもないのに彼の肩を持つのだった。かくして、モンパルナス大通りのあるカフェで、たまたま出会ったジャン＝ピエール・レオは、鼻息荒く私に言った。「これまであんなにすばらしい映画に出演してきたのに、マルコ・フェレーリの映画に出るなんて、自分の価値を落とす気か！」その頃、彼の映画の趣味はかなり偏っていて、特定の映画監督以外は全てを否定していた。私が弁解しようとすると、こう言った。「撮影の合間に、君が死んだらどうする気だ？　その映画に出ている君の写真が遺影になるんだぜ。恥さらしもいいところじゃないか！」

サン＝ジャック通りのわが家では、緊張が高まっていた。ジャン＝リュックは『ブリティッシュ・サウンズ』のモンタージュ作業をする場所と家のあいだを、頻繁に行ったり来たりしていた。私は常に家で待ちくたびれていた。そして彼から遠く離れた場所に行くことがどれほど怖いか、彼に打ち明けられずにいた。そんなことをしたら、つけ込まれてしまいそうだった。ある会話の流れで、彼が銀行からローンが多すぎるとがめられていることを知った。私はここぞとばかりに、私がイタリアでお金を稼いでくればいいじゃないと言ってやった。のんきにも、私は、私たちが少しでも別々の仕事をすれば、私たちの絆はそれだけ強くなると思っていた。それに私が少しでも独立して自由になれたほうが健全だ。その場にいたジャン＝ジョックも私に賛成してくれた。同時に彼は、私がジガ・ヴェルトフ集団の一員として彼らについてチェコスロバキアに行くのではなく、トスカーナで映画撮影に臨むことに驚いていた。彼は今では新たな確信を抱いていて、高校生たちの運動が規模を拡大し、いくつもの工場で政治的な騒動が起こる兆しがあると、私に長々と説明して聞かせた。そして私に社会参加の意識がないことを批判した。「人生は映画だけじゃないぜ。少しは周りを見てごらんよ」

私がローマに出発する少し前、ロジエが私たちをクルノと一緒に夕食に招いてくれた。私たちが五人一緒に集まるのは久しぶりで、とてもうれしかった。ジャン＝リュックは、どっちつかずの態度だった。「君がそうしたいって言うなら……」彼は、私たちの話をぼんやりとしか聞いていないようだった。

しゃべったのは、もっぱらロジエだった。彼女はむりやり上機嫌を装っているふうで、その話題は次々に飛躍した。私は彼女に、カルメロ・べーネが、私が着ていたピンク色のウールのワンピースを衣装に採用したいと言ったのよと伝えた。その服は、彼女が私のために作ってくれたものだった。すると彼女はそれは「光栄ね」と言った。彼女は、スタンリー・ドーネンの映画で、オードリー・ヘプバーンに衣装を提供したこともあるのよと教えてくれた。それは、ジャン＝リュックも私も観ていて、ふたりとも気に入っていた『いつも2人で』だった。

食事を終えテーブルでぐずぐずしていると、ロジエが私のイタリアでのふたつの撮影と、ジャン＝ジョックとジャン＝リュックのチェコスロバキアでの撮影のことを話題にした。ロジエはよく会話を活気付けようとして、ヘマをしてしまうことがあった。そんなときは、後からバンバンが厳しく注意するのだった。案の定ロジエは、ジャン＝リュックと私にこう訊ねた。

「今までそんなに長く離れ離れになったことがなかったわね。不安じゃない？　つらくないの？」

「つらいさ」それまで以上に表情をくもらせながら、ジャン＝リュックが答えた。

「つらいわよ」私が同じセリフを繰り返した。

突然、それまで何も言わなかったクルノが、私のほうを向いて言った。

「カルメロ・ベーネと一週間仕事をするのはいいさ。彼は天才だからね。だが、パゾリーニとフェレーリは時間の無駄だ。納得がいかんね」

ロジエが怒って会話に割り込んだ。

「アンヌが仕事をするのはいいことじゃない。他に何をしろっていうの？」

「ジャン＝リュック・元ゴダールのそばにいて、チェコスロバキアでもどこへでも行けばいいんだよ。夫を愛する妻の居場所は、夫のそばにあるのさ。さもなきゃ、どんなことが起こるかわかったもんじゃない」

みんなびっくりして、その場が静まり返った。ロジエが本気で怒り、沈黙を破った。

「まるで反動野郎の言いぐさね！」

「そうだ、クルノは反動だ！」

ジャン＝リュックが断固とした調子で発言した。まるで往時の元気を取り戻したみたいだった。それから彼は、あらゆる女性の自由と平等を擁護する演説をぶった。手始めに自分の妻だ。仕事でも恋愛でも好きにしたらいい。ロジエは賛成したけれど、バンバンが愚痴をこぼし出した。背中が痛い、横にならなければならないと。

「くだらん、バカげてる」時折、クルノがぶつくさ言った。

ジャン＝リュックは五月以来流行りのさまざまな思想を全部混ぜながら、演説を続けた。その様子は、まるで小学校の先生だった。彼は私たちに、完全なる革命闘士のレッスンを復習させようとしていた。彼の見るからに本気な様子に、私は少し同情した。彼の信念がいかに強くても、日常生活の中で私がそれに適応できるのか、自信がなかった。自分をどれほど信じていいのか、わからなかった。

ジャン＝リュック

その日の撮影の終了時間がやってきた。撮影の開始と同じように、いつの間にか、のんびりと。道具方のスタッフたちが、機材を家屋の中にしまった。その家屋は室内シーンのほとんどを撮影するセットも兼ねていた。私は二階の化粧部屋にあがり、一刻も早くファンデーションとマスカラとルージュを落とそうとした。それを見て、メーキャップ係のキコが残念がっていた。彼は毎朝、寝ぼけまなこで現場に到着し、彼の言葉を信じるなら、およそ女らしさのない私を「とても女性的で、欲望をそそる」ヒロインに仕立てようと、楽しんで仕事に当たっていた。彼は私の化粧っ気のなさを愛情たっぷりに非難していた。監督のマルコ・フェレーリも彼と同意見で、私が身に着けるたくさんの衣装に、異常なまでに注意を払っていた。私が持ってきた衣装はもちろん、衣装係のリナ・タヴィアーニが見つけてきた衣装についても、特にそうだった。ふたりはちょうど、翌日の撮影には、ピンク色のニットのロングドレスを着るべきだと、意見の一致を見たところだった。それは、ロジエが私のためにデザインしてくれたもので、私はそれを、数週間前、カルメロ・ベーネの映画の撮影のときにも身に着けていた。

『人間の種』と題されることになったフェレーリの作品の撮影は四月半ばに始まった。その日は、祝日で、翌日の五月一日は週末に当たっていた。撮影は万事順調に進んでいた。私たちは皆、ある快適なホテルに宿泊し、ひと気のない巨大な砂浜とそこに建っている唯一の家屋で撮影に臨んでいた。マルコ・フェレーリは作業計画を守らず、自分の気分とキャストやスタッフから受けたインスピレーションに応じて、始終即興の演出ばかりしていた。これまで私が関わった映画では、監督の指導に従うだけで事足りた。私は監督を信頼し、彼の言うことを聞いて、しなやかに演じればよかった。映画がどの方向に向かっているかわからなかったとしても、監督が知っているはずだった。

ホテルに向かう車の中で、マルコ・フェレーリは、彼がどうしても下の名前で呼ぼうとせず、「君の旦那」とか「ゴダール」と呼んでいる男の様子を私に訊いた。その男が週末に私たちに合流するか否かが問題になっていたのだった。来ることに決まったのかい、と。ここ二日間一本の電話もないことを伝えると、マルコ・フェレーリは、イタリアとチェコスロバキアはあまり関係がよくないからねと言い、別の話題に移っていった。「よくあることさ。心配要らないよ」

心配は特にしていなかった。少なくともそのときはまだ。ジャン＝リュックは、深夜にしか連絡してこなかった。おそらくホテルに着いたら、書面でメッセージが届いていることだろう。

ところが、手紙も電報も届いていなかった。映画のスタッフは皆、夕食前にシャワーを浴びにそれぞれの部屋に戻っていった。

私は、マルコ・フェレーリとリナ・タヴィアーニ、撮影監督のマリオ・ヴルピアーニ、助監督のジョヤと、楽しい夕べを過ごした。ジョヤは私と同じ年頃で、とても気が合った。年長者たちは愛情を込めて、私たちのことを「おてんばふたり組」と呼んだものだった。彼女はきれいで、仕事ができて、楽しむことに貪欲だった。なんでもないことで大笑いして、ごく稀に私の気分がふさぐことがあれば、私は彼女のもとに向かうのだった。私が十七歳も年上の有名人と結婚していることを知ると、彼女はとても面白がった。「年寄り過ぎない？」ふたりでキャンティを開けているときに、彼女が訊いた。「そんなことないわよ」「同年代の男に惹かれたりしないの？」「しないわ」最後の一杯を飲みながら、彼女は自分の人生設計を聞かせてくれた。「三十までは、好きなように、好きなときに、自由気ままに恋をするの。母親たちの世代にはできなかったことね……。そのあとは、結婚して、子供を産んで、普通の家庭を築きたいけど」一九六八年の五月は、多くの若者たちの心に、こうした欲求を刻みつけた。一年後には、それはもはやほとんど常套句になっていた。自由を強く求めるための見習い期間は、初の出演作であるロベール・ブレッソンの『バルタザールどこへ行く』の撮影のときに始まったのだ、と私は彼女に説明しようとした。ジャン＝リュックとの結婚と一九六八年五月のさまざまな出来事は、その確信を強めただけだった。私は自由になりたかったのだ。

眠りについてしばらく経ってから電話が鳴り、私は目を覚ました。ジャン＝リュックだった。彼は差し迫った声で、どうしてこんなに帰りが遅かったのか、いったい何をしていたのか、誰といたのかと訊いた。息遣いが荒く声も小さかったので、私にはその矢継ぎ早の質問が全部はわからなかった。すると彼は、明日の夕方に私のホテルに着くから、「じっくり話し合おう」と言った。それから、私が眠っている最中だったことを察して、彼は電話を切った。

翌日、私がマルコ・フェレーリと彼のチームと一緒に現場からホテルに戻ると、ホテルのドアマンが、旦那様が到着されてお部屋でお待ちですと教えてくれた。「よかったら僕らのテーブルで一緒に食事をしようと伝えてくれ。もっとも、夫婦水入らずのほうがいいって言うんなら、僕らはいい子にしているよ」いたずらっぽい微笑を浮かべて、マルコ・フェレーリが言った。彼にはどこかいつも人をからかっているような印象があった。

ひと目見ただけで、ジャン＝リュックの機嫌が悪いことはわかった。そのたたずまいは悲劇的とさえ言ってよさそうだった。無精ヒゲを生やし、顔色も悪く、服はしわくちゃだった。まるで浮浪者のように数日間風呂にも入らず、眠ってもいないようだった。部屋にはボヤール・マイスの匂いが充満していて、私は大急ぎで、庭に面したフランス窓を全開にした。

「いったい、どうしたの？」

彼は返事をせず、まるで私のせいで怒っているのだと言わんばかりに、敵意のこもった眼差しで私を見つめるばかりだった。

「私にふくれ面を見せるためにわざわざ来たの？　私が何かした？」

私はあやうく「こんなひどい扱いを受けるなんて」と付け加えてしまいそうになった。日中の仕事は創造性に溢れていた。私はマルコ・フェレーリに、彼が要求した以上のことを提案しさえした。まるで、ジャン＝リュックに会えるうれしさが、私を駆り立てているみたいだったのに。

彼は相変わらず黙ったままだった。私はようやく彼が苦しんでいることに気づいた。どうやら、私に関係があるらしかった。

「どうしたの？」

私は声を和らげた。隣に座り、彼を優しく抱きしめた。彼の目に、ヒゲを剃っていない頬に、唇にキスをした。

「ねぇ、どうしたの？」

体の緊張がやっと解け、彼はようやく私に答えた。「どうしたも何も……」三日間、毎晩、私の部屋に電話をかけたのだけれど、そのたびにドアマンが、私はいないと返事をしたのだと彼は言った。

「それだけのこと？」

一緒に暮らすなかで私は、彼の暗い側面に気づいていた。突如として、なんでもないことに、嫉妬することがあった。その度にバカバカしいことであることが明らかになり、私は申し開きをし、「私の無実を証明する」説明がなされると、すべてが元通りに収まるのだった。私は、今回もまた同じだと思っていた。私は毎晩、自分の部屋でおとなしくしていたと誓った。ドアマンを尋問してみたらいいし、捜査を行い、なんなら告訴でもすればいいと提案した。でも、まずは夕食を食べに行きましょう。それから、この数週間、私たちがそれぞれ何をしていたのか、報告し合いましょう。

「ほら、シャワーを浴びて、ヒゲを剃って、着替えて！」

こんなみっともない格好の彼を、イタリア人の友人たちにはとても見せられなかった。ジョヤにどう思われるかしら？

夕食時の会話は、まるで弾まなかった。ジャン＝リュックは私の話をほとんど聞いておらず、チェコスロバキアで撮影中の映画についても、ほとんど何も語らなかった。当時、その映画はまだ『プラウダ（真実）』とは呼ばれていなかった。数メートル離れた場所では、マルコ・フェレーリのテーブルが陽気な盛り上がりを見せていた。それぞれ、その祝日の週末をどんなふうに過ごす予定か語り合っていた。島めぐりをするという者もいれば、近郊にピクニックに行くという者もいた。ジャン＝リュックは彼らの挨拶を無視していたけれど、幸い、そのことに腹を立てている者はいないようだった。

部屋に戻ると、さらにひどかった。思い込みの虜となったジャン＝リュックは、再び、ここ数晩、私が何をしていたのか問いただした。彼は、ドアマンが三日続けて思い違いをするなどということはありえない、したがって私が嘘をついているのだと主張した。なるほど、近隣のディスコで楽しんでいただけなのかもしれない。しかし、問題は誰と一緒だったかだった。本当のことを言って、自分をなだめることだってできるはずなのに、いったいどうして、かたくなに否定し続けるのか？　私が部屋から出なかったと誓えば誓うほど、疑惑は確信に変わっていくようだった。私にやましいところがあるから、かたくなに認めようとしないのだと彼は、ただただ決めつけた。最初のうちこそ我慢していたけれど、私は次第にいらだち、攻撃的になり、意地悪になっていった。私が何を言ったところで、私が感じていることなど、彼にとってはなんの意味もなかったのだ。彼は、彼の言うところの「私の告白」を引き出すために、必要なだけ私を見張ると決めていた。

何をもってしても彼の思い込みを晴らすことができず、彼も私もくたくたなのに、この場所で共に夜を過ごさなければならないことがはっきりすると、私は彼の目の前で、イメノクタルの錠剤を二錠飲み込んだ。

目を覚ますと、太陽の光が部屋を照らしていた。開け放したままだったフランス窓の外からは、楽しげな物音があちこちから聞こえてきていた。庭から聞こえてくる会話の切れ端、子供たちの笑い声や甲高い声、その年、イタリアのラジオでひっきりなしにかかっていたアドリアーノ・チェレンターノの「アズーロ」という歌。時計は十二時を指していた。そろそろ起きる時間だった。私は服を着たまま私の隣で眠っていたジャン＝リュックを揺すった。

何度も、次第に激しく揺すった。やがて、ナイトテーブルに置いてあったイメノクタルの箱が空っぽになっていることに気づいた。

私はすべてを察し、慄然として数秒間彼を見つめた。死んでいる？　生きているの？　呼吸はしているようだった。しかし、あまりに浅く確証はなかった。とにかく行動を起こし、できるだけ早く助けを求めなければならなかった。

廊下に飛び出ると、隣の部屋に宿泊しているマリオ・ヴルピアーニにぶつかった。パジャマ姿ですっかり取り乱した様子の私を見て、彼はすぐさま何か大変なことが起きたのだと察し、私のあとについてきた。

彼はジャン＝リュックの動かない体にかがみ込み、空っぽになった睡眠薬の箱に目をやると、いつもの彼とは思えない威厳を漂わせ、小声で言った。「運がいい。医者の友人が、ランチを一緒にするためにこのホテルに来ているんだ。急いで彼を連れてこよう。一刻を争う事態だ。もしかしたら、既に手遅れかもしれないが」そして、涙をこぼす私を激しく見すえて言った。「しっかりしろ。まずは着替えるんだ。ドアをしっかり閉めておけよ。このホテルには、マルコ・フェレーリにインタビューをしに来た記者たちがわんさかいるからな」

既に数時間が経過していた。ジャン＝リュックは息こそしていたものの、目を覚ます気配はなかった。マリオ・ヴルピアーニの友人によれば、予断を許さない状況が続いていて、彼は何度もさまざまなやり方で、ジャン＝リュックの蘇生を試みていた。ありあわせのもので点滴まで用意してくれていた。

彼はまだ若く、自殺未遂の対応をするのはこれが初めてだった。責任の重さにたじろぎ、彼は最初、最寄りの病院に救急搬送することを勧めた。しかし、マリオ・ヴルピアーニが、彼を説得してくれた。ホテルの至るところに記者が散らばっていることを考えると、気づかれずに済むなどということはありえず、救急車や病院に彼らが殺到することは、火を見るより明らかだった。彼らにしてみれば、なんという儲けものだろう！　ジャン＝リュックと私は、彼らから逃げるのを習いとしていた。それなのに、この有名映画人は若い妻のもとで自殺未遂をはかり、生死の境をさまよっていた。その現場に記者たちは居合わせることができるのである。しかも、その妻は、有名な映画人マルコ・フェレーリの映画の主演女優ときている……。スキャンダルは反響を呼び、パパラッチの大軍を招き寄せるだろう。そうなれば、『人間の種』は撮影再開の目途も立たなくなってしまうかもしれない。マリオ・ヴルピアーニは、人として立派なふるまいをするだけでなく、この映画を守ろうともしていた。彼はこの映画にそれだけ入れ込んでいたのだ。その目的を達するために、彼はすぐに部屋のよろい戸とフランス窓をすべて閉め、ジャン＝リュックと私はホテルを去り、「夫婦水入らずで」週末を過ごしに出かけたという噂を広めた。

その日の午後私はすっかり打ちひしがれ、断続的にしゃくりあげながら、ジャン＝リュックに付き添いホテルの薄暗がりの中で過ごした。若い医師もその場にいてくれ、飽くことなく、ジャン＝リュックの意識が回復するのを見守ってくれた。時折、彼は私のほうを向いて、「安定していますね」と言った。私の目から再び涙がこぼれ落ちると、「これ以上悪くはならないということです」と付け加えた。彼は苦しんでいる私をどうにか慰め、安心させようとしてくれた。ジャン＝リュックを救う一方で、私の苦悩に終止符を打とうとしてくれていたのだ。彼は感受性が強く、心優しい人間だった。

一方、マリオ・ヴルピアーニはホテルに残っていた何も知らないチームのメンバーをごまかすために、なかなか部屋に顔を出さなかった。彼は次第に張りつめていき、「夫婦にこんなことが起きるなんて理解できない」と言った。私が泣きながら、どうしてジャン＝リュックがこんなバカげた行動を取ったのかを話し、私の無実を証明しようとすると、彼はただちに私を制止した。「彼と君にどんな理由があるのか知らないが、オレには関係ない」彼の私に対する冷たい態度に、私の気持ちは折れてしまった。それまで、彼は私の仕事を評価し、私に好意を抱いてくれていた。それが今や、彼は裁判官のように私の前に立ちはだかっていた。

そのとき、突然ジャン＝リュックが身動きした。何かを言ったようだったけれど、よく聞き取れなかった。若い医師がかがみ込み、彼を優しく揺すった。医師はイタリア語で話しかけた。どうやら彼に、私たちのもとに戻ってくるように、頑張って生きるように懇願しているようだった。

ジャン＝リュックは返事をしようとするかのように、もがき、うめき始めた。医師が私のほうを向いて言った。「あなたを呼んでいるようだ」彼は私に場所を譲った。私はジャン＝リュックの両肩に手を置き、話しかけた。フランス語で医師が言っていたことを繰り返した。ジャン＝リュックは目を大きく見開き、とてもはっきりとこうつぶやいた。「僕の愛しい人」彼は微笑もうとして、そのまま眠ってしまった。

「峠は越えたぞ！」医師が歓喜の叫び声をあげた。私の目からまた涙がこぼれ落ちた。「心配は要りません。もう大丈夫ですよ」彼からは、誇らしさとうれしさがあふれ出ていた。

マリオ・ヴルピアーニが感動の場面に終止符を打った。彼の友人は、午後を丸々つぶして、ホテルの部屋で看病に当たってくれていた。彼は友人を夕食に連れていきたいから、あとはひとりで頼むと言った。「でも、点滴が……」友人の医者が言い返した。マリオ・ヴルピアーニは、貴重な液体が入った袋を私に差し出し、私にそれをどう持ったらいいか教えてくれた。腕を伸ばし、彼のそばに立たなければならない。液体がジャン＝リュックの血管にきちんと流れていくようにするために。「今度は君が行動する番だ。夜になったらまた顔を出すよ」私の肩を親しげにポンと叩いて、ヴルピアーニが言った。

彼らが出ていき、ドアが閉まった。ジャン＝リュックはその瞬間、少しだけ目を開けた。私は彼の優しい瞳を見た。「ありがとう」彼が弱々しい声で言った。「君がどれほど僕を愛してくれているかやっとわかった。僕が間違っていたようだ」彼はほっとしたのか、再び眠ってしまった。

私はあまりにへとへとで、彼を見つめることしかできなかった。理解ができなかったし、腹立たしくもあった。彼は今、私にとてつもない暴力をふるったのだった。私にはそれが許せなかったし、今後もずっと許せないだろう。そのときはまだわからなかったけれど、一九六九年五月のこのおぞましい週末を境に、何もかもが変わってしまうことになる。既に私たちは、仕事でも別々の道を辿ろうとし始めていた。それに加えて、人生や愛、死をめぐる考え方まで、別々のものになろうとしていた。私たちに決定的な別れが訪れたのは、このときから一年以上あとのこと、ほぼ二年先になる。主導権を握っていたのは私だった気がするけど、それは彼にとっても、私にとってもあまりにつらい出来事だった。私たちの物語は、ありふれた、ごく私的なものとして不幸な終わりを告げ、私は時代の特権的な証人ではなくなった。この先、それについて書くことはないだろう。

追悼

本書制作中に著者アンヌ・ヴィアゼムスキーさんがお亡くなりになりました。
ご冥福をお祈りいたします。

寂しく政治の風に吹かれて

真魚八重子

ゴダールのパートナーだった女性といえば、主演を務めた作品数からもまずアンナ・カリーナがあがるだろうし、長年の伴侶であるアンヌ＝マリー・ミエヴィルの名前も、観客は自然と見慣れているだろう。そんな中でアンヌ・ヴィアゼムスキーが、ゴダールの妻だったことは意外に知らない人も多い。実質的な婚姻期間の短さもあるし、ちょうどゴダールの映画が政治色を強め、難解でいささか単調に思える作風に転じていた、とっつきにくい時期というのもある。アンナ・カリーナはゴダールの代表作のヒロインとして目に焼き付くが、革命を謳い映画に匿名性を持ち込んでいく1970年前後のゴダールの作品では、ヒロインも埋没する宿命にあった。

そのせいか、アンヌ・ヴィアゼムスキーが赤裸裸に記憶を再現してみせる自伝的小説は、自分にもゴダールとの濃密な時間があったのだという訴えにも感じられる。前著『彼女のひたむきな12カ月』で描かれた、ゴダールが熱烈に彼女を追い求め、嫉妬深さを露わにし、束縛といっていいほどの独占欲を発揮する息苦しい愛。ロマンティックに綴られた、彼と初めて肉体関係を持った夜などの暴露本的な部分は、読んでいてこちらが赤面しそうだ。同時に彼女の描く日々に登場する、ヌーヴェル・ヴァーグを代表する監督や俳優たちの様子は、アンヌが対象への好悪を別として書いている部分に記録性もあって特に興味深い。

そして『それからの彼女』においては、ゴダールの政治への関心は以前にも増して深まる分、映画への興味が彼の心から抜け落ちていく。そのためアンヌの目に映るゴダールは夢うつつのように不透明となり、本の中でも彼は精彩を欠いた姿で綴られる。またアンヌの方も女優として開花し、出演依頼が増えてピエル・パオロ・パゾリーニやマルコ・フェレーリといった監督たちの作品に出演し始める。ゴダールの嫉妬心は新たな形となって、アンヌが他の男と逢うこと以上に、自分以外の映画監督の作品に出演しようとするたびに過剰な拒否反応を示すようになる。

第一章のタイトルでもある1968年5月には、ゴダールとトリュフォーが中心となって、カンヌ国際映画祭を中止に追い込むという映画史に残る出来事が起こった。本著ではアンヌがその際、カンヌ国際映画祭へ友人の映画を応援しに行くつもりで出発しつつ、南フランスで足止めを食らったため、海辺で毎日こんがりと肌を焼いていた幸福な日々が記される。だがアンヌにとって、映画祭が中止となった歴史的一幕に立ち会わなかったのは、後々まで悔いが残った。確かに周囲の映画人との日々を綴るアンヌらしからぬ、痛恨の出来事だ。そのうえ彼女が合流を待ち侘びていたゴダールは、綺麗に日焼けしたアンヌのブルジョワ的振る舞いに腹を立て、敵意をむき出しにする。あまりに無邪気に育ったまだ20歳の少女と、そんなことで憎悪を露わにする37歳の男では、双方ともに折り合いの付け方はなかっただろうと思う。

二人が繰り返す喧嘩は、結局いつも堂々巡りとなる。前著でも若い女を連れていることがゴダールにとっては自慢らしかったとアンヌは回想しているが、それに付随する彼女の子どもゆえに気が回らない行いに、ゴダールはなんの考慮もせず癇癪を起こす。なだめ方を知らない若い妻と、感情が簡単に爆発し抑制が効かない身勝手な男の、互いに補完の仕様のない関係がなんとも歯がゆく浮かび上がる。

本著では彼らの愛情の形とともに、アンヌが綴るセレブたちとの出会いが興味深い。ザ・ローリング・ストーンズの録音風景を捉えた『ワン・プラス・ワン』が、当初ビートルズの予定で進められていたのは有名な話だが、企画が破談となる顛末は、さすが身近にいたアンヌにしか描けないものだ。ジョン・レノンとゴダールの常軌を逸した言い争いと、その間にアンヌとポール・マッカートニーが繰り広げる、テーブルの下でのチャーミングなお茶会。60年代のショービズとアート界らしい、とってもイカれたフリーダムな光景だ。

それと、親友だったゴダールとトリュフォーが絶縁した瞬間もさりげなく綴られている。トリュフォーが思いがけず早く亡くなり、取り返しのつかなくなった終焉。怒りっぽかったり、謝罪ができない性格だったりするのは、なんと様々なものを打ち壊し不自由に襲われることか。

ゴダールの嫉妬深さや意地の悪い態度はモラル・ハラスメントだ。それを自伝的小説でつまびらかにするのは、アンヌ・ヴィアゼムスキーの復讐にも読める。だが同時に、それほどゴダールに愛されたというアピールの香りも強くするし、素晴らしい著名人たちが続々と登場する手記は、彼女の承認欲求の現れとも感じる。その中でも『彼女のひたむきな12カ月』と本書に通じるのは、アンヌが同性の老化現象へチクリと冷やかな表現を用い、他の女優がゴダールに色目を使う気配や失恋した話などを手加減なく書くことだ。なんらかのハンデを必ず添えて、手放しで同性を褒めないのは、アンヌの中にひそむ嫉妬や不安の露呈ではないだろうか。

この本のラストには、69年にゴダールが起こした思いがけない事件が描かれている。それで生じた二人の関係の亀裂を引きずった悲しい文章からは、数年後に訪れるゴダールとアンヌ＝マリー・ミエヴィルの出会いを考えずにいられないだろう。アンヌ・ヴィアゼムスキーが、ゴダールは若い妻を連れているのが自慢なのだと感じていたからには、彼女にとっても自分の若さは価値であったはずだ。だからこそ、彼女と二つしか違わないアンヌ＝マリー・ミエヴィルというライバルの登場には、不安を覚えたのではないかと想像してしまう。そしてミエヴィルはゴダールの恋人兼スタッフとなり、二人のパートナー関係はヴィアゼムスキーとゴダールの籍がまだ入っている状態で事実婚となっていく。それを知って読むと、最後のシークエンスはただこの後の出来事を仄めかしているだけなのに、行間からはめまぐるしい感情が溢れだす。痛んだ尊厳を取り繕うような表現が、なおさらやり切れない文章だ。

全体を通して柔らかな文体でスルッと読めてしまう、若い女性のエッセイ的小説でありつつ、ここに記されているのは新鮮なまなざしで素晴らしい映画人と遭遇していく稀有な日々である。描かれた人物からはその動きが目に浮かび、とても数十年前の出来事とは思えない濃密さで生き生きと文章から立ち上ってくる。そして誰もが経験するような恋愛の喜びと痛みの繊細な描写は、映画史からも遠く離れ、血の通ったほろ苦い思い出として、読者の心を掴むのだ。

（まな・やえこ　映画評論家）

リヴェット, ジャック／Jacques Rivette
{ p.7, 8, 14, 15, 136, 140, 141, 143 }
1928-2016。フランスの映画監督。1940年代末からゴダールらと親交を深める。「カイエ・デュ・シネマ」誌の編集長も務めた。代表作は『パリはわれらのもの』、『セリーヌとジュリーは舟でゆく』、『美しき諍い女』など。

リチャーズ, キース／Keith Richards
{ p.156-158, 162 }
1943-。イギリスのロック・ミュージシャン、ギタリスト。ミック・ジャガー、ブライアン・ジョーンズとともにローリング・ストーンズを結成した。

リュプチャンスキー, ウィリアム
／William Lubtchansky { p.201 }
1937-2010。フランスの撮影監督。ゴダール、ジャック・リヴェット、フランソワ・トリュフォー、フィリップ・ガレルなど著名監督の作品で撮影を担当する。代表作は『隣の女』、『恋人たちの失われた革命』など。

ルヴォフ, アンドレ／André Lwoff { p.152 }
1902-1994。フランスの微生物学者。19歳でパリの生物学・医学研究で知られるパスツール研究所に入所。1965年フランソワ・ジャコブ、ジャック・モノーとともにノーベル生理学医学賞を受賞した。

レ・タン・モデルヌ
／Les Temps modernes { p.49 }
1945年にジャン＝ポール・サルトル、モーリス・メルロ＝ポンティ、シモーヌ・ド・ボーヴォワール、レイモン・アロンらが創刊した政治、文学、哲学の月刊雑誌。

レオ, ジャン＝ピエール
／Jean-Pierre Léaud
{ p.4, 26, 75, 78, 93, 208, 232, 243 }
1944-。フランスの俳優。『大人は判ってくれない』から始まるフランソワ・トリュフォー監督の「アントワーヌ・ドワネルの冒険」シリーズで主役を務める。『中国女』を始めゴダールの映画にも多く出演。

レネ, アラン／Alain Resnais { p.136 }
1922-2014。フランスの映画監督。〝ヌーヴェルヴァーグの左岸派〟のひとりに数えられる。代表曲は『夜と霧』、『二十四時間の情事』、『去年マリエンバートで』など。

レノン, ジョン／John Lennon
{ p.32, 33, 34, 35, 36 }
1940-1980。はイギリスのミュージシャン、シンガーソングライター。ビートルズのメンバーであり、主にヴォーカル、ギター、作詞・作曲を担当した。

ローリング・ストーンズ／The Rolling Stones
{ p.84, 139, 154, 155, 185 }
1962-。イギリスのロックバンド。初期のメンバーはブライアン・ジョーンズ（ギター、ハーモニカ）、イアン・スチュワート（ピアノ）、ミック・ジャガー（リードヴォーカル、ハーモニカ）、キース・リチャーズ（ギター、ヴォーカル）。のちにベーシストのビル・ワイマンとドラマーのチャーリー・ワッツが参加している。

ロジエ, ジャック／Jacques Rozier
{ p.142 }
1926-。フランスの映画監督。ヌーヴェルヴァーグ時代に活躍した人物のひとり。ベルリン国際映画祭の審査員を務めたこともある。代表作は『アデュー・フィリピーヌ』、『メーヌ・オセアン』など。

ロジエ, ミシェル／Michèle Rosier
{ p.2, 3, 12, 16, 25, 29-32, 35, 37, 38, 46-53, 66, 71-73, 77, 87-92, 94-96, 98-104, 141, 142, 146-148, 166-168, 170, 178, 183, 201, 231, 237, 244-247 }
1930-2017。デザイナー、映画監督。「ELLE」の発行人エレーヌ・ラザレフとその前夫の娘で、ピエール・ラザレフとは義理の父娘の関係。自身のファッションブランド「ヴェ・ド・ヴェ（V de V）」を1963年に立ち上げ、注目を浴びた。後に映画界に身を投じ、アンヌ・ヴィアゼムスキーを主役に据えたジョルジュ・サンドについての映画『ジョルジュって誰？（George qui?）』の監督を務めた。

わ

ワイマン, ビル／Bill Wyman { p.156 }
1936-。イギリスのミュージシャン、音楽プロデューサー。1962年から1993年までローリング・ストーンズのベーシストであった。

ワッツ, チャーリー／Charlie Watts
{ p.156 }
1941-。イギリスのミュージシャン。ローリング・ストーンズのドラマー。デビュー以来、ミック・ジャガー、キース・リチャーズと共に在籍し続けているオリジナルメンバーのひとり。

マル, ルイ／Louis Malle { p.93, 121, 122 }
1932-1995。フランスの映画監督。1958年、自己資金で製作した長編映画監督デビュー作『死刑台のエレベーター』はジャンヌ・モローの演技、撮影、マイルス・デイヴィスによる音楽などが高く評価された。『五月のミル』(1990年)では五月革命の最中の南仏のある家族を描いた。

マルケル, クリス／Chris Marker
{ p.76, 77, 118, 122, 123, 141, 146, 214 }
1921-2012。フランスの作家、写真家、映画監督。多くの短編、ドキュメンタリー作品を生み出した。代表作はアラン・レネとの共同監督『彫像もまた死す』、『ラ・ジュテ』、『サン・ソレイユ』など。

マルスラン, レイモン／Raymond Marcellin
{ p.176 }
1914-2004。フランスの政治家。1968年から1974年にかけて内務大臣を務めた。五月革命のデモに対しては警察に頼りつつ強硬的に対応をした。

マルロー, アンドレ／André Malraux
{ p.9, 151 }
1901-1976。フランスの小説家、詩人、政治家。代表作に『王道』、『人間の条件』、『芸術の心理』、『反回想録』など。ド・ゴール政権下では文化相を歴任した。

マレー, ジャン／Jean Marais { p.50 }
1913-1998。フランスの俳優。1940年代に絶大な人気を誇った。代表作にジャン・コクトー監督『美女と野獣』、『オルフェ』など。

毛沢東主義／maoïsme { p.4, 8, 15 }
毛沢東を中心に中国で確立されたマルクス＝レーニン主義を独自に発展させた政治思想。フランスでも左翼知識人や学生たちの間で人気を誇り、五月革命に大きな影響を与えたと言われる。

モーリヤック, フランソワ
／François Mauriac { p.1, 49, 151, 153 }
1885-1970。ノーベル賞を受賞したフランスの作家。カトリック信仰が色濃い作風で知られる。代表作に『愛の砂漠』、『テレーズ・デスケルウ』など。アンヌ・ヴィアゼムスキーの母方の祖父。

モノー, ジャック／Jacques Monod
{ p.152 }
1910-1976。フランスの生物学者。1965年に、酵素およびウイルス合成の遺伝的制御に関する発見でアンドレ・ルヴォフ、フランソワ・ジャコブとともにノーベル生理学医学賞を受賞。著書に『偶然と必然』。

モラヴィア, アルベルト／Alberto Moravia
{ p.180, 181, 187, 191, 235 }
1907-1990。イタリアの小説家，評論家。本名はアルベルト・ピンケルレ(Pincherle)。心理主義的な写実描写により、現代人の倦怠や退廃を鋭く描いた。代表作は『無関心な人々』、『ローマの女』など。1963年、『軽蔑』がジャン＝リュック・ゴダールによって映画化されている。

ら

ラインハルト, ジャンゴ／Django Reinhardt
{ p.132 }
1910-1953。ベルギー生まれのフランスのジャズ・ギタリスト。ジプシー伝統のロマ音楽とスウィング・ジャズを融合させたジプシー・スウィングの創始者として知られる。彼の人生を描いたエチエンヌ・コマール監督による映画『永遠のジャンゴ』(2017)もある。

ラグランジュ, ヴァレリー
／Valérie Lagrange { p.77, 78 }
1942-。フランスのシンガーソングライター、女優、作家。1959年、クロード・オータン＝ララ監督の『緑の牝馬』で女優デビュー。1980年代前半には音楽で成功を収めた。

ラザレフ, エレーヌ／Hélène Lazareff
{ p.88, 89, 95, 96, 98, 100, 108 }
1909-1988。ロシア生まれ、フランスのジャーナリスト。ピエール・ラザレフと結婚後、ニューヨークで「VOGUE」などファッション誌での仕事を重ね、1945年に雑誌「ELLE」を創刊した。

ラザレフ, ピエール／Pierre Lazareff
{ p.88, 89, 95 }
1907-1972。フランスのジャーナリスト。当時最大の発行数を誇った新聞「フランス・ソワール(France Soir)」の発行人・ディレクターとして活躍した。親ド・ゴール派として知られる。エレーヌ・ラザレフの夫。

ラングロワ, アンリ／Henri Langlois
{ p.7, 8, 13, 65 }
1914-1977。フランス政府が大部分出資するフィルム・アーカイヴ、シネマテーク・フランセーズと映画博物館(Musée du Cinéma)の創設者。〝ヌーヴェル・ヴァーグの精神的父〟と評されている。

リーコック, リチャード／Richard Leacock
{ p.209-213, 220, 222, 231 }
1921-2011。イギリス生まれのドキュメンタリー映画監督。D・A・ペネベイカーとともにダイレクト・シネマの先駆者として知られる。

フランス,ピエール・マンデス
／Pierre Mendès France { p.145 }
1907-1982。フランスの政治家。急進社会党下院議員として政界に入る。1954年から1955年にかけてフランス首相を務めた。穏健的中道左派として評価を得るも、アルジェリア問題で失墜。五月革命の際にはド・ゴールの対抗勢力として再浮上するも、国会議員選挙で敗れた。

フランス映画三部会
／États généraux du cinéma français
{ p.99, 118, 134, 146, 213 }
五月革命を受けて、1968年5月に発足したフランス映画関係者の議会。三部会とは、ヨーロッパで古くから行われてきた三つの身分(聖職者、貴族、平民)を招集した会議のこと。映画の自主管理、検閲の廃止などが議論された。

ブレル,ジャック／Jacques Brel
{ p.17, 19, 32, 40, 64, 178 }
1929-1978。ベルギー出身の歌手。1950年代末にスターの地歩を確立し、60年代後半からは俳優としても活躍した。代表曲は「行かないで」、「華麗なる千拍子」など。

ベーネ,カルメロ／Carmelo Bene
{ p.234, 235-238, 244, 245, 247 }
1937-2002。イタリアの俳優、作家、映画監督。出演作にピエル・パオロ・パゾリーニ監督『アポロンの地獄』など。自身の監督作の代表には『トルコ人のノートルダム』などがある。本書で述べられているアンヌの出演作は1969年公開の『奇想(Capricci)』。

ベジャール,モーリス／Maurice Béjart
{ p.198 }
1927-2007。フランスのバレエ振付家。1950年以降、さまざまなバレエの振付を担当し、名声を獲得する。代表作は『春の祭典』、『ボレロ』など。『彼女のひたむきな12カ月』には、ゴダールとアンヌが彼と出会った様子が描かれている。

ペネベイカー,D・A・／D. A. Pennebaker
{ p.209, 210 }
1925-。アメリカのプロデューサー、ドキュメンタリー映画監督。ダイレクト・シネマと呼ばれる撮影のスタイルで知られる。60年代にパリに滞在していた際にゴダールと出会い、共同制作を行うこととなる。

ヘミングウェイ,アーネスト
／Ernest Hemingway { p.120 }
1899-1961。アメリカの小説家。53年にピューリッツァー賞、54年にノーベル文学賞を受賞。代表作は『日はまた昇る』、『武器よさらば』、『誰がために鐘は鳴る』、『老人と海』など。1920年代初頭から長らくパリで生活した。

ベルトルッチ,ベルナルド
／Bernardo Bertolucci
{ p.179-191, 193-196, 199, 202, 207, 213, 216, 232, 234-236 }
1941-。イタリアの映画監督。代表作は『革命前夜』、『ラスト・タンゴ・イン・パリ』など。1987年の『ラストエンペラー』は世界的な大ヒットを収めた。五月革命を描いた作品に『ドリーマーズ』がある。

ボダール,マグ／Mag Bodard { p.95 }
1916-。フランスの映画プロデューサー。ジャック・ドゥミ監督『シェルブールの雨傘』で初プロデュース。アンヌ・ヴィアゼムスキーは彼女をめぐるテレビ・ドキュメンタリー「マグ・ボダール、ある運命」を監督している。

ボノー一味／La Bande à Bonnot
{ p.10, 16, 17, 43, 63, 122, 178 }
フィリップ・フラスティエ監督、ブリュノ・クレメール主演、1968年公開の映画。ボノー一味とは、20世紀初頭に実在したジュール・ボノーという男を中心にしたアナーキストの窃盗団。自動車を用いた犯罪で注目を集めた。

ポンピドゥー,ジョルジュ
／Georges Pompidou { p.86, 145 }
1911-1974。フランスの政治家。シャルル・ド・ゴール大統領の下で首相を務めた後、第19代フランス大統領となる。パリ4区にある総合文化施設であるポンピドゥー・センターの発案者。

ま

マグリーニ,ジット／Gitt Magrini { p.181 }
1914-1977。イタリアの衣装デザイナー、女優。代表作は『恋のエチュード』、『暗殺の森』など。『中国女』の衣装デザイナーとして『彼女のひたむきな12カ月』にも登場した。

マストロヤンニ,マルチェロ
／Marcello Mastroianni { p.192, 233, 239 }
1924-1996。イタリアの映画俳優。ルキノ・ヴィスコンティ、フェデリコ・フェリーニ、ヴィットリオ・デ・シーカらの作品に数多く出演した。代表作に『8½』、『ひまわり』など。

マッカートニー,ポール／Paul McCartney
{ p.32, 33, 35-37 }
1942-。イギリスのミュージシャン、シンガーソングライター。ビートルズのメンバーとしてジョン・レノンとともに多くの楽曲の作詞・作曲を担当し、ヴォーカルとリズムギターを担当した。

トレネ,シャルル／Charles Trenet
{ p.70, 113, 132, 133 }
1913-2001。1930年代後半以降絶大な人気を誇ったフランスを代表する歌手。"歌う狂人"というあだ名で知られる。「ブン」、「ラ・メール」、「詩人の魂」、「優しきフランス」など数々の名曲を発表した。

な

ネジャール,クロード／Claude Nedjar
{ p.214-216, 218-225, 228, 229 }
1940-2003。フランスの映画プロデューサー。ルネ・アリオ監督の長篇作『老婆らしからぬ老婆』でプロデューサーとしてデビュー。『プラウダ（真実）』を始めとするジガ・ヴェルトフ集団の作品のプロデュースも行った。

は

バエズ,ジョーン／Joan Baez { p.70, 209 }
1941-。アメリカのフォーク歌手、作曲家。60年代のフォーク・ブームを象徴する「フォークの女王」として名高い。公民権運動や反戦活動などに積極的であったことでも知られる。

パゾリーニ,ピエル・パオロ
／Pier Paolo Pasolini
{ p.5, 191, 208, 216, 221, 232, 233, 236, 245 }
1922-1975。イタリアの映画監督、作家、思想家。詩集や、小説の執筆活動を行っていたが、フェデリコ・フェリーニ監督の『甘い生活』に参加したことから映画監督になることを決意。代表作は『奇跡の丘』、『テオレマ』など。

バルタザールどこへ行く
／Au Hasard Balthazar { p.95, 249 }
ロベール・ブレッソン監督、アンヌ・ヴィアゼムスキー主演、1966年公開のフランス映画。一頭のロバと、ひとりの少女の悲運を描く。ヴィアゼムスキーの小説『少女』（白水社）で撮影当時のことが語られている。

バルビエリ,ガトー／Gato Barbieri
{ p.213, 216, 217 }
1932-2016。アルゼンチン出身のジャズ・テナー・サクソフォーン奏者。1972年公開、ベルナルド・ベルトルッチ監督による『ラストタンゴ・イン・パリ』で音楽監督を務め、グラミー賞を受賞した。

パレンバーグ,アニタ／Anita Pallenberg
{ p.156, 158, 161, 162 }
1944-2017。イタリアのモデル、女優。ローリング・ストーンズの当時のギタリスト、ブライアン・ジョーンズと別れた後、キース・リチャーズと交際を開始し12年間をともに過ごした。女優としては『バーバレラ』、『キャンディ』等の作品に出演した。

バンバン（バンベルジェ,ジャン＝ピエール）
／Jean-Pierre Bamberger
{ p.2, 3, 12, 16, 29-32, 35, 37, 38, 46, 47, 49-51, 53, 54, 66, 70-73, 86, 89-92, 94, 98-101, 103, 107, 109, 111-115, 141, 142, 147, 148, 166-168, 170, 171, 201, 202, 231, 237, 245, 246 }
?-2014。ミシェル・ロジエのパートナーとしてファッションブランド「ヴェ・ド・ヴェ（V de V）」を立ち上げ、映画『ジョルジュって誰？（George qui?）』ではプロデューサーを務めた。本書に描かれているように哲学者のジル・ドゥルーズと親しく、生涯にわたり深い親交を結んだ。

ピエ・ニクレ／Les Pieds nickelés { p.42 }
ルイ・フォルトンが1908年に発表したフランスのバンド・デシネ。クロキニョル、フィロシャール、リブルダングという三人の詐欺師達が巻き起こす騒動を描いた作品。ゴダールは『気狂いピエロ』の中でこの作品を登場させている。

フェイスフル,マリアンヌ
／Marianne Faithfull { p.160, 161, 162 }
1946-。イギリスの歌手、女優。ミック・ジャガーの恋人であったことでも有名。デビュー曲の「As Tears Go By（涙あふれて）」はジャガーとキース・リチャーズによって作られた。ゴダール作品で映画女優としても活躍し始める。

フェレーリ,マルコ／Marco Ferreri
{ p.232, 233, 236-243, 245, 247-251, 253, 255, 256 }
1928-1997。イタリアの映画監督、俳優。1950年代にスペインで監督としてのキャリアをスタートさせた。カンヌ国際映画祭にも多数出品している。代表作は『バイバイ・モンキー／コーネリアスの夢』、『最後の晩餐』など。

フォックス,ジェームズ／James Fox { p.160 }
1939-。イギリスの俳優。父は俳優エージェント、母は女優、兄も俳優という家庭で育ち、自身も子役としてデビュー。代表作は『長距離ランナーの孤独』、『インドへの道』など。

フラスティエ,フィリップ／Philippe Fourastié
{ p.10, 16, 18, 19, 43, 63, 178 }
1940-1982。フランスの映画監督、脚本家。ピエール・シェンデルフェール監督の『317小隊』を始め、さまざまな作品で助監督を経験し、『殺し屋たちの選択』で監督デビュー。代表作は本書で言及されている『ボノー一味』。

スザンナと長老たち
／Suzanne et les vieillards { p.234 }
旧約聖書の『ダニエル書』に付加されていた旧約外典のひとつに含まれるエピソード。美しく敬虔な女性スザンナは好色なふたりの長老に入浴中の姿をのぞき見られ、関係を持たなければ姦通の罪で訴えると脅される。しかし預言者ダニエルの証言によって潔白が証明され、ふたりの老人は処刑されるというもの。

一九六八年五月／Mai 68 { p.1 }
1968年5月、左派大学生たちの大学改革要求に対して大学側が権威的な抑圧を行ったことに端を発する反体制運動が起こった(五月革命)。やがて学生だけでなく、フランス全土の労働者を巻き込んだゼネラル・ストライキに発展し、約1カ月にわたってフランスが混乱に陥った。

た

ダッハウ強制収容所
／Konzentrationslager Dachau { p.151 }
ドイツ・バイエルン州、ミュンヘンの北西に位置するダッハウに存在したドイツで最初の強制収容所。ユダヤ人のみならず、ドイツ人、ポーランド人も収容され、約3万人を超える人々の命が奪われた。

ダニー(コーン＝ベンディット,ダニエル)
／Daniel Cohn-Bendit
{ p.42-44, 55, 56, 59, 60, 72, 73, 86, 107, 109, 149, 151, 230, 231 }
1945-。フランス生まれのユダヤ系ドイツ人政治家。1968年の五月革命で指導的な役割を果たし、メディアにも多数露出した。1970年のゴダール映画『東風』では脚本を共同執筆している。

中国女／La Chinoise
{ p.1, 4, 12, 23, 34, 43, 66, 119, 140, 144, 159, 166, 198, 202, 203 }
ジャン＝リュック・ゴダール監督、アンヌ・ヴィアゼムスキー、ジャン＝ピエール・レオ主演、1967年公開のフランス映画。急進的な革命の実現を試みる毛派学生グループの1967年の夏休みを描いた作品。

ディラン,ボブ／Bob Dylan
{ p.70, 209 }
1941-。アメリカのミュージシャン。1988年にロックの殿堂入りを果たす。2016年歌手として初めてノーベル文学賞を受賞した。代表曲に「風に吹かれて」、「ブルーにこんがらがって」など。

ド・ゴール,シャルル／Charles de Gaulle
{ p.109, 110, 125, 150, 151, 152, 165, 179 }
1890-1970。フランスの軍人、政治家。第二次世界大戦中、亡命先のロンドンからレジスタンス活動を率いた。1958年、第18代大統領に就任。その保守的権威主義が若者や労働者たちの不興を買い、1968年に五月革命が発生。どうにか危機を乗り切るも、翌1969年に大統領を辞任した。

ドーネン,スタンリー／Stanley Donen
{ p.244 }
1924-。アメリカの映画監督。ミュージカルの振付師を経て、ジーン・ケリーとともに手掛けた49年の『踊る大紐育』で監督デビュー。代表作に『雨に唄えば』、『シャレード』など。

ドゥルーズ,ジル／Gilles Deleuze
{ p.70-73, 103, 107, 109, 110, 112-114, 142, 147, 148 }
1925-1995。フランスの哲学者。ミシェル・フーコー、ジャック・デリダらとともににポスト構造主義の時代を代表する哲学者と見なされている。著作に『ニーチェと哲学』、『アンチ・オイディプス』、『シネマ』全2巻など。

ドクトル・ジバゴ／Doctor Zhivago { p.186 }
デヴィッド・リーン監督、ロバート・ボルト脚本、オマー・シャリフ、ジュリー・クリスティ主演、1965年公開のイギリス・アメリカ合作映画。原作はボリス・パステルナークの小説。

突然炎のごとく／Jules et Jim { p.100 }
アンリ＝ピエール・ロシェの小説。この小説をもとに、フランソワ・トリュフォーが同名の映画を監督している。ジャンヌ・モロー、オスカー・ウェルナー主演、1962年公開。

トランティニャン,ジャン＝ルイ
／Jean-Louis Trintignant { p.180, 187 }
1930-。フランスの俳優。1966年公開、クロード・ルルーシュ監督の映画『男と女』が大ヒット、不動の人気を得た。代表作に『暗殺の森』、『日曜日が待ち遠しい!』、『愛、アムール』など。

トリュフォー,フランソワ／François Truffaut
{ p.7, 8, 9, 13, 33, 91, 93, 119, 143, 198, 202 }
1932-1984。フランスの映画監督、脚本家。長編第一作『大人は判ってくれない』でカンヌ国際映画祭の監督賞を受賞。原案を手掛けた「勝手にしやがれ」でゴダールとともにヌーヴェルヴァーグ時代を切り開いた。

317小隊／La 317ème section { p.43, 63 }
ピエール・シェンデルフェール監督、ジャック・ペラン、ブリュノ・クレメール主演、1965年公開のフランス映画。ベトナムの独立をめぐってフランスとの間に起こった第一次インドシナ戦争が舞台となっている。

サンドレッリ，ステファニア
／Stefania Sandrelli { p.180 }
1946-。イタリアの女優。ベルナルド・ベルトルッチやエットーレ・スコラ監督の作品に出演。

三月二二日運動
／Mouvement du 22 mars { p.55 }
1968年3月22日、ナンテール分校に在籍する複数の学生が、ベトナム反戦活動を理由に逮捕されたことを機に起こった運動。ダニエル・コーン＝ベンディットを中心に学生たちがナンテール分校の階段教室を占拠。大学と一部学生の対立が鮮明になり、五月革命のきっかけとなった事件のひとつ。

ジェファーソン・エアプレイン
／Jefferson Airplane { p.211-213 }
1965年に結成したアメリカのロック・バンド。60年代後半のサンフランシスコのサイケデリック文化を代表するバンド。1996年にロックの殿堂入りを果たす。

ジガ・ヴェルトフ集団
／Groupe Dziga Vertov { p.230, 243 }
1968-1972にかけて活動したフランスの映画作家集団。ゴダールがジャン＝ピエール・ゴランらとともに結成、毛沢東主義的傾向の強い政治的映画を制作した。命名は、1920〜30年代に活躍したソ連の映画作家ジガ・ヴェルトフに由来する。主な作品は『ありきたりの映画』、『東風』など。

シニョレ，シモーヌ／Simone Signoret
{ p.15 }
1921-1985。フランスの女優。『悪魔が夜来る』のエキストラ出演で映画デビュー。『年上の女』でカンヌ映画祭女優演技賞、アカデミー主演女優賞を受賞。代表作に『嘆きのテレーズ』、『悪魔のような女』など。

シネ・トラクト／ciné-tracts { p.76, 122, 214 }
クリス・マルケル、アラン・レネ、ジャン＝リュック・ゴダール、ジャン＝ピエール・ゴラン、フィリップ・ガレルらが匿名で監督・製作した、1968年公開の全41篇から成る短篇映画群。「シネ・トラクト」（仏：ciné-tracts）とは「映画ビラ」の意。学生や労働者の集会などで上映された。

シネマテーク／Cinémathèque française
{ p.7, 8, 9, 10, 65 }
映画作品の保存、修復、上映を目的に1936年に設立された文化施設。フランス映画史において重要な役割を果たし、ヌーヴェルヴァーグの誕生にも寄与した。1968年2月の館長アンリ・ラングロワの解任騒動は、大規模なデモに発展した。

シムノン，ジョルジュ／Georges Simenon
{ p.139, 225 }
1903-1989。ベルギー出身の小説家。メグレ警視の活躍する探偵小説シリーズで人気を博す。50年間で400点以上の作品を発表した多作家でもある。

ジャガー，ミック／Mick Jagger
{ p.155-158, 160-162 }
1943-。イギリスのロック・ミュージシャン、俳優。ローリング・ストーンズのヴォーカル。ストーンズのギタリスト、キース・リチャーズとともに「ジャガー／リチャーズ」の名義で数々のヒット曲を生み出したことでも知られる。

ジャコブ，フランソワ／François Jacob
{ p.152 }
1920-2013。フランスの医師、生物学者。外科医になることを断念し、アンドレ・ルヴォフのもとで微生物学を研究し始める。ジャック・モノーとの三人で1965年のノーベル生理学医学賞を受賞した。

修正主義／Révisionnisme { p.129, 194 }
正統派マルクス主義やマルクス＝レーニン主義が、マルクス主義の原則から外れた行動や思想を指して呼んだ蔑称。1960年代前半、中国は米ソ緊張緩和に向かったソ連を修正主義呼ばわりした。

ジョーンズ，ブライアン／Brian Jones
{ p.156, 159 }
1942-1969。イギリスのミュージシャン。ローリング・ストーンズの元ギタリスト、リーダー。

ジョーンズ，リロイ／LeRoi Jones { p.211 }
1934-2014。アミリ・バラカの名でも知られる、アフリカ系アメリカ人作家。フィクション、ドラマ、詩、音楽など多岐にわたるジャンルで執筆活動を行った。1964年に発表した戯曲『ダッチマン』で一躍脚光を浴びる。2008年『Tales of the Out and the Gone』でPEN Open Book Awardを受賞している。

ジラルド，アニー／Annie Girardot
{ p.17, 19, 64, 178, 233, 239 }
1931-2011。フランスの女優。50年代から数多くの映画に出演、フランスにおける映画賞のセザール賞を三度受賞している。代表作にルキノ・ビスコンティ監督の『若者のすべて』、クロード・ルルーシュ監督の『パリのめぐり逢い』など。

カタンガ人／Katangais { p.174, 176 }
五月革命当時、ソルボンヌ大学を根城にした極左の暴力集団。「カタンガ」とは1960年代初頭のコンゴ動乱の折にコンゴから独立をはかった州の名前。白人の傭兵部隊が存在し、それにちなんで命名された。

ガレル，フィリップ／Philippe Garrel
{ p.137, 138, 144, 194 }
1948–。フランスの映画監督。19歳で自作の『記憶すべきマリー』がイエール映画祭でヤングシネマ賞を受賞。ヴェルヴェット・アンダーグラウンドの歌姫、ニコを主演にした作品の製作でも有名。代表作は『自由、夜』、『ギターはもう聞こえない』、『恋人たちの失われた革命』など。

カンディード／Candide { p.200 }
1759年にフランスで発表された、啓蒙思想家ヴォルテールによる小説。18世紀の社会・思想への批判を主人公カンディード（candide：フランス語で「純真な」の意）の過酷な運命に託した作品。

キルケゴール，セーレン
／Søren Kierkegaard { p.139 }
1813–1855。実存主義の先駆者とも目されるデンマークの哲学者、思想家。代表的な著作に『誘惑者の日記』、『不安の概念』、『死に至る病』などがある。

グランジュ，ドミニク／Dominique Grange
{ p.87 }
1940–。フランスのシンガーソングライター。1960年代初頭にデビュー。五月革命を受けて社会派に転向。「警察国家を倒せ（À bas l'État policier）」は五月革命の賛歌とも見なされた代表作のひとつ。夫は著名なバンド・デシネ作家ジャック・タルディ。

グルネル会議／Négociations de Grenelle
{ p.145 }
五月革命のゼネストに終止符を打つべく、1968年5月25日から26日にかけてパリのグルネル通りにある労働省で行われたフランス政府、労働組合、経営者団体間の交渉。労働条件の改善をめぐって一応の合意を見るも、内容に不満を持つ一部労働者たちはストを続行した。

クルノ，ミシェル／Michel Cournot
{ p.2-5, 16,17, 27, 31, 34, 81-85, 87-89, 92-94, 98, 100, 101, 103-6, 109, 110, 112-114, 142, 146-148, 177, 183, 202, 230, 238, 244-246 }
1922–2007。フランスの作家、映画批評家。『ヌーヴェル・オプセルヴァトゥール』などで映画批評を執筆。監督映画『ゴロワーズ・ブルー』は『青い恋人たちの時』という邦題で日本でテレビ放映されたこともある。

クレメール，ブリュノ／Bruno Cremer
{ p.17, 18, 32, 34, 43, 63, 64 }
1929–2010。フランスの俳優。フランス国立高等演劇学校で演技を学んだのち、舞台や映画で活躍する。テレビドラマ『メグレ警視』シリーズで主人公のジュール・メグレを演じ、人気を博した。

ゲバラ，チェ／Che Guevara { p.6 }
1928–1967。アルゼンチン生まれの革命家、政治家、キューバのゲリラ指導者。フィデルとラウルのカストロ兄弟とともにキューバ革命を率いた。

コクトー，ジャン／Jean Cocteau { p.50 }
1889–1963。フランスの詩人、作家、映画監督。ピカソや、藤田嗣治、ストラヴィンスキーなど、当時の前衛的な芸術家たちと交わり、演劇、映画などさまざまな分野で活躍した。代表作に『喜望峰』、『恐るべき子供たち』、『オルフェ』、『永劫回帰』など。

孤独な青年／Il conformista { p.180, 188 }
第二次世界大戦前のイタリアとフランスを舞台に、ファシズムに走るある青年の精神的破滅を描いたアルベルト・モラヴィアの小説。ベルナルド・ベルトルッチの手で1970年に映画化され、『暗殺の森』というタイトルで日本でも公開された。

さ

サージェント・ペパーズ・ロンリー・ハーツ・クラブ・バンド
／Sgt. Pepper's Lonely Hearts Club Band
{ p.32 }
1967年にリリースされたビートルズ8作目のイギリス盤公式オリジナル・アルバム、およびその中の一曲。

さくらんぼの実る頃
／Les Temps des cerises { p.132 }
パリ・コミューンの反乱に加わったジャン＝バティスト・クレマンが1866年に作詞し、テノール歌手アントワーヌ・ルナールが1968年に作曲したフランスの歌曲。シャンソンを代表する一曲として有名。

サラザール，アントニオ／António Salazar
{ p.198 }
1889–1970。ポルトガルの政治家。元々経済学者だったが、やがて政界に進出。1932年には首相に就任し、その後、大統領に。1933年からエスタド・ノヴォ（新国家体制）と呼ばれるファシズム的独裁体制を確立した。

サルトル，ジャン＝ポール
／Jean-Paul Sartre { p.49 }
1905–1980。フランスの哲学者、作家。社会参加を標榜した実存主義の哲学で世界中に影響を与えた。代表作は『嘔吐』、『存在と無』など。

索引＆用語解説

A-Z

CGT（労働総同盟）
／CGT(Confédération générale du travail)
{ p.99, 149 }
1895年に結成されたフランス最大の労働組合連合組織。結成後は運動理念の違い、政治的対立のために複数の団体に分立した。五月革命においては、ゼネラル・ストライキの牽引とグルネル会議で重要な役割を果たした。

FLN（アルジェリア民族解放戦線）
／FLN (Front de Libération Nationale)
{ p.26}
1954年創立のアルジェリアの社会主義政党。フランスからの独立を目指しアルジェリア戦争で重要な働きを示した。

PCI（イタリア共産党）
／PCI (Partito Comunista Italiano) { p.191}
1921年イタリア社会党から分裂して成立した政党。ファシズムに対する抵抗運動を行い、武装レジスタンス期の活動では大衆的基盤を広げた。第二次大戦後1980年代まで西ヨーロッパ最大の共産党であった。1991年解党。

PSU（統一社会党）
／PSU (Parti socialiste unifié) { p.179 }
1960年に成立したフランスの社会主義政党。ド・ゴールとの協調姿勢をとるフランス社会党主流派を批判する左翼反対派によって結成された。1960年代後半には新左翼的な路線をとる。五月革命期に学生や労働者などの支持を拡大した。

SNESup（全国高等教育職員組合）
／SNESup (Syndicat national de l'enseignement supérieur) { p.17, 59 }
1956年に発足した教職員の労働組合。ダニエル・コーン＝ベンディット、ジャック・ソヴァジョと並んで五月革命で重要な役割を果たす。アラン・ジェスマールが当時総書記長を務めていた。

SRF（フランス映画監督協会）
／SRF(Société des Réalisateurs de Films)
{ p.143}
五月革命とそれに続くフランス映画三部会の発足を背景に1968年に誕生したフランスの映画監督の協会。創立者には、クロード・ベリ、ロベール・ブレッソン、ルイ・マルらが名前を連ねた。

UJCML（共産主義青年連合マルクス＝レーニン主義派）
／UJCML (Union des jeunesses communistes marxistes-léninistes)
{ p.65, 66}
共産主義学生連合を除名された毛沢東主義の過激派学生たちが、1966年12月に結成した組織。1968年6月、大統領令を受けて解散した。

UNEF（フランス全国学生連合）
／UNEF (Union nationale des étudiants de France) { p.17, 59, 171}
1907年に発足した学生自治会。大学生の利益を守るため、意見を主張することを目的とする。五月革命で重要な役割を果たすジャック・ソヴァジョが当時副会長を務めていた。

あ

アミーコ，ジャンニ／Gianni Amico
{ p.179, 181, 189, 193, 195, 199, 213, 234 }
1933-1990。イタリアの脚本家、映画監督、映画評論家。ベルナルド・ベルトルッチの『革命前夜』と『ベルトルッチの分身』で脚本を務め、ジガ・ヴェルトフ集団による映画『東風』では助監督を務めた。

ウィークエンド／Week-end { p.77, 159 }
ジャン＝リュック・ゴダール監督、ジャン・ヤンヌ、ミレーユ・ダルク主演、1967年公開のフランス映画。パリに住む中流階家庭の夫婦が、近郊の田舎へのドライブ旅行中に奇妙な出来事に巻き込まれる。

ヴィラール，ジャン／Jean Vilar { p.198 }
1912-1971。フランスの俳優、演出家。1947年にアヴィニョン演劇祭を創始した。1951年から1963年まで国立民衆劇場の芸術監督を務める。1967年のアヴィニョン演劇祭では、『中国女』のワールドプレミアを行った。

オデオン座／Théâtre de l'Odéon
{ p.49, 51, 54, 56, 78, 88, 118-120, 136, 165, 176 }
パリ6区に建つ新古典主義建築の国立劇場。1782年にフランスで第一の国立劇場であるコメディー・フランセーズの本拠地として創設された。

か

カストレル，アルフレッド／Alfred Kastler
{ p.152 }
1902-1984。フランスの物理学者。1966年に原子ヘルツ波の共鳴に関する研究のための、光学的手法の発見と開発によりノーベル物理学賞を受賞した。

カストロ，フィデル／Fidel Castro { p.6 }
1926-2016。キューバの革命家、政治家、軍人、弁護士。1950年代のキューバ革命で中心的役割を果たし、その後首相に就任した。

著者略歴

アンヌ・ヴィアゼムスキー

Anne Wiazemsky

1947年生まれ。ロベール・ブレッソン『バルタザールどこへ行く』(1966)で女優デビュー。ジャン=リュック・ゴダールと親交を深め、『中国女』(1967)に主演。同年7月にゴダールと結婚するも後に離婚。ピエル・パオロ・パゾリーニ、マルコ・フェレーリ、フィリップ・ガレルらの映画にも出演。80年代後半からは小説(主に私小説)を発表し始める。『愛の讃歌—愛さえあれば』(日之出出版)や『少女』(白水社)など。2012年に『彼女のひたむきな12カ月』(DU BOOKS)でサン=シモン賞とデュメニル賞受賞。2017年闘病の末に逝去。

訳者略歴

原正人

Masato Hara

1974年生まれ。学習院大学大学院人文科学研究科フランス文学専攻博士前期課程修了。フランス語圏のマンガ“バンド・デシネ”の翻訳を多数手がける。主な訳書にジャン・レニョ&エミール・ブラヴォ『ぼくのママはアメリカにいるんだ』(本の雑誌社)、アレックス・アリス『星々の城』(双葉社)、アンヌ・ヴィアゼムスキー『彼女のひたむきな12カ月』(DU BOOKS)など。監修に『はじめての人のためのバンド・デシネ徹底ガイド』(玄光社)。

それからの彼女

初版発行　2018年7月1日

著	アンヌ・ヴィアゼムスキー
訳	原正人
カバー・表紙写真	Opale/アフロ
デザイン	塙美奈（ME&MIRACO）
日本版制作	中井真貴子＋福里茉利乃（DU BOOKS）
発行者	広畑雅彦
発行元	DU BOOKS
発売元	株式会社ディスクユニオン 東京都千代田区九段南3-9-14 ［編集］TEL.03-3511-9970　FAX.03-3511-9938 ［営業］TEL.03-3511-2722　FAX.03-3511-9941 http://diskunion.net/dubooks/
印刷・製本	シナノ印刷株式会社

ISBN978-4-86647-051-1　Printed in Japan

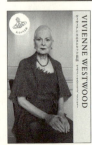

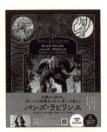

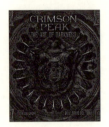

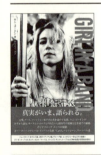

DU BOOKS

ヤング・アダルトU.S.A.

ポップカルチャーが描く「アメリカの思春期」

長谷川町蔵＋山崎まどか 著

待望の共著！圧倒的情報量と、新しい視点で、アメリカのポップカルチャーを斬る！

海外ドラマ、ラブコメ、学園映画、YA小説でわかる、「スクールカースト」「モテ非モテ問題」「プレッピー」「婚活」…etc. の最先端事情！

たった今、理不尽なスクール・ライフをおくっている子どもたちへ。

そして人生という長い放課後を生きる大人たちへ。

本体2200円＋税　A5　248ページ（2色刷）　好評3刷！

優雅な読書が最高の復讐である

山崎まどか書評エッセイ集

山崎まどか 著

贅沢な時間をすごすための 150 冊 ＋α。
著者 14 年ぶりの、愛おしい本にまつわるエッセイ・ブックガイド。伝説の Romantic au go! go! や、積読日記、気まぐれな本棚ほか、読書日記も収録。海外文学における少女探偵、新乙女クラシック、昭和のロマンティックコメディの再発見、ミランダ・ジュライと比肩する本谷有希子の女たちの「リアル」…など。

本体2200円＋税　四六　304ページ　上製

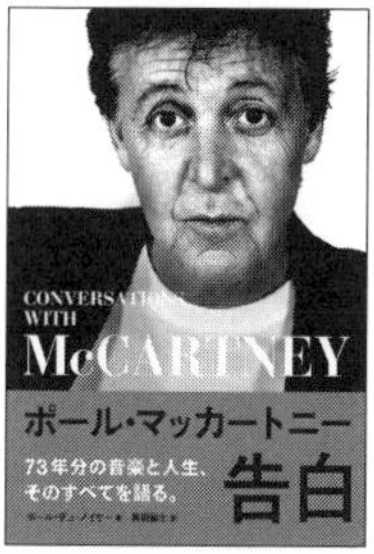

ポール・マッカートニー　告白

ポール・デュ・ノイヤー 著　奥田祐士 訳

本人の口から語られる、ビートルズ結成以前からの全音楽キャリアと、音楽史に残る出来事の数々。曲づくりの秘密やアーティストとしての葛藤、そして老いの自覚……。

70歳を過ぎてなお現役ロッカーであり続けるポールの、リアルな姿を伝えるオーラル・ヒストリーの決定版！

ポール・マッカートニーとの35年以上におよぶ対話をこの一冊に。

本体3000円＋税　A5　556ページ

ジョン・レノン 音楽と思想を語る

精選インタビュー1964-1980

ジェフ・バーガー 著　中川泉 訳

生前ラスト・インタビュー収録の決定版。世界初活字化のインタビューも多数掲載！

ラジオ、テレビ、記者会見など、これまで活字として顧みられることがなかった、主要インタビューを 19 本収録。ティモシー・リアリーやピート・ハミルら著名人との対談も収録。「ディック・キャベット・ショー」での長時間対談は世界初の活字化。

ファン待望の 1 冊。

本体3200円＋税　A5　488ページ

キュロテ
世界の偉大な15人の女性たち

ペネロープ・バジュー 著　関澄かおる 訳

ペネロープ・バジューによる、キュートでユーモラスな女性偉人伝コミック！
世間の目や常識にとらわれず、自由に生きることで、時代を革新してきた世界の女性15人を紹介。勇猛果敢な女戦士、古代ギリシャ初の女性医師、中国史上唯一の女帝、人気キャラクターの産みの親…etc. あなたがまだ知らない、パワフルでユニークな彼女たちの人生とは!?

本体1800円+税　A5　148ページ（オールカラー）

ジョゼフィーヌ！
アラサーフレンチガールのさえない毎日

ペネロープ・バジュー 著　関澄かおる 訳

TBS『王様のブランチ』にて紹介され話題沸騰！アラサー女子の悩みは万国共通。胸なし、金なし、男なし。あるのは大きなお尻だけ。パリで暮らすOL・ジョゼフィーヌのさえない日常を描いたフランスで累計30万部のベストセラーコミック。
「anan」「vikka」「エル・ジャポン」「Leaf」など女性誌をはじめ、各メディアで紹介された色彩豊かなコミック。

本体1800円+税　A5　184ページ（オールカラー）　好評2刷！

エロイーズ
本当のワタシを探して

ペネロープ・バジュー+ブレ 著　関澄かおる 訳

文化庁メディア芸術祭審査員推薦作品。ブックファースト新宿店名著百選2015に選出。売野機子氏、高橋源一郎氏も絶賛。ある日突然、記憶を失ってしまったエロイーズ。自分が何者なのか、持ち物や交友関係から辿っていく。そんな彼女に待ち受ける答えとは―。仏女性から圧倒的に支持される作家・ペネロープ・バジューが描く、究極の自分探しストーリー。

本体1800円+税　A5　192ページ（オールカラー）

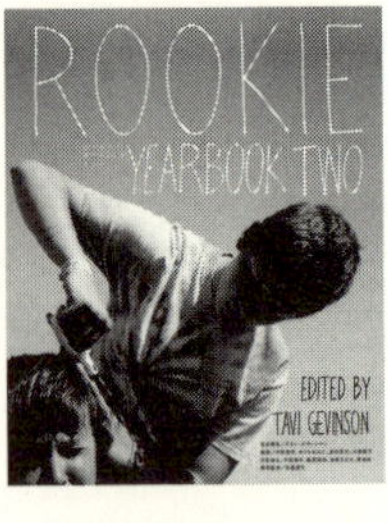

ROOKIE YEARBOOK TWO

タヴィ・ゲヴィンソン 責任編集　山崎まどか、多屋澄礼 他 訳

ドキドキも、悲しみも、キスのやり方も、落ち込んだ時にいつも通り過ごす方法も、全部ROOKIEが教えてくれる――。アメリカ発、ティーン向けウェブマガジン「ROOKIE」のヴィジュアルブック、大好評第2弾。編集長は、タヴィ・ゲヴィンソン！　エマ・ワトソン、レナ・ダナム、グライムス、モリッシー、モリー・リングウォルド、ジュディ・ブルームの寄稿・インタビュー収録。

本体3500円+税　A4変型　376ページ（オールカラー）